KEITAI
SHOUSETSU
BUNKO
SINCE 2009

新装版 やばい、可愛すぎ。

ちせ.

STARTS
スターツ出版株式会社

イラスト／七都サマコ

私には誰にも言えない秘密がある。

「顔赤いよ？　もしかして、意識してんの？」

　意地悪な男の子と
　一緒に暮らしてるってこと。

　俺には誰にも言えない秘密がある。

　照れ屋で、やさしくて、意地っぱりなキミ。
　でも、俺だけは知ってるよ。

「もっとこっちおいで」
「うるさい、バカ」
「そんなふうに言われると、意地悪したくなる」
「な、ぁ、う……っ！」

　本当は、ほかの誰よりも──
（あー。やばい、可愛すぎ）
　可愛いってこと。

登場人物紹介

ヒーロー

モテるが、人を信用していないので誰に告白されても相手にしない、クール男子。恋愛には冷めていたが、ゆりの健気さや芯の強さに惹かれていく。同居後は、ゆりのあまりの可愛さに悶える日々を送ることになる。素直になれずに意地悪してしまう。

御影 皐月 (みかげ さつき)

ヒロインが好き。ヒーローのライバル。

水瀬 (みなせ)

優等生なイケメン。ゆりと学園祭の実行委員を務める。ゆりのことが好きで、虎視眈々と狙っている。

ヒーローの親友

高梨 (たかなし)

皐月の友人でよき理解者。いつもおチャラけているが、情に厚く、友だち思い。

contents

1章

白井さんと御影くん	10
白百合姫の秘密	29
甘いクッキー	39
同居人は学校一の××	44
嫌いじゃない	59

2章

お風呂はのぞいちゃダメ！	66
怒ってるかな	82
ほんと、可愛すぎて困る	87
好きなんだ	94
文句ある？	100
渡さない	115
キスしてくれたら	125

3章

男嫌いの治し方	132
考えるほど	140
もっと知りたいのに	143
微熱と雨と思い出に	162
行かないで	169
好きだよ	194

4章

ヤキモチ焼きな皐月くん	228
隣にいられる方法は	242
私は皐月くんが	260
わかんないよ	304

5章

学園祭がやってきた	318
"約束"と"誓約"	326
どうか、お願いです	335
誕生日プレゼント	339
"約束"を誓ったあの日	350
やばい、可愛すぎ。	360

書き下ろし番外編

ふたりの幸せ	366
あとがき	376

1章

白井さんと御影くん

【皐月side】

「──は？」
　電話口から聞こえてくる父の言葉に、思わず素っ頓狂な声を出してしまった。
　耳に当てたスマホから、いつもと変わらず抑揚のない、父親の声が聞こえてくる。
『だから、皐月。白井さんの家で居候してくれ』
「……意味わからないんだけど」
『父さん、海外出張でしばらく家を出るんだ。周りに親戚もいないし』
「いきなり、それって」
　驚きを通りこして、呆れるほかなかった。
　父親とはあまり話さないし、もともと寡黙な人だったから、考えていることもよくわからなかったけれど。
　普段、めったにかけてこない父親からの電話を取ったのが運の尽きと言うべきか。しぶる俺に、父親はため息交じりに言った。
『別にいいんだぞ、八千代さんと暮らしたって』
「…………」
　くらり、と頭が揺れるような感覚に陥る。
　ただ名前を聞いただけだというのに、もう随分顔を合わ

せていない母親の顔が頭にちらつき、胸の痛みが襲いかかってくる。
『……皐月？』
「……わかった。そのシライサンって人がよければ、俺は別にいいよ」
『そうか』
　抑揚のない無機質な声で、父親がそう相槌を打った。
　向こうだってわかっているから、きっと気を利かせてくれたんだろう。
　……俺が、今のままじゃ母親に会えないことを知っているから。
　信号待ちに差しかかり、俺は立ち止まって通りすぎる車を眺めながら、
「居候はいつから？」
　と、聞いた。
『明日からだ』
「……は？」
　自分の耳が遠くなったのかと、本気で疑った。
　目を細めて、くっと奥歯を噛みしめながら、もう一度聞く。
「居候は……いつから？」
『明日からだ』
　……どうしてこの父親のやることは、いつも唐突で突拍子もないんだろう。
『家に帰ったら荷物の支度しておけよ。運送屋には頼んで

おいたから。白井さんに渡す手土産（てみやげ）も買っておいた』
「そこまで手回ししてるんなら、まず息子に話せよ」
　優先順位（ゆうせんじゅんい）がおかしいんじゃないか。
『いきなり言わないと、皐月はいじけるだろう。急で悪いが、これからすぐ行かなきゃならないんだ』
「……いじけるって、俺もう子供じゃないんだけど」
『子供じゃないというヤツほど大人ではないよ』
　ああ言えばこう言う、みたいな古典的な論破（ろんぱ）のされ方をしてしまった。
　ぼけーっとしていると、信号がいつの間にか青に変わっているのが見えた。
　信号を渡ろうと、足を前へ動かす。
『皐月』
「なに」
『いや、居候先のことなんだが、実は、お前と同い年のおん……』
　と、父親がそこまで言いかけたところで、俺の足は止まった。
「…………？」
　右足に、なにかが掴（つか）まっている。
　なんだ、と思って見てみると。
「…………」
「…………」
　ガキ、がいた。
　この近くにある幼稚園の制服を着た男の子が、なぜか俺

の制服のズボンを掴んだまま離さない。
　思いあたる節もない、というかこんなガキ知らない。
　なんだこいつ、と思いながら俺はチカチカ点滅しはじめた信号を、慌てて渡ろうと足を進めた、そのとき。つん、と前のめりになった。
　なんだ、と思ってもう一度下を向くと、無垢な瞳がじーっとこちらを見たまま、ズボンを握りしめて離そうとしない。
『皐月？』
　電話の向こうで、名前が呼ばれる。
「あー、ちょっと切るわ」
　なにか言いたげな父親を無視して、そのまま通話を切った。
「…………」
「……おい。なに勝手に掴んでんだよ、ガキ」
「…………」
「聞いてんの？　俺に子守をする趣味は……」
　そこまで言いかけて、俺は言葉を詰まらせる。
「う、うぅううううあああぁーん!!」
「っな!?」
　さっきまで俺をじっと見上げていた瞳から、大粒の涙がこぼれる。
　若干面食らって、俺は半歩うしろに下がった。慌てて周りを見渡すと、高校生が幼稚園児を泣かせてる……と、みんなひそひそ話をしながら通りすぎていく。
「あー、ほら泣きやめ」

子供は、苦手だ。
心情がまったく読めないし、こうやっていきなり脈絡もなく泣きはじめる。
しゃがみ込んで、話しかけても、
「うわーぁあああん、おねーちゃん、おねーちゃんっ」
それの一点張り。
そろそろ視線と頭が痛くなってきた、そのとき。
うぅっっと言葉を詰まらせながら、いきなり幼稚園児がビシッとなにかを指さした。
なんだ、と思って視線をたどると、近くのコンビニに"春限定！　さくらアイス！"と書かれたポスターが垂れさがっている。
「…………」
ジト目で幼稚園児を見ると、
「う、ぅぅっ……」
と、また瞳をにじませる。
「……はぁ。わーかったよ、だから泣きやめ、ウザい」
「っ……わかった」
頭をかきながら、相変わらず俺のズボンから手を離さない、この見知らぬ幼稚園児に思わずため息がもれそうになった。
……周りの視線が痛い。そりゃそうだ。
しかめっ面で、幼稚園児の隣に座る高校生なんて怪しすぎる。不審に思われない方がおかしい。
そんな俺の苦悩も露知らず、隣の幼稚園児は呑気にアイ

スを食べている。
「なーサツキ」
「だから、サツキお兄ちゃんと呼べと」
「サツキ、だれとでんわしてたのー？」
「……別に」
「そうなんだーへんなのー」
　無駄にすり寄ってくる女なら、これくらい冷たくすればさっさとどっかに行ってくれるのに。
　この幼稚園児、まったくめげる気配が感じられない。
「お前、いいの？　迷子なんじゃねーの」
「ま、まいごじゃない」
　迷子だっただろ。
　思わずつっこみたくなるけれど、さっきまでまったく動じていなかった幼稚園児が、瞳を思いっきり揺らがせているので、言いにくくなってしまった。
「おねーちゃん、おねーちゃんって言ってたくせに」
「い、言ってないよ！」
「はいはい」
　顎に手を添えて、ジト目で見下ろしながら軽くあしらう。
　しばらく幼稚園児は言葉を詰まらせたあと、アイスを持った両手を膝の上に下ろして視線を落とした。
「……おねーちゃんも、おかーさんもいそがしいんだ」
「ふぅん」
　素っ気なさすぎた、と少し後悔したけれど、そいつはまったく傷ついた様子は見せなかった。

「だからぼくがわがまま言ったら、おねーちゃんもおかーさんもこまった顔するの。ぼくは、その顔を見るとはなのおくがじんとなっちゃうから……言わないんだ」
「お父さんは？」
「おとーさんは、いない」

　いない？
　離婚かなにかだろうか、と思ったけれど、そいつの口ぶりは、もともと父親がいなかった……みたいな、そういう口調だった。
「おとーさんのはなしすると、おねーちゃんがとってもくるしそうな顔するから……」
　ぎゅう、とアイスを持った両手に力が入るのがわかった。
　手の熱でじんわりと溶けはじめるアイスをじっと見つめていると、頭の奥がじんじんと、しびれるように痛くなって。
　──ずっと待ってたら……きっと元に戻るよね……？
　ぼくのこと、サツキってまた呼んでくれる……そうでしょう？
　無機質な瞳。光の見えない、真っ暗な瞳。
　俺は、その瞳の色を知っている。
　その瞳はまるで……。
「……き、サツキ……？　どーしたの？」
　じっと俺の瞳をのぞき込む、無垢な笑顔にはっと我に返った。
「っっ、別になんでもない」

まだ少し痛む頭を押さえながら、ゆっくり息を吸う。
思い出すな、忘れろ、忘れろ。なかったことにしてしまえばいい。
しばらく深呼吸をして落ち着いたところで、下から見上げてくる視線に気づいた。
心配そうに見上げていたそいつの頭を、控えめに撫でてやると、気持ちよさそうに目を細めながら、ニコニコ笑った。
「今日はねー、おねーちゃん、がっこーでいそがしいんだって。おねーちゃんは、べんきょーだって、うんどーだって、おりょーりだってできるんだ。おねーちゃんがいい子にまってるんだよ、って言ったからぼくまってるんだ」
「そ、……えらいな」
「ふふーん！ ぼくもうおとなだからね！」
「さっきおねーちゃんって泣いてたくせに？」
「も、もうそれは言わないで！」
むっとした顔で、いじける幼稚園児に少しだけ笑いが込みあげてくる。
きっと、笑ったら怒るんだろうけど。
そいつは最後のひと口を食べ終えると、あっ、と声を上げた。
「おねーちゃんだ！」
どうやらお迎えが来たらしい。
これで俺もようやくお役御免だ。
威勢よく走り出した幼稚園児だったが、途中で止まった

かと思うと、こちらを振り返って屈託のない笑顔で手を振ってくる。
「また遊んでやってもいいからなー！　じゃーなーサツキ！　ぶぅぅううん！」
　エアハンドルを持った幼稚園児は、エンジン全開で運転しながら去っていってしまった。
　ふと、時計を見上げるともう5時近くを指していることに気づく。
「帰るか」
　荷物の支度もしなくちゃなんねーし。

　翌朝、荷物を先に白井さんの家に送ったあと、慣れ親しんだ自分の家に鍵をかけて、学校へ向かった。
　が、学校へ向かう足取りは重い。これはいつものこと。
　校門を越えるあたりから、ちらりちらりと刺さる視線にうんざりする。まるで、檻の外からじろじろ見られる、動物園のパンダにでもなった気分だ。1年の下駄箱まで向かうと、知り合いに遭遇した。
「おー！　皐月おはよ！」
「はよ」
「相変わらず不機嫌そーな顔してんな、でこに皺寄るんじゃね」
　相変わらずの元気っぷりに、感心する。
　まあ、こいつから元気を取ったらなにが残るって話だけど。

「……はあ？ マジで？ 居候？」
「あーうるさいな、音量下げろよ」
　教室へ向かう廊下で高梨は、大声を上げて身を乗りだした。
　それがウザくて、俺は片手で高梨の顔面を押し返す。
「お前のお父さん、外資系の仕事だもんなぁー。お金持ち」
「普通の一般家庭」
「はー居候かっ。ええっと……シライサン、だっけ？　もしかしたらシライサンのお宅に可愛い女の子とかいるんじゃね？　同棲？」
　体をくねらせながら、ニマニマした下品な表情で、高梨がそう言う。
　……アホか。
「アホらし。だからお前はモテないんだよ」
「……本当にモテるヤツに言われると殺意が芽生えるな」
　などと話していると、校門のほうからざわめく声が聞こえる。さっきまでウザいほどに俺を見ていた女子どもは、あっと小さく声をもらして、窓から校門を見る。
「あ、皐月、"白百合姫"じゃない？」
　シラユリヒメ？
　知らない単語に目を細めながら、俺も高梨につられてちらり、と校門のほうを見る。
　人だかりで、目を凝らしてもなかなか見えない。
　……ま、別にいいや興味ないし。
「やー相変わらず、女子にも男子にも人気だな」

「そのシラユリヒメって誰なわけ？　有名人？」
　何気なくそう聞くと、高梨は一瞬動きを止める。
「なに、いきなり止まって」
　そんなアホ面していると、ますますアホに見られるよ、と言おうと口を開こうとすると。
「っえっ!?　おまっ、白百合姫知らないの!?」
　くそでかい声が廊下に響き渡って、やまびこみたいになった。……恥ずかしいったらない。
「……知らない、つかうるさい。黙れ」
「知らないの!?　知らないの!?」
　ウザいほど絡んできやがる。
「あーちょっと黙れ、うるさいから」
　体をぐいぐい押しつけてくる高梨の足を踏んづけながら、ちらり、ともう一度校門を見る。けれど、そこにはシラユリヒメは見当たらなかった。

　嫌な予感はしていたけれど、結局、昼に高梨からありがた迷惑な、"シラユリヒメ"講座を受けた。
　いわく、シラユリヒメとは、白井ゆり、というヤツのことだと。
　純潔と威厳の、"白百合姫"。
　その名の由来は、本名の白井ゆりという名前と、花言葉の白百合をかけてつけられた名前らしい。
　白百合の花言葉は、純潔と威厳。
　その言葉のとおり、白百合姫は人間かと疑うほどきれい

な人だと。透き通るような白い肌。小さな顔と不釣りあいなほど大きな瞳は、凛としていて。

　さらりと肩からこぼれ落ちる黒髪は、揺れるたびにため息がもれそうになるほどきれいで。そして、白百合姫は数々の男どもをフリにフっているのだと。

　成績も優秀、運動もできて、美少女とくれば男どもは放っておかないだろうに。

「白百合姫は、男どころか女にも人気なのが驚くところだよなー」

「ふぅん」

「ま、でも白百合姫と親しくしてる男なんて見たことないけど。いつも女子に囲まれていて、近寄れそーにないから」

「そーなんだ」

　そこで区切ると、高梨は座った椅子から乗りだしてきた。

「お前、本当に俺の話聞いてる？」

　と、疑わしげな目を向ける。

「聞いてる聞いてる」

「スマホいじりながらそんな鼻であしらうように言われても、全然説得力ないわ、うん」

　机の上のパンに手を伸ばして、ちぎりながら食べていると、

「ほんと、お前って他人に興味がないよなー」

　半ばあきれたような声で、高梨がそう言う。

　どんな理由にしろ、高梨にバカにされるのは癪だ。

「うっさいな、別に知ってて得するわけでもないのに」

「その無関心はよくないって言ってるんだよ。白百合姫にしたって」
「説教? お前は俺の母親かよ」
　スマホから顔を上げて文句を言うと……思いのほか真剣な顔をした高梨が、そこにはいた。
　思わず、息が詰まりそうになる。
「お前の母親は……八千代さんだろ」
　と、高梨は言った。
「…………」
　苦しくなる。
　胸が、痛い。ちくり、と刺された痛さなんてもんじゃない。
　どしんと、なにか重いものが無遠慮に、弱くてもろい自分の心にのしかかったような、そんな重さ。
「……うるさい、もうその話はするな」
「でも、皐月」
「黙れ!」
　言ってしまったあとに、後悔した。酷く。
　自分が思っている以上に声を荒らげて、どす黒い感情をはきだしていたから。
　ごめん、も言えない素直じゃない自分に嫌気がさす。
　気まずくなって、視線をそらしたそのとき。
「……あ、の御影くん」
　か細い声が、聞こえた。
　教室で弁当を食べながら、談笑していたクラスメイト

が一斉に教室のドアを見る。
　そこに立っていたのは、恥ずかしそうに頬を赤に染めながら、ちらちら俺のほうを見る、知らない女子生徒。
　居心地の悪い視線を浴びながら、俺は教室のドアへ向かう。
　うんざりするほど繰り返され続けるこのシチュエーションに、ため息がもれそうだった。
　恥ずかしそうに顔を伏せたままのそいつに、
「なに」
　と言うと、
「……ちょっと……来て、くれますか」
　だいたいわかってる。
　だから、俺は淡々と頷いて、彼女のうしろを歩きはじめた。

「で、なんの用？」
「……えっと」
　用なんてわかりきっているはずなのに、俺の口から出るのは意地悪な言葉。
　連れていかれた特別棟の一室でもじもじと、顔を赤らめるそいつを見下ろした。
　名前も知らないそいつは、黙ったままだ。それから、ばっと、背中に隠していたものを俺の前に差しだした。
「あ、の、よかったら受け取ってください！」
　手作りのクッキーだった。

きれいにラッピングされていて、俺のためにがんばった んだなぁーとか、そんなことは、全然思わなかった。
 すぅっと心から冷めていくような、そんな感じ。
 けれど、出る言葉は……。
「ありがと」
「……っ」
 短いお礼とともに、俺は手に乗せられたプレゼントを受け取る。ぱあああと、その子に笑顔(えがお)が生まれる。
 けれど、その笑顔を見ても俺の心はちっとも動かなかった。
 他人なんて、どうだっていい。
 他人と関わったって、いいことなんてない。
 だって、どうせ裏切(うらぎ)られる。
 愛も、恋も、やさしい瞳だって、俺の名前を呼んでくれたあの声だって……結局、俺は裏切られたんだから。
「でも悪いけど、キミとは付き合えないから」
 心の奥底(おくそこ)からはきだすような冷たい声だな、と自分で笑いそうになる。
 そいつは驚いたように目を見開いて、瞳に涙をためる。
「ごめんね」
「ま、まだ私のことなにも知らないから。知ってくれれば、それからでいいのっ！」
「悪いけど……諦(あきら)めて」
「っっ」
 苦しそうに顔をゆがめて、なにか言おうと口を開いたけ

れど、結局はなにも言わないで彼女は教室をあとにした。
　しーんと静(しず)かになった、教室。手に手作りのクッキーを握(にぎ)りしめていたことに、俺は気づいた。
「……嘘(うそ)くさ」
　どうせ、俺のことなんて見てないくせに。
　家とか、顔とか、そういうので判断(はんだん)してるくせに。
　好きだって、勘違(かんちが)いも甚(はなは)だしいんだよ。
　もやもやした気持ちのままクッキーを見ていると、胸やけにも似た感情が湧きあがってきて、俺は近くにあったゴミ箱に、クッキーをガタン！と、投げつける。
「……はー」
　天井を見上げながら、ぼーっとしていた、そのとき。
「もらったのに、食べないんですか」
　声が聞こえた。
　すっと、心に入ってくるような。
　高くもなく、低くもない、不思議な声音(こわね)。
　なんだと思って振り返ると、知らない女の子が立っていた。
「フるならプレゼントをもらうなんて期待させる行為(こうい)、やめたほうがいいんじゃないですか」
　透き通るような白い肌。さらりと伸びた、黒髪。人を寄せつけない、冷たく凍(こお)ったような瞳。
　華奢(きゃしゃ)なのに、芯(しん)が通ったような凛とした足は、まっすぐこちらに向かってくる。
　ゴミ箱から、さっき俺が捨てたクッキーを取りだすと、

ラッピングについたほこりを払って、すたすた俺の前に歩いてくる。
「もらったなら食べてあげるのが道理だと思います」
　ずん、と俺の前にそれを差しだした。
「……別に、俺は」
「素直にもらわないなら、その口につっこみますよ」
　視線をそらすことなく、まっすぐ俺を見つめ返してくる。
　不思議だった。
　だって、こんなに俺をまっすぐ見つめられるヤツなんて、いないのに。
「ん」
　俺は、そいつの手からクッキーを受け取る。
　一瞬、そいつの細くて白い指が俺の手に触れた。
「……っ！」
　その瞬間、彼女の凛とした表情がこわばったような気がした。
「え……？」
　触れたぬくもりは、すっと離れていく。不思議に思って顔をのぞき込もうとした、そのとき。
「次は、ちゃんと人の気持ち考えてあげてください」
　少し早口でまくしたてると、彼女はさっきよりも揺らいだ足取りで、教室をあとにしてしまった。

「そりゃ、白百合姫だよ」
　授業が終わり、用具を鞄に入れている最中、高梨は興

奮気味にそう言った。
「あれが？」
　机から数学の教科書を取りだして、鞄に入れようとしていた手が止まる。
　高梨はニヤニヤしながら俺のところへ寄ってくる。
「ちょーラッキーじゃん！　白百合姫ってあんまり人と口きかないし、男としゃべるなんてもってのほかなんだぜ」
「……ウッザ。近寄んなよ、きもい」
「うわーいいなー、白百合姫と話せるなんてー」
「はいはい、うらやましいだろー」
「お前もっと喜べよ、なんだそのうっすい反応」
　困っちゃうのよねーイヤだわぁ、最近の若い子はぁと、おばさん口調で俺の肩をチョンチョンたたく高梨がウザくて、無視して下駄箱に向かう。
　運動部員がかけ声を上げながら運動場を走っているのを、窓から横目で眺めながら、ふと、足が止まる。
「んあ？　どうした、皐月」
「あー、高梨」
「ん？」
　俺は、肩に下げていた鞄をひょいっと、高梨に投げつけた。
「ふぎゃっ……い、痛っ、ちょ、なんの嫌がらせだよこれ！」
　ちょうど顔面に当たってしまったらしく、鼻を押さえながら高梨が俺を睨みつける。
「ちょっと持ってて」

「は!?」
　俺は、そうはき捨てると、うしろから呼びかける高梨を無視して走りはじめた。

白百合姫の秘密

【ゆりside】

『じゃあ、行ってくる』

 お父さんの大きな手は、ぶっきらぼうに、私の頭をなでた。

 駅のホームに立ち、そっと私の顔をのぞき込んで、似合わない笑みを浮かべる。そして名残り惜しそうに、私の頭をなでていた手を離す。

『……いつ、帰ってくるの』

 何度も、何度も繰り返したその言葉を、私はもう一度口にする。

 ぴくり、と眉が動いたのを私は見逃さなかった。

『来年のゆりの誕生日には、帰ってくるよ』

 ……嘘つき。

 嘘つき、嘘つき。

 どうして目をそらすの？ どうしてそんなに悲しそうな顔をするの？ 来年には、帰ってくるんでしょう？ また、家族みんなで暮らすんでしょう？

 ぎゅっ、と手を握りしめた。冷たく、固い感触が手のひらに伝わってくる。

『だから、ゆり。"約束"を忘れないで』

 なにかが、はじけた音がした。

私の中に渦巻く、汚い感情が一気に押し寄せてきて。もうなにもかもがどうでもよくなって、なにもできないことがもどかしくて。私は叫んでいた。
『嘘つき！　私との"誓約"だって守れないくせに！　お父さんなんて大っ嫌いっ!!』
　怒ってほしかった。
　いっそ、殴られたってかまわなかった。
　こんなの、ただの嘘で、全部嘘で、なにもかもが夢だって思いたくて。
　だから、お父さんに言ってほしかった。
　"誓約"は必ず守るって。大嫌いだなんて父親に言うヤツがあるかって。
　でも、顔を上げたとき、そこにあったのは悲しそうに笑うお父さんの姿で。
　だから私は、ぎゅっと握りしめていた"それ"を振りあげて……。

　——ピピピ。
　目覚ましの音に、私はむくりとだるい体を起こす。
　カーテンの間からもれる、まぶしい光に目を細めた。
　ベッドから降りて、自分の部屋から出る。
　リビングのドアを開けると、夏も近いというのにまだ肌寒い空気が漂っていた。
　近くにあったリモコンでテレビをつけて、椅子にかけておいたエプロンをつける。

冷蔵庫から野菜とお肉を取りだして、お弁当の準備。昨日はお肉が安く買えたから、アスパラの肉巻き。昨日のうちにお米を研いでセットしておいた炊飯器のスイッチを入れる。
　お弁当箱に昨日の残りの筑前煮を詰めて、余った隙間にプチトマトを入れる。
　ひととおりの支度が終わったところで、私は1階の寝室へ向かった。
「翔太、お母さん、起きて！」
　──バンッ！
　勢いをつけてドアを開けると、すでに起きていたらしい弟の翔太が、お母さんの上に乗っかって、
「おかーさん！　あーさ！」
と、起こしている真っ最中だった。
　お母さんといえば、あと10分、と言いながら布団にもぐり込んでいる。
「翔太、悪いけどお母さん起こしてね？」
「うぃー！　りょうかいサーイエッサー！」
と、どこで覚えたのかわからない敬礼を私にすると、
「おかーさん！　おかーさん！」
　またゆらゆらお母さんを揺らしはじめる。
　弟の翔太は、幼稚園に通う5歳。
　お母さんは、外資系企業で秘書を務めるバリバリのキャリアウーマンだ。
　3人で住むには少しばかり広い家で、お母さんは仕事が

忙しく、朝も夜もいないなんてざらにあるから、実質この家に暮らしているのは私と翔太のふたり、ということになるのかもしれない。

　長い髪を束ねて、上のほうで縛ると、私は朝食の準備に取りかかる。小学生の頃からひとりでいることが多かったから、料理は得意なほうだ。

　味噌汁とちょうど炊けたご飯をよそり、自分で漬けたお漬物をテーブルに乗せて、よろよろとした足取りで座るお母さんにお茶を、翔太には牛乳を渡す。

　どんなに忙しくても、家にいるときは必ずみんなで食べる、それが我が家のルールだった。

「いただきます」

「いただきまーす」

「おなかへったー」

　かけ声は違うけれど、3人一緒に椅子に座って手を合わせる。

　ご飯を食べながら、天気予報を見ていた私に、

「あ、そーだ。ゆり、翔太」

と、お母さんが思い出したように言った。

「明日から、うちに御影さんとこの息子さんが居候するから」

　からん、と指から箸が落ちた。

「……は？」

　眠たそうにあくびをもらしながら、お母さんが、

「ん？」

と、首をひねりながら私に聞き返した。いや、私が聞きたい。
「今、なんて？」
「いや、だから。御影さんとこの息子さんがうちに来るわよ」
「……御影さんって？」
「勤め先の上司。親しくさせてもらっている方なんだけど、急に長期の海外出張になっちゃって」
「……なんでうちに？」
「いや、身寄りがなくって、息子を海外に連れていくわけにもいかないからって。すごくお世話になってる上司の頼みだし。うちだったら部屋も余っているし、いいかなーって」
「いいかなーって、よくない！」
　バン！と私が机をたたくと、お母さんはとくに驚いた様子も見せずに口を尖らせて、
「だってもう言っちゃったもん」
　と、軽口をたたいた。
「翔太だってイヤでしょう？」
　隣で牛乳をゴクゴクのんでいた翔太にそう尋ねる。
「えー？　かぞくがふえるんでしょー？　ぼく、おにーちゃんほしい！」
「…………」
　そういえば、昨日からやたらとお兄ちゃんがほしいって言うようになった。
　なんでかと聞いても、いっこうに口を割らなかったけど。

「……でも、私はっ」
「ゆり、そろそろその苦手意識、直さなくちゃダメでしょう。いつまでも避けられるわけじゃないのよ」
「そうだけどっ」
　抗議しようにもお母さんの言うことは正論すぎて返す言葉もなく、私はぎゅっと手を握りしめた。
「まあ、ゆりがどうしてもダメだって言うなら、ほかの人に預けることを考えるしかないでしょうけど」
「…………」
　私はなにも言わないで、立ちあがった。
　お母さんは困ったように笑い、ごめんね、と小さく、ばつが悪そうに言った。

　結局、話に折り合いがつくはずもなく、私は学校へ。
　人とすれ違うたび、男の人がやけに目に入る。
　信号待ちで、ちょっとだけ男の人の肩に触れただけで、私はびくっと情けなく体が震えてしまう。
　そう。私は、男の人がとても苦手なのだ。
　学校につくと、やたらと視線を浴びながら、私は下駄箱に向かう。
「おはよう、白百合姫っ」
　うしろから肩をたたかれて振り返ると、そこには、茶色のふわふわの髪を揺らしながら、子犬のような瞳でニコニコ私を見上げる、小夏ちゃんがいた。
「……その白百合姫、って呼ぶのやめてよ」

苦笑いをしながらそう言うと、小夏ちゃんは、ははー！と笑いながら、
「いいじゃない、学校中の注目の的なんだもの。素敵じゃん！」
「慣れないよ、白百合姫だなんて。恥ずかしすぎ」
「照れ屋だなぁ、ゆりは」
　靴から上履きに履き替えて、私たちは教室へ向かう。

「……ええ!?　ど、同棲!?」
「こ、小夏ちゃん！　しー！　しー！」
　驚きのあまり、小学生の学芸会でもしないような、オーバーにのけぞる小夏ちゃんの口を慌てて塞いだ。教室を見渡すと、小夏ちゃんの声に振り返るみんなの視線が痛い。
「ご、ごめん、あまりの衝撃に」
「学芸会みたいなリアクションだったね」
「で、でも同棲って！」
　小夏ちゃんが私の肩をたたきながら、興奮気味に言ってくる。
「同棲じゃないって、居候」
「一緒だよ！」
　一緒じゃないって。
「でも大丈夫なの？　男と一緒に住むなんて。難易度高いと思うんだけど。初期設定のままラスボスに挑む感じ？」
「…………」
　小夏ちゃんは私が男の人が苦手だと知る、数少ない友人

のひとりだ。
　もともと私は口下手だし、冷静を装っているけれど、内心では混乱していることがよくあるから、あまり人を寄せつけないように、いつも険しい顔ばかりしている。
「でも御影さんちの息子さん……ねぇ、御影ってどっかで聞いたことあるような苗字だけど」
「御影さんなんて、全国にたくさんいるんじゃない？」
「いや、でも、どっかで聞いたことあるよーな、……ないよーな」
　首をひねる小夏ちゃんを横目に、私は教室中から注がれる視線の居心地の悪さにうんざりする。
　純潔と威厳の、"白百合姫"。
　私がそんな風に学校で呼ばれていることは、知っていた。
　でも、陰でそうささやかれたって、別にへっちゃらだった。
　それで男の人が近寄らないきっかけになっているのなら、それはそれで好都合なのだから。
　だから、このままでもかまわない、と思った。
　私は別にこのままでも……"約束"は果たせるんだから。
　男の人に関わってもろくなことが、ない。

「はあ……」
　その日の放課後。
　私は大きなため息をつきながら、ひとり廊下をとぼとぼと歩いていた。

こんなにも沈んだ、というか疲れた１日ははじめてだ。
 肩をすぼめながら下を向いて歩いていた、そのとき。
「ね、今ヒマ？　白井さん」
 男の人の低い声に、思わず体が震えそうになるのを抑える。
 誰かと思って顔を上げると、見覚えのない顔。訝しげに顔をしかめていたらしく、その人はくすくす笑いながら、
「あー知らないよね。俺、隣のクラスの山本っていうんだけど」
「…………」
 こちらに一歩、近づいてきて。私は、それに合わせて一歩うしろにさがる。
「そんなに固くならないで？　別に取って食おうってわけじゃないから」
「私になにか用ですか」
 冷静を装って、私はなるべく抑揚のない平坦な声でそう言う。
 警戒心バリバリだなぁ、と面白そうに笑いながら、その人はいきなり、
「うーん。まさかなぁと思って、ね！」
 ぎゅっ、と私の手首を掴むと、どん、と廊下の壁に私の体を押さえつける。
「やめてくださ……」
 私の体から一気に血の気が引くのがわかる。
 近づいてくる顔を直視することができないで、私は顔を

そらす。
「やっぱり、キミ……。男が苦手、なんだ」
　核心を突いたようなことを耳元でささやかれて、私は思わず、どうして、と言いそうになるのをのみ込んだ。
「ああ、ごめんね。これ別に俺の趣味じゃないんだけど。ちょっと試してみたくて、乱暴しちゃった」
「……っなら、離してください、今すぐに！」
「おー怖い怖い。そんなふうにされても、逆効果だけどね」
　くっと掴まれた手首に力を込めようとすると、ますます相手の手が食い込んでくる。
　血の気が引いていく。自分で立っているのが、やっとになる。
　怖い、怖い、怖い。どうしようもなく……怖い。
　きゅっと目をつむって唇を噛みしめた、そのとき。
「俺の彼女になにしてんの、ヘンタイ」
　声が聞こえた。
　その声は……。

甘いクッキー

【皐月side】

「俺の彼女になにしてんの、ヘンタイ」
　俺は、今にも襲いかかろうとしている見知らぬ男と、恐怖に顔をゆがめる白井ゆりの前に立ち、冷たくそう言い放った。
「んー？　ありゃ、これは誰かと思えば、御影皐月くんじゃん。え、っていうか今なんて言った？　彼女？」
　男は、ぎゅっと白井の手首を握ったまま、余裕たっぷりの笑みを浮かべて振り返った。
「っ……」
　白井は長い黒髪を振り乱して、下唇を噛んだまま、苦痛に顔をゆがめている。はじめて会ったときの凛とした表情はそこにはない。
　それを見た瞬間、心の奥に冷たいものが流れていくのがわかった。
「そう、彼女。悪い？」
　怒りを鎮めて、にっこりと笑いながら俺は言う。
　ヤツの目にどんなふうに俺が映ったのかは知らないけど、一瞬目が揺らいだのを俺は見逃さなかった。
「人の物に許可なく触れてんじゃねえよ。あー、もしかして……痛い目見ないと、わかんない？」

「っ、わ、わかった」
　びくり、と小さく震えて、ヤツは白井の手首からゆっくりと手を離した。
「こいつに二度と近づくな」
　そう言って睨みつけると、そいつは口を固く結びながら、そそくさとどこかへ行ってしまった。
「平気……？」
　手を差し伸べると、少しだけびくり、と白井の体が震えたのがわかった。
　あ、怖いんだと気づいて、俺はゆっくりと手をおろす。
　彼女は少しだけふらつきながら、じっと、俺の顔を見上げる。
「ぁ、……な、んで」
「彼女なんて言ったのはごめん。なんか困ってるみたいだったし」
「違う、そうじゃなくて」
「？」
　なにが違う？
　しばらく、白井はぅ、ぁ、と恥ずかしそうに視線を泳がせたあと、
「……あ、りがとう助けて、くれて」
　ぺこり、と頭を下げる。その耳は真っ赤に染まっている。
「…………」
　なんだこれ、ちょっと可愛い。
　相当恥ずかしかったらしく、白井は俺に顔を見られまい

と、そっぽを向いてしまった。
「白井って、男が苦手なの？」
「……別に、苦手じゃないです」
「さっき泣きそうな顔してたじゃん」
「そ、それは……逆光で」
「ここ、すごい暗いけど」
「……ぁ、うぅっ」
　墓穴を掘ったらしく、白井は恥ずかしそうに顔をゆがめながら、赤くなった顔を両手で隠している。
　……なにこいつ。
　それから、俺は思い出す。昼間は俺に堂々と、クッキー渡してたのに。
「もしかしてあのときも、無理して俺に渡してたんだ」
　だんだん、こいつの反応を見るのが楽しくなってきて、俺はからかい口調でそう言うと、
「……無理なんて、してないですから」
「嘘。俺にクッキー渡すとき、ちょっと震えてたじゃん」
　むっとした顔で、白井は言った。
「震えてないです」
「強がり。素直じゃないヤツ」
「だって、あれは……っせっかく作ってくれたのに、食べてもらえないなんて、なんかイヤだったから」
「認めるんだ、男が苦手だって」
「それとこれとは別でっ……！」
　驚いたように目を見開く表情も、いじけたように顔を赤

らめる表情も、昼間のあの氷のような表情からは想像できないほど、和らいだもので。

キンコンカンコーン、と鐘の音で俺たちの会話は途切れる。

そこで、あ、と俺は鞄を高梨に任せたままだったということを思い出した。なにも言わずに勝手に走ってきたから、きっとアイツでもさすがに怒っているに違いない。

「俺、もう帰るから」

白井は、ぁ、と口をもごもごさせながら、なにか言いたげにしている。その反応が可愛くて、もっと困らせてやりたくなる。

「男が怖くてひとりで帰れないなら、俺が一緒に帰ってやってもいいよ？」

なんて、意地悪なことを言ってしまう。

「ご心配なく、ひとりで帰れます！」

「ふぅん。本当は怖いんじゃないの？　素直になりなよ」

「子供扱いしないでください」

思わず、吹きだしそうになる。

あーどうしよう。癖になりそう。いちいち反応が可愛すぎて。意地悪してやりたくなる。

けれど、そんな気持ちをなんとか隠して、俺は平静を装う。

なにか言いたげな白井を無視して、俺がすっと踵を返した、そのとき。

「あ、の……！」

ほら、やっぱり。
　くすくす笑いたくなる衝動を抑えて、俺は首だけ振り返る。
　白井は、視線を上に、下に、左に、向けて。
　それから、恥ずかしそうに、本当に恥ずかしそうに、
「……助けてくれて、ありがとう」
　頬を薄く染めて、そう、白百合の純潔を表すように、微笑みながら小さく、そう言った。

「ったく、お前なー。俺をパシリかなにかと勘違いしてるんじゃないの!? 廊下寒かったんだけどっ、聞いてんの?」
　帰り道、高梨に怒られながら俺は彼女の言葉を思い出す。
『もらったのに、食べないんですか』
『つるならプレゼントをもらうなんて期待させる行為、やめたほうがいいんじゃないですか』
『次は、ちゃんと人のこと考えてあげてください』
　ふと、制服のポケットに手を入れると、あのクッキーがしゃか、と動く音が聞こえる。ポケットから取りだして、ラッピングをほどいてひとつ、口の中にほおり込んだ。
「……甘い」
　けれど、その甘さは、不思議とそんなに嫌いじゃなかった。

同居人は学校一の××

【ゆりside】

　その日の帰り。
　居候のことなど、すっかり忘れ……慌てて幼稚園へ翔太を迎えに行って、手をつなぎながら、今日の夕ご飯なにがいい？って聞いていたら、
「おー、おねーちゃん、あたらしいかぞくが来るから、今日はごちそうだねー」
　という無垢なひと言を聞いて、固まる。
　すっかり頭の中から消えていた。
　ど、どうしよう、どうしよう。
　私、心の準備もできてないのにっ。というか、今さらだけど、どんな顔して毎日を過ごせばいいの？
　頭を抱えながら、翔太に、
「うははーおねーちゃん、カイリュウジャーのあくやくみたいな顔してるー、がおー！」
　と、変なたとえをもらうような、沈み込んだ表情で家に到着した。
「…………」
　玄関には、すでに見知らぬ男物の靴が置いてあった。
　リビングからは、お母さんとその誰かの楽しげな話し声が聞こえる。

性格悪そうな人だったらどうしよう、と思いながらリビングのドアを開けて、私は驚愕した。
　向こうも、驚いたように目を見開いたまま固まっている。
　きっと、私も同じような顔をしているに違いない。
「……あ、なっ」
　そして、なぜか彼は、私の隣でおー！と手をぶんぶん振る翔太を見て、また驚いたように、さらに目を見開いている。
「サツキだー！」
「あら、しょうちゃん、皐月くん知ってるの？」
「この前会ったんだー！　アイスくれたー！」
　……いったい、このふたりにどんな出来事が……なんて、そんなことを考えている場合じゃない！
「まあ、ともかくふたりとも座って座って」
　お母さんは、私たちをリビングのソファに座らせると、コホンと小さく咳払いをして、ばっと彼に手を向けた。
「というわけで、今日から一緒に暮らすことになった、御影、皐月くんでーす」
「…………」
「…………」
「おー！　サツキサツキー！」
　なぜか言いきった気満々のお母さんと、よくわからないけれどテンションの高い翔太の横で、私たちふたりは、無言で顔を伏せたまま……なにも言えない。
「お、お母さん」

おずおずと手を挙げてお母さんの顔を見ると、挙手した生徒を当てるような口調で、答える。
「なんですか、ゆりさん」
「……あの、私てっきり中学生とか、小学生とかそういうのを想像していたんですが」
「あれ、言ってなかったっけ」
　とぼけたような顔でお母さんが歯切れ悪く、答える。
　ばつが悪くなったのか、さて皐月くんの荷物片づけないとねー、と立ちあがろうとするお母さんの手を掴んだ。
「お、お母さんっ、ごまかさないで！」
「……てへ」
「てへ、じゃないっ！」
「だって本当のこと言ったら、絶対ゆり、イヤだって言うじゃない」
「当たり前でしょう！」
　私が問いつめようとすると、お母さんはだってだって、大きい息子がほしくてー、と駄々をこねはじめる。
　私が絶対反対！と声を張りあげようとした、そのとき。
　くいっと、制服のスカートを誰かに引っ張られる。
　なにかと思って隣を見ると、翔太がじっと私を見上げる。
「サツキ、うちに来れない、の？」
「……う」
「おねーちゃん、サツキきらいだから、いっしょにすめない？」
　翔太の瞳にだんだんと雫がたまっていく。

くそう、私は翔太にこの顔をされてしまうと、どうしても強く出られなくなってしまうのだ。
　……これぞ必殺・翔太泣き落とし攻撃。
「ぁ、う、……だ、」
「だ？」
「大丈夫！　サツキおにーちゃんとは、一緒に暮らせるから！　だから、泣かないで翔太」
　私がそう言うと、翔太はぐすっと鼻をすすって、聞いた。
「……ほんと？」
「うん、ほんと。おねーちゃんは嘘つかないでしょう？」
　じっとのぞき込む無垢な瞳に、私は強く頷いてしまう。
「うん！　じゃあ、サツキは今日からぼくらのかぞくだー」
　わ、た、しの……ばかぁああああああああああっ!!

　結局私は折れるほかなく、御影くんは、私の部屋の隣にある空き部屋を使うことになった。
　お母さん、私、御影くん総出で、玄関に置いてある彼の荷物を２階に運ぶ。
「皐月くん、これはどこに置くのー？」
「あ、はい、えっと、その辺に置いていただければ。茜さん」
「うふふー茜さんだなんてうれしいわー。ぜひぜひもっと呼んでね、皐月くん」
　お母さんと御影くんの会話を聞きながら、段ボールを、
「よいしょっ」
　と、持ちあげようとした、そのとき。

「う、わっ……」
　予想外に重くて、くらりとうしろに重心を持っていかれた。あ、こける、と目をつむったそのとき。
「っと、危な。ごめん、ありがと。無理しなくていいから、俺がやる」
　ふいに、上のほうから声が降りかかってきた。
　びっくりして見上げると、御影くんの瞳が見下ろしていた。
　温かくて大きな手のひらが、私をうしろから抱きしめるような支え方。その状況に、私は一気に顔が赤くなってしまう。
「い、いい……です。で、できるから」
　震えてしまう。
　怖くて、恥ずかしくて、どうしようもなくて私はうつむいた。
「照れてるの？」
「べっ、別にそんなんじゃありません、というか離れてください、近いです」
「はいはい」
　私が抗議しようと、なにか口にしようとする前に、御影くんはあっさりと私から離れる。そして、とても自然な動作で私の手から段ボールを取りあげた。
「本当に……いいわけ？」
「……なにがですか」
「男、苦手なのに居候して」

なにを今さら、と言おうとして、止まった。見上げた御影くんの顔が、私をからかっているようには見えなかったから。
「……大丈夫ですよ、ほら」
　私は彼の服の袖をぎゅっと握りしめて、見上げた。
　かすかに、震えてしまう。けれど、それをごまかすようにくっと手に力を込める。
「全っ然怖くないから。……だから、私の心配なんてしなくていいです。もし困ったことがあれば、聞いてください」
「……そ」
　御影くんは素っ気なく、そう返す。
　私は内心ほっとして、掴んだ彼の袖を離した。……よかった、震えていたのはばれなかったみたい。
　御影くんは持った段ボールを2階に運ぼうとして、あ、となにかを思い出したように声を上げた。
「どうかしました？」
「ううん、今困ったこと思い出して」
「なんですか？」
　私がそう聞くと、御影くんは意地悪そうに笑いながら、くるりと振り返る。
「同級生のくせに、敬語で話すの、やめろよ」
「……は？」
「だーから、その敬語やめろって言ってるの」
「は、はあ、わかりまし、……わかったよ」
「ん」

私が敬語をやめると、御影くんは満足そうに笑って、それからぐんっと私の顔の近くまで距離を縮めてくる。
　思わず顔をそらしてしまうのを忘れてしまうほど、彼の整った顔立ちに、目が離せなくなってしまった。
「それと」
「っ、みかげ……っ」
　耳元で、低く唸るような声でささやきかけてくる。
「強がるのは、見ておもしろいけど」
「っ、な」
「震えてるの、ばれてないとでも思ってる？」
　思わずばっと横を見ると、意地悪そうに口元をゆがめながら、御影くんはくすりと笑った。
「俺を騙したいなら、もっと嘘が上手くなってからにしなよ。それまでは、無理して強がるのは禁止」
「なっ別に、私は……っ」
　言い返そうと、口を開こうとする。
「あ、顔が赤くなった」
「なっ」
　思わず両手で顔を隠すと……なんだか、上のほうから笑い声が聞こえる。
　な、なに？
　顔を上げると、御影くんがおかしそうにくすくす笑いながら、顔を伏せていた。
「くっあははは、簡単に引っかかりすぎ。バーカ」
「い、今の……嘘？」

「うん」
「な、ぅ……意地悪だ、御影くん」
「こんな簡単に引っかかる白井が、単純(たんじゅん)なんじゃない?」
「……別に引っかかってないもん」
「え? なに聞こえない」

　御影くんはおかしそうに私を見下ろしながら、そう口にする。
「もういいです! 私は夕ご飯を作るから、さっさと荷物持っていって!」
「はいはい」

　勝負したわけでもないのに、負けた気がするのはどうしてだろう。

　やたらと上機嫌な御影くんをおいて、私はさっさとリビングに向かう。リビングでは翔太がちょうどやっていたテレビアニメを、きらきら目を輝かせて見ている。……もう、ほんとこういうところは可愛いんだから。

　冷蔵庫を開けて、中を探る。

　んー、昨日の残りもあるし、今日はバタバタしていたから。

　よし、決めた。私は冷蔵庫から材料を取りだすと、料理に取りかかった。

「翔太、ご飯できたから運ぶの手伝ってー」
「はーい」

　私が呼びかけると、テレビアニメを見終えた翔太が台所

までやってくる。ちょうど片づけが終わったらしい、お母さんと御影くんがドアを開けた。
「ご飯ご飯、お腹すいたわー」
「今よそうから、お母さんテーブル拭いて」
「はーい」
「御影くん、これテーブルに持っていってくれるー?」
　私は皿に盛りつけた肉じゃがと焼き魚を持って、御影くんに言った。ドアのそばに立ったままだった御影くんは、
「あ、……ん」
　ワンテンポ遅れて私の言葉に返事をして、おかずをテーブルに運びはじめた。
　テーブルにお皿を乗せて、順番に箸を配る。御影くんの分はお母さんが仕事帰りに買ってきたらしい。
「はい、御影くんの箸」
「……ありがと」
　私から箸を受け取ると、テーブルの上に乗せられたご飯をなんというか、ものめずらしそうな、不思議そうな顔で見ていた。
「いっただきますー」
「いただきます」
「おなかへったー」
　いつもと変わらない、ばらばらのかけ声にもうひとつ、控えめな声が聞こえる。
「……いただき、ます」
　私は少し緊張しながら、御影くんが箸を運ぶのを見る。

一応自信作の肉じゃがを箸で取ると、ゆっくりと口に運ぶ。
「…………」
「…………」
　御影くんはなにも言わない。
　私から聞くのは、はばかられて。けれど、感想を聞きたくてうずうずしていると、隣に座っていたお母さんが聞いてくれた。
「どう？　ゆりが作ったのよ。おいしい？」
「……嫌いじゃ、ないです」
　そのひと言に、私はほっと胸をなでおろした。
　口に合わないんじゃないかと心配したけれど、御影くんはよそったご飯を残すこともなく、全部食べてくれた。
　……それがちょっぴりうれしかったことは、秘密にしておこう。

　みんながご飯を食べ終わる頃には、お母さんは冷蔵庫にあったビールでのんだくれていた。
「翔太ー。お母さん起こしてー」
「はーぁああい」
　お皿を流しに運んで、スポンジに洗剤をつけてお皿を洗いはじめる。
「おねーちゃん、サツキも寝ちゃったー」
「へ？　御影くんも？」
　あーそういえば、さっきお母さんに絡まれてたもんなぁ。

それは疲れるに違いない。
　私は最後のお皿をすすぎ終えて、水を止める。うしろを振り返ると、お母さんはカーペットの上で寝ちゃってるし、御影くんもソファに横になってすやすや寝ている。
「翔太、もう遅いから、お母さんを寝室に連れていって、一緒に寝ちゃいなー」
「はーい」
　翔太は、お母さんの上に乗っかって、ゆらゆらして起こしたあと、寝室に行ってしまった。
　……さて。
　時計を見ると、もう10時半を回っている。
　そして、その時計の秒針と同じように、ソファで規則正しい寝息を立てている御影くんを見おろす。
「うぅ……どうしよう」
　こんなところで寝ちゃうと、風邪ひいてしまいそうだし、でも私、近寄れないし。
　翔太に来てもらって、起こしてもらおうかな。でも、もう寝ちゃっているだろうし。
「……ふう」
　ゆっくり深呼吸をして、一歩、一歩、ソファに近づく。
　覚悟を決めて、ゆり。
　お母さんも言っていたでしょう、これを克服しなければいけないって。
　足が震える。
　近づいちゃダメだって、心でささやく声が邪魔をする。

でも、そうしたら御影くんが風邪をひいてしまうかもしれない。
　ゆっくりと、できる範囲まで近づく。
　ちょうど、ソファに横たわって寝息を立てている御影くんの1メートル前。
「み、御影くん起きて」
「……ん」
　御影くんはまったく起きる様子を見せないで、少しだけ顔をゆがめて寝返りを打つ。
　やっぱり、こんなところからじゃ聞こえない、よね。
　バクバク心臓が脈を打つ。
　震えて、怖くて、恥ずかしい気持ちを抑え込むように、私はくっと胸を手で押さえつけて、すり寄るように近づく。
　あと、50センチ。
　あと、40センチ。
　……あと、30センチ。
　そこで、私の足はぴたりと止まってしまう。
「……はあ……」
　いつの間にか息を止めていたらしくて、思いっきり息をはきだした。
　しゃがんで、そっと御影くんの顔をのぞき見る。
　私をからかっていたときの、意地悪そうにゆがめていた口元ではない。すやすやと眠っている今は、無垢な子供みたいだ。
「わぁ……きれいな顔だなぁ」

女の子みたいに、白くてきれいな肌。閉じられた瞳に縁どるまつ毛は、とっても長い。
　さらり、と柔らかそうな茶髪が頬に降りかかるたび、御影くんは、ん、と小さくうめき声を上げて、ウザったそうに眉をひそめる。
　御影くんのことはよく知らないけれど、昼間も告白されていたし、きっとモテる人なんだろうな。
　って、なにを考えてるの私はっ。
　けれど普段なら、こんなに男の人が近くにいたら怖くて、息もできないくらいなのに……不思議。
　ちょっぴり恥ずかしいけれど、そんなに怖くない。
「……なんでだろ」
　不思議に思って御影くんの顔を凝視する。寝ているから？　あ、それにちょっと女の子っぽい顔立ちだからかな。
「……んん」
　いきなり御影くんがもぞっと動いて、私はびくっと震えてしまった。
　お、起こさないと。
　私は勇気を振りしぼって、御影くんのシャツをつまんでピッと引っ張った。
「御影くん、起きて。風邪ひいちゃうから」
「……ん、……や」
　いやいや、と駄々をこねる子供のように、むっと口を結んで、首を振る。
　……な。

「御影くん?」
「……ん、やぁー……」
　か、かわ……。
　思わず言いそうになって、私は慌てて口を閉じる。
　聞こえたんじゃないかと、冷や汗をかきながら御影くんを見る。
　可愛いだなんて言ったら、絶対、頭に角をはやすぐらい怒るに違いない。
「御影くん起きて、もう部屋で寝なよ」
「……め、んどい」
　面倒くさいって。
　御影くんって案外アバウトな人なのかな。
　御影くんが寝ていることに安心してしまった私は、もうちょっとだけ近づいて起こそうと、顔を近づけた。
「御影くーん?」
「……寒い」
「そりゃ布団もかかってないんだから当たりま、きゃ!」
　あきれ顔で御影くんの寝言に返したそのとき。
　起こそうとシャツをつまんでいた手をいきなり掴まれたかと思うと、
「み、み、みかげっ」
　ソファに引き込まれて、私の体はバランスを崩してしまう。その拍子に、御影くんの胸の中に飛び込んでしまった。
「……温かい」
「なっぁ、ぅ、ぁうう……っ」

ふわり、と抱き寄せられた服から漂う、私の家の匂いとは違う柔らかなやさしい花の香りに、一気に体温が上昇していく。
「……み、かげくっ」
「……いくの」
　爆発しそうな心と、熱くなりすぎた顔のせいで、慌てて離れようと腕に力を込めたとき。
「は、なしっ……！」
「や、だ。……どこ、行くの」
「っっ、なにを言って」
　混乱した頭のまま、私がはっと顔を上げると、そこには、苦しそうに顔をゆがめながら唇を噛みしめる、御影くんがいた。
「お、いて、行かないで。……お願いだから……忘れないで」
　一瞬、その言葉に私は動きが止まってしまう。
　恥ずかしくて、怖いのに。今すぐ振り払ってしまいたいのに。
『お願いだから……忘れないで』
　けれど、そろそろ私の心も限界に達していた。きゅう、と締めつけられる甘さに、耐えきれなくなってしまう。
　ごめんねっ、御影くん！
　心の中で精いっぱい謝って、私は無理やり彼の腕から自分の腕を引きぬいて……そして大きく、振りかぶった。

嫌いじゃない

【皐月side】

　——パシン！
「……い、たっ」
　いきなり右頬に痛みが走る。俺は、はっと目を覚ました。
　目を開けると、そこは見知らぬ家のソファだった。
　……どこ、ここ。
　寝ぼけた頭でゆっくり見上げると、時計が10時50分を指しているのが見えた。
　あ、そうか。
　俺、白井んちに居候してるんだっけ。
　寝ぼけた頭をかいて、ソファから降りようと視線を動かした、そのとき。
「……白井？　そこでなにしてんの？」
　肩を上下させながら、床に膝をついて、髪を乱した白井がいた。
「……べ、別にっ……なんでも、ないっ」
「？　ならいいんだけど」
　妙（みょう）に顔を赤くして、きっと俺のほうを睨みつけてくる。
　……俺、なんかした？
「……風邪」
「なに？」

また睨まれた。しかもちょっと涙目で。
　白井はいきなりむくっと立ちあがると、振り乱した髪を整えて、
「……風邪ひくから、部屋で寝たら」
　そう言い捨てると、ふいっとそのままそっぽを向いて、テーブルに向かった。それから、椅子の足元に置いてあった鞄を机に置く。
「お前は寝ないの？」
　なにげなく聞くと、勉強、と短い返事が返ってくる。
　あのガキを幼稚園に迎えに行って、家事して。そんでこんな夜遅くに勉強？
「今日くらい別に」
　そこまで言いかけて、思い出す。
　そういえば、高梨が言ってたっけ。白百合姫は、運動も勉強もできる完璧人間なんだって。
「そんなわけにはいかないよ」
　……話で聞いているときは、まるでなんでも完璧にこなす、努力のかけらもない天才人間なのかと思っていた。
　白井は教科書と参考書、ノートを広げると、さらさらと問題を解きはじめた。
　俺は立ちあがって、なんとなく白井の前の席に座る。椅子を引く音にびくっと、彼女の肩が震える。
　そして、「……なにか用？」と、首をかしげて俺を見上げた。
「ううん、別に」

「そう」
　テーブルに頬杖をつく。
　そして、真面目な顔で問題を解く白井をじーっと見る。
　しばらく、そんなことを続けていると、
「……なに。あんまり見ないで」
　たぶん本人は隠しきれてると思っているんだろうけど、しかめっ面で、けれど恥ずかしそうに眉を寄せながら、そう言った。無意識にくすっと笑ってしまう。
「恥ずかしーの？」
「別に恥ずかしくないです」
　むきになる白井の反応が可愛くて、ついつい意地悪を言ってしまう。
「ならいいじゃん」
「そっ、それとこれとは別っ」
「なにが？」
「知りません、話しかけるなバカっ」
　むすっと口を固く結んで、白井は再び問題を解きはじめた。
　ぼーっと、今までのことを思い返す。
　テーブルに乗せられたたくさんの温かい料理。みんなで椅子に座って手を合わせたこと。ご飯を食べ終わってから、お酒をのむ茜さんと大騒ぎ。
　俺は、テーブルの上に顔を伏せる。
「……白井は、さ」
「ん？」

ぽつり、とつぶやく。
その声は、情けないことに切なく、寂しそうに聞こえる。
「……毎日家族で飯食ってんの？」
しばらく、沈黙が続く。
それから、うんと、小さな声で返事が返ってくる。
「ふぅん、そっか」
目を閉じて思い出すのは、抜け殻のような、今までの思い出。
家に帰っても、誰もいないのは当たり前だった。
学校から帰って、電気のついていない自分の家を見るたび、ずきん、となにかが抜け落ちていくような気がした。
だから。だから、帰りたくなくて。名前も知らない女と適当に時間をつぶして。けれど、家に明かりがともっていたことなんて、結局一度もなかった。
寂しいなんて、思わない。
悲しいなんて、思わない。
そうやって思うのは、他人になにかを求めているからだって。
だから……俺は。
「御影くんは」
いきなり声をかけられて、俺は伏せていた顔を横にそらして、返事をしないで、そのまま頷いた。
「ああやって賑やかに、ご飯食べたり、テレビ見たり、一緒に過ごしたりするのは……嫌い？」
それはたぶん、白井の心遣いだったんだろう。

だってこいつは強そうに見えて、完璧そうに見えて、きっと……とても、やさしい。
「嫌いじゃない」
「……え?」
「嫌いじゃないよ、こういうの」
　俺は小さくそうつぶやいて、そっとまた目を閉じた。

2章

お風呂はのぞいちゃダメ！

【皐月side】

「……ま、待ってよ!!」
　朝。
　まだ見慣れない部屋で、下のほうからざわざわと騒ぐ声に、目が覚めた。
　なに？
　不思議に思って、階段を下りて声のした玄関のほうを見ると、
「お母さん、それはないよ！」
　もう学校の制服を着た白井が、なにやら必死な顔で抗議している。
　玄関で靴を履いているのは、昨日のんだくれていたとは思えない……。しっかりと、スーツを着ている茜さん。
「そんなこと言っても上司の命令だしねぇー……あ、おはよー皐月くん」
「おはようございます、茜さん」
　あいさつを返すと、俺のいることに気づかなかったのか、白井はびくっと肩を震わせたかと思うと、
「……み、御影くん」
　と、眉をハの字に下げて、困ったような顔で小さくつぶやいている。

「どうしたんですか？　朝から」
「いやー困ったことに、私も急に出張が入っちゃって」
　高いヒールを履き、腕時計をちらり、と確認して茜さんはさらりと言った。
「しばらく家を留守にするから、皐月くん、大変でしょうけれど、ゆりと翔太をお願いね」
「……は？」
　素っ頓狂な声を上げて固まる俺をよそに、茜さんは隣に置いてあったキャリーバッグを手に取る。
「……しばらくって、どれくらいですか」
「んーそうね、２週間くらいかしらー」
「にっ」
　２週間っ!?と驚きの声を上げそうになって、慌ててその言葉をのみ込む。
　隣にいた白井は、
「お母さん、それはないよっ！　まだ御影くんが来たばかりなのにっ！」
「無理言わないでよ」
「私には無理を言うくせにっ、お母さんに無理を言っちゃいけないなんてルールないもん！」
　と、かなり混乱しているらしく、ハチャメチャなことを口走っている。
「とにかくもう行かなくちゃいけないわ！　じゃ！　ふたりとも健闘を祈る！」
　戦場に向かう兵士のごとく、かっこよく敬礼をした茜さ

んは、必死に止めようとする白井を軽々とよけて、さっそうと白井家をあとにした。

しーんと静まりかえった、玄関。

ふと隣を見ると、世界の終わりみたいな顔をした白井がびくり、と顔を上げた。

別に悪いことをしたわけではないのに、その過剰な反応に、ばつが悪くなってしまう。

「おねーちゃん、ごはんー」

そんな空気を打ちやぶったのは、ガキ、あらため翔太だった。

結局、放心状態の白井は朝ご飯を作ったあと、

「翔太を幼稚園に送っていかなくちゃならないから、先に行って！」

とのことで、俺はそそくさと家をあとにした。

学校につくと、ニヤニヤした顔の高梨が教室で待ちかまえていた。

ウザ。と、心の中でつぶやきながら、高梨に話しかけられる前にさっさと廊下側のうしろから２番目の自分の席に座る。

すると、

「やーやーちょっと無視は冷たくないかね、皐月くん」

と、図々しく俺の前の席に座って、話しかけてきやがる。

「なに」

「なにってもー、そんなの私の口から言わせないでくださ

いよぉ、どうなんですか、同棲生活は！」
「ウザ」
　完全に俺をからかおうと企む高梨を無視して、はあ、とあくびを噛み殺す。
「うっすい反応だなぁー。なあ、そのシライサンの家に女いた？　女！」
「さあ、いたかもね」
「どんな子!?　可愛い？　美人？」
「知らない」
　バンバンと、勢い余って机をたたく高梨を無視。俺は机に伏せて、ぼーっと朝のことを思い出す。
　……大丈夫、じゃないよな。
　さすがに、まだ1日経ったばかりなのに3人で、しかも、ひとりは子供だし。
　はーっとため息をついて、黙らない高梨の頭をいい加減引っぱたいてやろうか、と思ったそのとき。教室中が、ざわざわと騒ぎはじめた。
　クラスのやつらは興奮気味に、教室の窓から校門を見下ろしている。
「白百合姫だ！　今日もきれいっ」
「でもめずらしいね、こんなに遅い時間に」
「はーどうやったらあんなに肌白くなるんだろー」
　白百合姫って、白井のこと、だよな。
　ちょっと見たい気分にもなったけれど、高梨にからかわれるのがイヤだったので、くっとこらえて、

「なー教えろってー」
　と、いまだに駄々をこねるアホな友達に、教えてやることにした。
　むくり、と伏せていた顔を上げて、ニヤリと微笑んでやる。
「高梨、教えてほしい？」
「えっ、マジで教えてくれんの!?」
　俺は目を細めて、みんなが見ている窓の方向をゆっくりと指す。そうすると、高梨は不思議そうな顔をして、誰だよ、という顔。
　ぽかんとするアホ面を想像して、心の中で吹きだしながら、
「白百合姫」
　と、言ってやる。
「は？」
「白井ゆりんちだよ、俺の居候先」
「え、ええ、えええええええーっ!?」
「うるさい、黙れアホ」
　あまりの大声に、白井に注目していた視線が俺たちのほうに向けられる。
　あーおもしろい。
　くすくす笑うのがばれないよう、口元を押さえる。
「ほんと!?　それほんと!?」
「さあ？」
「ちょっ！　教えてくれたっていいじゃないかよっ」

身を乗りだして知りたそうにしている高梨が、ご飯をお預けされている子犬みたいに見えて、ますます笑えてくる。
　キンコンカンコーン、とちょうどいい具合に鐘が鳴った。
「座れよ、さっさと」
「皐月の意地悪ーっ！」
　男にそんなこと言われてもうれしかねえよ、バーカ。

　結局、高梨にその答えを出させてしまったのは、昼になってからのことだった。
　いつもと同じように、朝コンビニに寄って買ってきたパンを机に置いて、紙パックのウーロン茶をのみながら、高梨からのウザい質問を聞き流しているときのこと。
「きゃあっ」
「どうしてここにっ!?」
　妙に廊下のほうが騒がしい、と思って、開いていた窓の隙間から、首をうしろに倒してのぞいてみる。
　……ウーロン茶を吹きだしそうになった。
　そこにいたのは、みんなの視線に戸惑いながら、きょろきょろと周りを見渡す、白井だった。
　なにやってんの、アイツ。
　思わず声が出そうになったけれど、近くに高梨がいるのを思い出して、くっと言葉をのみ込む。
　向こうはそんなこと露知らず。しばらくきょろきょろ不安そうにあたりを見回して、ようやく窓から顔をのぞかせる俺を見つけると、ぱぁあぁっと口元をほころばせて、小

走りでこちらにやってくる。
　……なにこいつ、可愛すぎんだけど。
　狙ってやってるんだとしたら、小悪魔的だ。
　ニヤニヤする顔を見られたくなくて、思わずストローから口を離して、手で覆い隠す。
「……み、御影くん」
　俺のところまでやってきたけれど、やっぱり距離がある。
　それにちょっともやっとする。……ん？
「なに？」
　俺がそう言うと、しばらく困ったように、視線を下にして……どうやって話を切りだそうか、と考えているような顔つきをしている。
　そして、覚悟を決めて口を開いたそのとき。
「白百合姫！」
　バン！と俺が顔を出していた窓を全開にして、いきなり身を乗りだした高梨。
　その音と、いきなり身を乗りだした怪しい男にびくり、と肩を震わせて半歩うしろにさがる、白井。
「勝手に見んなアホ」
「お前の話、本当だったんだなっ。本当に白百合姫とむぐ」
　興奮気味に白井に近づこうとする、高梨の口を無理やり塞いで、頭を引っぱたいておく。
「だ、大丈夫？」
　心配そうに、眉を下げながら高梨のほうを見る。
「大丈夫、大丈夫」

「大丈夫じゃないわっ！」
　暴れる高梨がうっとおしくて、俺は手を離してやった。
　はー死ぬかと思った、とぜーぜー息をはく高梨。
「お前、最近俺の扱い酷くないっ!?」
「酷いことされんの好きだろ」
「なんだその俺様セリフっ！　俺にそっちのケはないよっ」
「えっ」
「意外そうな顔されちゃった！」
　ぷんすか口を尖らせながら、高梨はおとなしく椅子に座る。
　ったく、こいつは。
　ごめん、そう謝ろうと顔を向けて、固まる。
「ふたりは仲がいいんだね」
　そう言いながら、頬を桜色に染めて、安心したように顔をほころばせて笑う、白井。
　どきん、と大きく心臓がはねるような音が聞こえた。
　その甘くてしびれるような感情に、気づきたくなくて。意地悪で、性格の悪い俺は、ごまかしてしまいたくて。
　――バシンっ！
「痛っ！　なにすんだよ、皐月！」
「……別に」
　ごまかしに、隣でたぶん俺と同じように顔を赤くしているだろう、高梨の頭を引っぱたいて、そのままふいっと顔をそむける。
　……違う、これは。きっと、気のせい。

「で、なんか用があったんじゃないの」
　俺は、顔をそむけたまま素っ気なく、白井に聞いてしまう。
　ああくそっ、俺らしくない。
　こんなことで揺らぐほど、ウブなヤツじゃねーだろ、俺。
「あの……」
　と口を開いて、彼女の視線が、すっと俺からずれるのがわかった。白井の視線を追うと、それは俺の机の上に置かれたコンビニパンだった。
「……これがどうかした？」
　そう聞くと、白井は慌てたように片手をぶんぶん振る。
「な、なんでもないっ」
「なんでもないのに、わざわざ俺のクラスまで？」
　確か白井は２組だった気がする。
　俺のクラスは８組だし、かなり遠いと思うんだけど。
「ぁ、いやっ、なんでもないわけじゃなくてっ」
「じゃ、なんで？」
「そ、それは」
「もしかして俺に会いに来てくれた？」
「違います！」
　慌てふためく白井が可愛くて、ニヤリと笑いながら意地悪を言ってみる。思った以上に、反応がおもしろいから。
「俺に会えなくて寂しかったの？」
「全然寂しくありません」
「嘘つかなくてもいいのに」

「いたって正直です」

　むすっと口を結ぶ白井が可愛くて、俺は視線をそらしながら、口元を隠す。

「あの、今日ちょっと遠いスーパーで格安セールがあって」

「ん」

「その……私は手が空いてないから、幼稚園へ翔太をお迎えに行ってほしくて」

　……あの幼稚園児か。

　渋い顔をしてしまいそうになるのは、俺はあんまりガキが好きじゃないから。けれど、視線を浴びながら、それでも来てくれた白井の頼みを断りたくなかった。白井のことになると甘くなってしまう。

「いいよ。別に」

「よかった。……ありがとう、御影くん」

　思わず抱きしめたくなるような、明るい表情で白井が俺に笑いかける。

　……落ち着け、俺。

　白井はたぶん、自分がどう見られているかなんて絶対わかってない。

　そして思い出したように、あ、と口にして、ポケットからなにかを取りだした。

「これ、幼稚園までの地図と家の合鍵。私と御影くん、どっちが早く帰ってくるかわからないから……」

　そう言うと、俺の手のひらにぽとりと鍵を置いて、

「じゃあ、また」

と小さく手を振って、行ってしまった。
　小さくなっていく白井のうしろ姿を見送ったあと、俺は窓を閉めて、机にあった自分のパンに手を伸ばした、そのとき。
「はーやっぱり近くで見ると、ほんと可愛いなぁ」
　と、余韻に浸るかのように頬を赤く染めた高梨が、つぶやいた。
「……きも。頬たるみすぎて死ねばいいのに」
「おまっ。それにしたって、白百合姫が男とあんなにしゃべってるとこ、はじめて見たよ。つか、笑顔がっ」
　無性にイラっとして、掴んだパンを高梨の口にぶち込む。
「むがっ、なにすんだよ、もぐもぐ」
「しゃべんな。……ムカつく」
「はあ？　なんだよ生理か？」
「ぶっ飛ばすぞ」
「……はい」
　はあ、とため息をついて、妙にふわふわしたこの気持ちに顔をしかめる。
「……落ち着け、俺」
　そうつぶやいてみたものの、変化はない。
　……くっそう、これ絶対白井のせいだ。
　白井が来たせいで教室中の視線を集めていたのが、ようやく薄らいで、授業がはじまる鐘が鳴った。
　教室に入ってきた担任が教卓の前で、
「少し早い話だがー、学園祭の実行委員を……」

と、話しているのを聞き流して、廊下側の窓からぼーっと外を眺める。
　その空は黒く重い雰囲気をまとっていて、太陽の光が弱々しく見え隠れしていた。
　天気予報だと降水確率は20％だって言ってたのに。
　傘持ってきてねーな、と顔をしかめる。
　その気持ちを嘲笑うかのように、ぽつぽつと大粒の雨が空から降りはじめた。

「サツキ遅いー！」
　結局、学校が終わる頃には雷がゴロゴロと鳴りひびき、大雨になっていた。仕方なく遠回りして、コンビニで透明のビニール傘を買ってから幼稚園までやってくると、先生と翔太が玄関で待ちかまえていた。
「サツキ、じゃなくてサツキお兄ちゃんと呼べ、ガキ」
「ガキじゃなくってー翔太だもん、サツキー」
「はいはい」
　いい加減慣れたこのやりとりを、くすくす面白そうに笑っていた先生にあいさつをして、俺たちは幼稚園をあとにした。
「お前、傘は？」
「ないー」
「はー……しょうがないな。さっさと入れば」
「ういーさんくすさんくす、さんくすいれぶん」
「……それはふたつのコンビニから抗議が来そうなあいさ

つの仕方だな」
　自分よりもふた回りほど小さな体が、すっと傘の中に割り込んでくる。そのことが、とても不思議だった。今、自分がこうしていることが。
　……変なの。
　このくすぐったさは、きっとどれだけ経っても消えない。
「うー」
　いきなりうめき声が聞こえたので下を向くと、
「サツキ歩くのはやいー」
　口を尖らせながら、じっと見上げてくる小さな顔。
「はいはい」
　今度は普段歩いているスピードじゃなくて、ゆっくりと、翔太の歩くスピードに合わせてやる。
　そうすると、うれしそうに口元をほころばせながら今度は、
「んー！」
　と、俺のほうに小さな手のひらを向けてきた。
「……なに？」
「手ーつなぐのー」
　……はあ？
　思わず口に出してしまいそうになる。
　無理だ。絶対、無理。
　周りを見渡すと、傘を差した親子連れがちらほらと。
「……やだ」
「なんでー？　まようからって、おねーちゃんとかえると

きは手一つないでるのにー」
　それは、女がやるぶんにはいいかもしれないけど。
　……俺、男だし。
　制服だから、高校生だってわかるし。
　……正直に言えば、恥ずかしい以外のなにものでもない。
　そもそも、こんなちっこいガキの隣に並んで歩くことだって、はじめてなのに。
「……いいから、俺とはぐれないように袖にでも掴まってろ」
「おー？　へんなヤツーサツキ。ひょっとしてつんでれってヤツなのー？」
　幼稚園児の分際で、なんでそんなこと知ってんだよ。
　顔をしかめて、一応聞いてみる。
「なんでそんなこと知ってんだよ。つか俺はツンデレじゃないから」
「このまえテレビでやってたぁー。つんでれは、も、もえ？　もえるってー。火がぶわぁああああああだな！」
　俺の袖を掴んで、ちっこい幼稚園児は変なポーズを取りながら、ぶわぁあああっと叫ぶ。
「そっちの"もえ"じゃないけどな」
「えっ、どっちのもえ？」
「さあ？」
「むーサツキはいじわるだなー」
　すねるところが、姉そっくりで笑えてしまう。
　掴まれた制服の袖が、そんなに重くないはずなのに、な

ぜかずっしりと感じる。
　そんなこんな話をしているうちに、家に到着した。

　濡れた傘の雫を玄関の軒先(のきさき)で払い落としてたんだあと、家のドアを開けようとすると、開かない。
「サツキー？」
「まだ白井は帰ってないみたい」
　俺は、渡されていた鍵をポケットから取りだして、鍵を開ける。
　ドアを開けると、真っ暗な廊下が続いている。
「たっだいまーぬれたーたおるたおるぅー」
　と、濡れた服のまま上がっていってしまった翔太を、
「おいガキ、せめて濡れた鞄は玄関に置いてけっての」
　と、いそいでそのあとを追う。
　そして先にお風呂場のドアを開けた翔太のあとに続いて入った俺は……固まった。
「ぁ、う」
　みるみるうちに、顔が赤くなっていくのがわかった。
　ほてった体は、白く透き通った肌をより妖(あや)しく際立(きわだ)たせている。
　だってそこにいたのは……。タオルを体に巻いているだけの……白井、だったからである。
　彼女は、あ、っと口をぱくぱく動かしたあと、
「でっ、」
「おー？　おねーちゃんどうしたの」

「出てってぇぇぇぇぇぇぇぇぇぇぇぇぇぇっ!!」
　手に取ったなにかを、白井はぶんっと思いっきり俺にぶん投げてきた。

怒ってるかな

【ゆりside】

「……ほー。つまり、いきなりお風呂場に弟くんと御影くんが入ってきて。それでびっくりしたゆりは、近くにあったアヒルのおもちゃぶん投げたと」
「……はい」
　次の日、私は大きな後悔にさいなまれていた。
　机に伏せながら、同情のこもった小夏ちゃんの声を聞いて、ますますへこんでいる真っ最中だった。
　そう、昨日。
　つまり大雨で、私が着替えをしているのを目撃された、昨日。私はとんでもない失態を犯してしまったのだ。
「まーなんというか、ドンマイ」
「うー絶対怒ってるよっ、御影くん。ついカッとなってやっちゃったんだもん……」
「カッとなってやったって、最近のキレやすい若者みたいだね。……まあ、カッとなっての意味が違うけど」
　小夏ちゃんのつっこみも聞こえないほど、私の心は沈み込んでいた。
　夕ご飯も、朝ご飯を食べるときも、一度だって御影くんは目を合わせてくれなかったし。……あんな状況で、お弁当なんて渡せるわけなかった。意気地なしな私は、結局2

回もお弁当を渡しそびれたのだった。
「……ぅうう……絶対、怒ってるよね」
　もう、どうして私は、もうちょっと考えられなかったんだろう。
　だ、だっていきなり、いきなり入ってきたから。
　そ、それに私は、はだっ……ぁ、ぅうう……。
　思い出すだけでも恥ずかしくて、耳まで熱くなってきてしまった。
「まあ、御影くんに非はないよねぇ。……もしかして、朝あんなおっきな湿布貼ってたのって」
「……私のせいです」
　小夏ちゃんが、よしよし、なぐさめてやる、お食べー、と鞄から取りだしたポッキーをあーん、と私の前に差しだしてくれる。
　それをあむ、と口でもらって、
「……怒ってるかなぁ」
　ポッキーをもぐもぐ食べながら、無意識に小さくなってしまった声で、ひとり言のようにささやいた。
「さあ？　私の聞いたところでは、っていうか聞いたことしかないんだけどね。御影くん、ゆりのこと気にな、……あーやっぱりなんでもないよ」
　小夏ちゃんは箱から出したポッキーを、口と指で挟んで真ん中をポキッと折りながら、そう言った。
「……ああーっもう、私のバカぁ……」
　いきなり、アヒルのおもちゃ投げて。

出てけって、大声で叫んで。
　机におでこをこすりつけながら、自分のバカさ加減にあきれてしまう。
「まあ、怒ってるかどうかは別にして、謝ったほうがいいのは確かなんじゃないかな」
「……うん、そうする」
　こくり、と私が頷くと満足そうにうんうん、と頷いたと思ったら、
「ついでにお弁当も渡してきなよ」
　小夏ちゃんはさらり、と笑顔で私の机の横にかけられたお弁当袋を指さして、そう言った。
「えっ、な、にゃんでそれをっ！」
　思わず立ちあがってしまいそうになったのを、慌てて抑える。
　不意打ちすぎて、思いっきり噛んでしまった。……うう。
「あは、にゃんでって可愛いなぁ。にゃんでだと思うー？　それは私がゆりのことならにゃんでも知ってる、親友だからですにゃぁー」
「ひ、人が噛んだことを引っ張らないで……っ」
　小夏ちゃんはまるで御影くんのように、意地悪そうに笑いながら言う。
「ふふふん。ゆりのことだから、昨日の昼に渡しそびれちゃったんじゃないかなぁと思ってね。なんだかんだ理由をつけて持っていったら、御影くんがすでにパンでも買っていて、出鼻をくじかれちゃった……みたいな？」

「……べ、別に違うもん」
　一字一句間違いなく預言者のようにぽんぽん当ててしまうこの親友には、恐ろしいことに、嘘をすぐ見抜かれてしまう。
「そうなの？　じゃあそのお弁当は、ゆりが食べるんだ」
「……そ、そうだよ」
「へぇー、昨日はよそよそしくお昼にそれを片手にどっか行ってたけど、てっきり私は御影くんに持っていったのかと思っちゃったよ、ごめんね勘違いして」
　小夏ちゃんはわざとらしくニコニコしながら、そう口にした。ついに逃げ道がなくなってしまった私。
「つ、次からは気をつけてよね」
「なーんて嘘に騙されますか、バカゆり」
「ぁうっ」
　いきなり真顔になった小夏ちゃんにチョップを食らわされてしまった。
「素直になりなさい。バカにしないから」
「…………」
「そのお弁当は、御影くんにあげるために作ってきたんでしょう？」
「…………」
　じいっと小夏ちゃんからの視線を浴びる。
　……あーあ、どうして私は小夏ちゃんには嘘がつけないんだろう。そう心の中で愚痴りながら、私は小さく頷いた。
「なら、それを渡して謝ってきなよ。たぶん、許してくれ

るから」
「……うー」
「うーじゃありません」
「……わかった」
　小夏ちゃんの強い押しがなければ、弱虫で意気地なしな私はきっと、踏みだすことができなかっただろう。

　かくして私は、お昼に御影くんのところへ行くように約束させられた。
　最後に頭をなでられて、「がんばれ、ゆり」と応援をもらうと、ちょうど入ってきた担任の席につけーという声で、小夏ちゃんはいそいそと席に戻ってしまった。
「えー、学園祭の実行委員を決めるのでー」
　先生がやる気のない声で、学園祭の説明をする中、私はぼーっと遠目で黒板のほうを眺めていた。
　……怒ってるかな。……御影くん。

ほんと、可愛すぎて困る

【皐月side】

　……怒ってるよな。……白井のヤツ。

　ぼーっとした頭のまま、俺は隣でペチャクチャ話す高梨の話など耳に入らず、ただただ天井を見上げていた。

　昨日、アヒルのおもちゃをぶん投げられた俺の頬には見事なアザができ、大きな湿布を貼っている。それを見た高梨は、誰かにフラれたの？　殴られたの？と無神経(むしんけい)に聞いてきたので、妙にそのアホ面がムカついて、一発はたいてやった。

「なぁあー聞いてるー？　皐月ー」

「聞いてない」

「ばっちり聞いてんじゃんっ」

　隣から話しかけてくる声もウザったくて、俺は手に持ったウーロン茶をズゾゾっと一気に吸いあげて、無視。

　あーったく、どうして俺がこんなにイライラしなくちゃいけないんだ。

　というか、謝ればいい話。朝にでも白井を呼び止めて、ごめん、と謝ればよかったはず。

　ずっと吸い続けていたウーロン茶が、イヤな音を立てて空(から)になる。

「……はぁぁ、意味わかんね」

隣にいる高梨に聞こえないほどの、小さなため息をついた。
　今まで、こんなに女の顔をちらちらうかがうことなんて、なかったのに。
「んあ？　皐月どーした、眉間に超、皺寄ってっけど」
「……うるさい死ね」
「ひ、ひどっ、俺なんか悪いこと言った!?」
　なんでなんでーと、うるさい高梨に愛想が尽きて、俺は無言で席を立ちあがった。
「どっか行くの？」
「ウーロン茶買いに行くだけ」
　俺がそう言うと、高梨はごく当然のような顔をして言った。
「じゃあ俺アップルティーで」
「黙れ死ね」
「なっ、しょうがないなぁー俺も」
「ついてくんな死ね」
「……皐月くんはいつから、語尾に死ねをつける小学生に戻ったんですか」
　うっさい。
　言葉にするのも億劫で、俺はきっと高梨を睨みつけて、教室をあとにした。

　おかしい。
　絶対、今、俺は……おかしい。

どっからおかしくなった？
悶々(もんもん)と頭の中で考えながら、自動販売機を目指す。
廊下を歩いているだけで、きゃあっと耳障りな声を上げながらじろじろ見てくる女子のうっとうしい視線に、ますますイライラさせられる。
いや、わかってる。このいらだちは……白井ゆり、アイツのせいだ。
ふっと頭の中で白井の顔が思い浮かぶと、連鎖的(れんさてき)に昨日の風呂場(みみざわ)での、タオル1枚の白井の姿が浮かんでしまう。

普段なら、こんなことで。
こんなことで……、こんなに顔が熱くなることなんて、ないのに。
違う、違う。これは……そんな、そんなんじゃない。
俺は誰よりも、人の気持ちは移ろいやすいことを知ってるだろうが。
甘い感情も、切ない思いも。全部、嘘になるんだから。
ますます頭の中がぐちゃぐちゃになって、不機嫌顔になっていただろう、そのとき。
「……御影、くんっ‼」
ふいに、袖を掴まれた。
どきり、と心臓が飛びはねるような音が聞こえた。
ゆっくり振り返るとそこには。
「……ぁ、ごめんね、急に引っ張ったり……して」
俺の顔色をうかがうように、眉を下げながら小さな、今にも消え入りそうな声で、白井はそう言った。

「……別に」
　素っ気なく、返してしまう。
　その素っ気なさに、白井はますます困ったように眉を下げて、小さく手を震わせながら俺の袖から手を離した。
「……あ、のね。呼び止めたのは、昨日のことで」
「……ん」
「その……痛む？」
　白井は、そう言うと、じっと俺を見上げる。
　……こいつ、今自分がどんな顔してんのか、わかってんのかな。いやたぶん……絶対わかってない。
　小さく震えながら、白井の細い指がそっと俺の頬の湿布に触れる。
　その瞬間にまた、どきり、と心臓が大きく脈を打った。
　だめだ。これ以上、こいつが近くにいたら。
　ごまかしていた感情に嘘がつけなくなってしまいそうだ。
　その前に、歯止めをかけないといけない。
「いいの？　俺に触って。男が怖いんでしょ？」
「男の人は怖い、よ」
　なら、と白井の手を振り払おうとすると、白井はでもね、と言葉を続ける。
「御影くんだけは、怖くないよ」
「……なんで？」
「きっと、ね。いつも意地悪だけど、御影くんが本当はやさしいって知ってるから」

勇気を振りしぼって俺と向き合おうとしていることが、そのまっすぐな瞳から伝わる。
　それがあまりにもまっすぐだから、俺は思わず目をそらしてしまった。
　あーもう、本当に。本当にっ、こいつわかってんのかな。
　らしくもなく、赤くなっていく顔を見られたくなくて、俺は口元を手の甲で押さえた。そして、心とは裏腹に冷たい声が出てしまう。
「……なに」
「御影くん怒って、る？」
「別に怒ってない」
「えっと私おわびにね、これを、」
　俺の頬に触れていた手をすっと離すと、うしろに隠したもう一方の手をそっと前に出そうとした、そのとき。
「白井さん、こんなところにいた」
　背後から爽やかな声音。
　振り返ると、知らない男がこちらに手を振りながら近づいてくる。
　白井はびくっ、と一度肩を震わせたあと、前に差しだそうとしていた腕をひゅんっと素早くうしろへ引きさげてしまった。
「……み、水瀬くん」
　白井はそいつを見ると、ミナセクン、と、そう呼んだ。
　ミナセクンは、気持ち悪いほど爽やかな笑みを浮かべて、白井のところまでやってくると、

「ごめんね、お取り込み中に」
　と、これまた気持ち悪いほどキラキラなオーラを発しながら、そう言った。
　……誰こいつ。
　思わずむっとしてしまう俺をよそに、そいつは困った顔のままぎこちない笑みを浮かべる白井に、図々しく話しかける。
「白井さん、学園祭のことで話があるんだけど」
「……えっ、あ、でも」
「…………」
　無言で目を細める俺をちらり、と見て、
「ごめん、私、御影くんに用が……」
と口にした。
　ミナセクンは、視線を白井から俺に移す。
「白井さんはそう言ってるけど、ねえ御影くん、ちょっと白井さん借りてもいい？」
「……別に」
「そう。ありがとう」
「……み、水瀬くん、わ、私っ……」
　どうして、白井が俺以外の男の名前を呼んだだけで、こんなにもイライラするんだ。
　白井だけが、俺をこんなにも振りまわす。俺の心の隙間に入り込んでくる。
「御影く……」
「行けば」

ああ、くそ。
「でも、私」
「俺、怒ってないから」
　……ああ、くそ。
「……御影く……」
「いいから。さっさと行きなよ」
　頼むから、俺の心をかき乱さないでくれ。

好きなんだ

【ゆりside】

「……さん、白井さん？」
　いきなり話しかけられて、私はびくりと震えてしまう。
　思わず悲鳴を上げそうになって、私は慌ててその声をのみ込んだ。
　ふと顔を上げると、にこやかに笑う、水瀬くんがそこにはいた。
「どうかした？　ぼーっとして」
「ぁ、うん……なんでも、ないよ」
　私が首を振ると、水瀬くんはそっか、と口にして、くっつけた机の椅子に座る。
「まだ学園祭までは時間あるから、一応ここに名前だけ書いて……」
　水瀬くんが先生からもらったプリントを私に見せながら、説明してくれる。けれど、私の口からはため息がもれそうだ。
　……あーあ、どうしてこんなことになっちゃったんだろ。

　ふだん関わりのない水瀬くんと話すようになったきっかけは、ついこの前のHR（ホームルーム）のことだった。
　そう、私が御影くんにお弁当を届ける、という約束を小

夏ちゃんとした、直後の授業。

　私はぼーっとしていて、全然聞いていなかったけれど、学園祭の実行委員を決めようとしていたらしかった。

　御影くん、怒ってるかな、とか。

　お弁当、いらないとか言われたらどうしよう、とか。

　ううう、と眉を寄せながら黒板あたりを睨みつけて、そんなことを悶々と考えていた、そのとき。

「……先生、俺、実行委員やります」

　隣の席から、落ち着いた声が聞こえた。

　ふと、そちらに目をやると……確か、水瀬くん……？が、手を挙げているのが見えた。

　さっきから睨みつけていたものの、まったく頭に入っていなかった黒板を見る。

　そこには、学園祭での役割分担が書いてあるけれど、実行委員のところにはひとりも名前が書かれていない。

　水瀬くん、えらいなぁ。自分から立候補するなんて。

　名前しか知らない、爽やかな笑みを浮かべる水瀬くんに、女子たちがちょっぴり頬を染めているのを、ぼーっとした頭で見ていた。

　と、そのとき。

　なぜか、水瀬くんがちらりと私のほうを見た。

　んん？

「それから、女子の実行委員は……白井さんを指名します」

「え……？」

　一気に集まる視線に、私は狼狽してしまった。

思わず水瀬くんを見ると、申し訳なさそうに眉を下げて、みんなには見えないように、こちらに手を立ててごめん、ってやっているのが見えた。
「白井、どうだ任されてくれるか？」
　無理です。というか、できませんっ。
「無理で、」
「白井さん、ダメかな」
「……ぅ」
　隣で申し訳なさそうに言う水瀬くんの声と、みんなの有無を言わせない視線に、だんだん私の肩身も狭くなっていく。
　そして、最終的には、
「……はい」
　と、返事をしてしまったのである。
　ほとほと、自分のこの意気地なしな性格がイヤになる。
　結局、御影くんに謝ることもできなかったし……。
　お昼に話しかけたとき、ちょっぴり不機嫌そうに見えたけど、あんまり怒っているように見えなくて、安心したのに。
　水瀬くんがいきなり話しかけてきた途端、御影くんは、怒ってしまった。……けど、なんでだろう？
　や、やっぱり、怒ってるのかな？
　それとも、話している最中だったのに、中断させてしまったから……？
　ぅぅー……どちらにしろ、家に帰ってどんな顔して御影

くんに会えばいいのか、わからないよ。
　そう思って、小さくため息をついた。
「なにか、悩みごと？」
「えっ？　あ、ううん、なんでもないです」
　私のため息に気づいた水瀬くんが、口元をほころばせながら、
「さっきから、ため息ばっかりついてるけど。どうかした？」
　さりげない口調で聞いてくる。
　水瀬くんは爽やかな人気者って感じで、きっと女の子にもモテるんだろうなぁ。
　実行委員に決まったとき、女子たちから、「白百合姫って、水瀬くんと仲がいいのっ？」とか、「白百合姫と水瀬くんってお似合いだよね!?」とか、「でも、最近、御影くんとも仲いいって聞いていたけど、どっち派っ？」とか、いろいろ質問攻めにされた苦い記憶が蘇る。
　というか、どっち派ってどういう意味なんだろう……？
「白井さんって」
　悶々と考えていると、前に座っている水瀬くんがシャーペンをカチカチしながら、
「御影くんと付き合ってんの？」
「なっ、ぇ、つ、付きっ……」
　つ、付き合ってるって……っ！
　思わず顔が赤くなってしまった私は、それを見られるのが恥ずかしくて、すっと水瀬くんが顔を上げた瞬間に、ふいっと顔をそらしてしまう。

ぁ、う……な、なに露骨にそらしているの私はっ。こんなの照れてます、って公言しているようなものじゃない。
　ますます恥ずかしくなって、片手で耳を隠していると、くすくす小さく笑う声が聞こえた。
　不思議に思って顔を上げると、水瀬くんが肩を小さく揺らしながら、
「急に顔赤くして。白井さん可愛いね」
「な、かっ……か、からかわないでください」
「からかってないよ。だって白井さんっていつもクールって感じで、涼しい顔してるから。そんな顔もするんだなぁーって。……こっち向いて？」
　目を細めながら、水瀬くんの顔が近づいてくる。
　それに私は情けなく、小さく震えてしまう。
　気づかれないように、震えをごまかすように私は立ちあがる。
「見世物じゃありません、というか実行委員の仕事が終わったなら、もう私帰ります」
「あーごめんごめん、冗談だって」
　立ちあがった私の手を、水瀬くんが掴もうと腕を伸ばすのが見えて。
「っっ、触らないで……っ」
　自分の荒らげてしまった声で、はっと我に返る。
　水瀬くんのほうを見ると、とくに表情を変えておらず、そのことが逆に私には怖く見えてしまった。
「ねえ、教えて」

「……なにを、ですか」
「御影くんと付き合ってる?」
　今度は、慌てふためくことはなかった。
　冷静に、冷静に。
「……私と御影くんは、そんな関係じゃ、ないです」
「そう、よかった」
　それを聞くと水瀬くんはほっとため息をついて、それから……にっこり笑う。
「だったら、俺にもチャンス、あるってことだよね」
「……チャンス?」
　私が聞き返すと、水瀬くんは、さっき私に御影くんと付き合ってるの?　と聞いた、あのさらりとした口調で、
「俺、白井さんのこと好きなんだ」
　そう、言った。

文句ある？

【皐月side】

「……小学生かよ、俺は」
　はあ、と大きくため息をつくと、隣でゲームのコントローラーを持った翔太が、
「んー？　サツキはしょうがくせいだったっけー」
　と、いつもと変わらない口調で聞いてくる。
　あれから、眉間に皺を寄せてウーロン茶も買わずに教室に帰ってくると、高梨には、
「うわっ、なんだその顔、どうしたんだよ。ウーロン茶を買ってくるだけでいったいなにがっ！」
　と、とても驚かれた。
　しまいには幼稚園に迎えに行った翔太にも、
「うわーサツキ、エイモンみたいー」
　と言われ、なんだそれとネットで検索すると、翔太が見ている戦隊ものの敵キャラの名前だった。
　しかも、かなりの悪人面。
「……ったく、白井も白井だから」
　むすっとなって、まったく非のない白井に当たってしまう俺は、いったい、どうなってしまったんだ。
　……前なら、こんなことでいちいちイライラなんて、しなかった。

つーか、誰だよアイツ。
馴れ馴れしく白井に話しかけやがって。
そもそも俺と話をしている間に割ってはいってくんなっつーの。
「……はあ……アホか、俺は」
いちいちこんなことで腹立てるとか、いったいどうしたんだよ俺は。
「サツキーもいっかいー」
隣で俺の服の袖をぐいぐい引っ張りながら、翔太がゲームの続きを催促してくる。
ちょうどテレビの右下に、時刻が表示されているのが見えた。
もう6時過ぎ。なのに、白井はまだ帰ってこない。
時間を確認するたび、頭の中であの気持ち悪いくらいに爽やかな笑みを浮かべた、ミナセクンの顔が思い浮かぶ。
あーイライラする。
俺のほうが白井と近いはずなのに。
……なのに。
水瀬くん。
御影くん。
頭の中で、白井の声が響く。なんで、ミナセクンと同じ、名字にくんづけなんだよ。腹立つ。
「サツキー。ぼーっとしないでよー」
「あーはいはい」
「サツキ、さっきからおかしいぞ。どーしたの？」

「……どーしたもこーしたもお前の姉が」
　と、思わず口に出しそうになったそのとき。
「ただいま」
　玄関のドアが開く音に続いて、透き通った白井の声が聞こえた。
　その声に俺はうっと言葉を詰まらせて、リビングのドアがカチャ、と開けられたとき、思わず顔をそむけてしまう。
「おー、おねーちゃんおかえりー」
　翔太が手に持っていたコントローラーをほおり投げて、さっさと白井のところに走りだしていく。
「ただいま、翔太」
　うしろを振り返りたいのに、できない。
　……あんな突き放すようなこと言っておいて、なにやってんだよ。さっさと振り返って謝れ、バカ。
　手に持っていたコントローラーをぎゅっと握りしめて、くっ、と息をのみ込んだ。
「……御影くん、ただいま」
　……御影、くん。
　御影くん、御影くん。
　そのよそよそしさに、
「……ん」
　結局、俺は素直になれないまま。
　俺たちはなにも言葉を交わすことなく、ご飯を食べて、お風呂に入って。
　風呂上がり、もやもやとした気持ちが晴れないまま、頭

を拭きながらリビングに入ると、白井がテーブルに向かって、難しい顔をしているのが目に入った。
　勉強でもしてんの？
　そう思って、台所に水を取りに行くフリをして、ちらりと横目で見る。
　白井の目の前には、"学園祭実行委員予定表"と大きくタイトルが書かれたプリントが置かれていた。
　学園祭実行委員？
　思わず首をひねりそうになって、思い出す。
　そういえば、あのミナセってヤツが言ってたな。白井さん、学園祭のことで話があるんだけど、と。
　でも、白井は男が苦手なのに……どうして？
　もしかして。
「わっ……み、御影くん……っ」
　いきなり声をかけられてはっと我に返ると、白井が恥ずかしそうにプリントを両手で隠しながら振り返った。
「も、もうお風呂上がったんだ」
「……それ」
「え？」
　……あーくそ。
　あいつの顔を思い出したせいでまた、イライラする。
「白井、学園祭実行委員やるの？」
「え、あ……うん」
「……あの、ミナセってヤツと？」
「……うん、一応」

白井はしばらく、なにかを思い出したように耳を赤くして、唇を噛みしめる。ふと、俺のほうを見て、悪さをしてしまった子供のような、しゅんとした顔で言う。
「御影くん、怒ってる……よね?」
　その顔に、イライラして。そのことで胸が痛くなる自分にまたイライラして。
「怒ってるけど」
　と、バカなことを口走ってしまった。
「あの……お風呂のことは、ごめんね……痛かった、よね?」
　申し訳なさそうに、眉を下げる白井。
　違う。全然、違うのに。
「それじゃない」
　……ああ、くそ俺はなにを言っている。
　なんで、こんな意地悪言うんだよ。
　もっとやさしくしたいのに。泣きそうな顔なんて、させたくないのに。
「え? あ、でも……」
「わからない?」
　俺は無意識に、ほんと鈍感で、いまだに俺のことを信じきっている白井の近くに、ずんと近寄る。
　無性にその信頼を壊してしまいたくなる。
　とん、と白井が腰かけている椅子の背もたれと、テーブルに手を置いて、じっと白井を見る。
　白井は、俺が顔を近づけると、ぁ、うと小さく声をもらして、タコみたいに顔を真っ赤にしながら唇を噛みしめた。

……あーこんなときでも可愛いとか、ほんと、反則すぎ。
「ぇあ……ぅ、その、私がすぐに謝らなかったこと……？」
「違う」
「じゃあ、幼稚園のお迎えを任せちゃったこと……？」
「違う」
「お昼に、水瀬くんが来ちゃって、結局最後まで……話せなかったから……？」
「…………」
　ミナセくん、御影くん。
　こいつの中で、俺とミナセのカテゴリーは一緒なのかよ。
　わがままだ、これ。
「み、御影くん、ち、ちか」
「……御影くんじゃない」
「え？」
　どんだけ俺、白井困らせてんだろ。
　嫌われたくないのに。もっと笑っていてほしいのに。
　口から出てくる言葉は、わがままで意地悪で……小学生でも言わないようなヤキモチ。
「……御影くん、じゃない」
「あ、の」
　そして……すっと白井の白く透き通る頬に触れようとして、はっと我に返った。
　なにしてんだよ、俺は……っ。
「御影くん……？　大丈夫？」
「……ごめん、今の忘れて」

心配そうに眉を下げる白井をおいて、俺はリビングをあとにした。
　階段を上がって、俺は自分の部屋に入ってそのまま、閉めたドアにもたれかかる。
　ずるずる、と倒れ込んでいく体。そのまましゃがみ込んで……口元を手の甲で押さえた。
「……アホか、俺は」
　なんで、もっとやさしくしてやれないんだよ。
　なんで、なんで。
「……なんで」
　ぽつり、とつぶやく俺の声は、電気もついていない真っ暗な部屋に溶け込んでいく。
　なんで、こんなイライラするんだよ……。

　次の日、白井とは微妙な雰囲気のまま、俺は家を出た。
　教室に入ると、いつものウザい絡みの前に、
「うわっ、お前どうしちゃったのっ、その皺」
　と、昨日以上に高梨に驚かれてしまった。
　俺は、昨日からのイライラを引きずったまま、
「……チッ」
　舌打ちだけして、自分の席についた。ここで空気を読まないでしゃべりかけてくるのが、高梨なんだけれど。
「ってか聞いたかよ、皐月」
「……なにが」
　今さら、こいつの性格など知り尽くしている。

なるべく不機嫌な声を出さないように抑えた声で、俺は返事をする。
「白百合姫、学園祭実行委員するんだってなー」
「…………」
　また、イラっとしてしまった。
「俺、マジ実行委員引き受けておいてよかったわ」
　ニヤニヤしながら、高梨が腕を組んで頷いている。
　……あーそういえば、興味なかったけど。
　高梨、遅刻多すぎて実行委員押しつけられたんだっけ。
　どーでもいいけど。
「けど、白百合姫の相手が水瀬くんとなるとなぁー」
　ミナセクン。
　その名前を聞いただけで胸がずきっ、と痛んで頭の奥が熱くなっていく。
「……俺、アイツ嫌い」
　思わず、ぽろりと心のつぶやきをこぼしてしまったと、そのとき気づいた。
　げ、と心の声をまたもらしそうになる。
　伏せていた顔を上げて、おちゃらけ口調でしゃべり続けていた高梨のほうを見る。
　高梨の表情がみるみる緩んでいく。
「……おまっ、もしかしてさっきから機嫌が悪いのは、水瀬くんのせいなの？」
「…………」
　返す言葉もない。

けど、高梨に言われると無性に腹が立って、なにも言わずに顔をそらしてしまう。
　高梨はぶっと吹きだした。
「お、おまっ、もしかして白百合姫が取られるぅーっとか思って焼いちゃってんの!?　なにそれ、あの御影皐月くんがっ！　女子からあきれるほど告白されまくってる皐月くんが！　可愛いっ、ちょー可愛い。撮っていい？　ねえ、撮っていい!?」
「…………」
　無遠慮にバシバシ背中をたたいてくる高梨。
　……あーウザい、ウザいうるさい。
「っはー笑えるわ、ほんと。まあお前顔はいいけど、性格ひねくれてるもんなー。あんな顔もいい爽やかくんが目の前にいたら、そりゃイラっとするだろうよ」
「……別に、そんなんじゃないから」
「素直じゃねーなぁ、お前」
　返事をするのも面倒になって、俺は口を閉ざしてふいっとそっぽを向く。
　あーあ、高梨にもバカにされるとか。最悪だ。
　ますますイライラして、唇を噛みしめた、そのとき。
「御影くんって、いる？」
　爽やかな声が、教室に響いた。

　……なんで、こんなことになってる？
　混乱する頭でなんとか整理しようとするものの、目の前

で起こっていることが現実だとは思えない。
「御影くん、なんにする？」
　嘘くさいほど爽やかな笑みで、ミナセが俺にそう聞いてきた。
「……コーヒー、ブラック」
　俺が素っ気なくそう答えると、そう、とこれまた爽やかに返すのが、むかついてしょうがない。
　自分がこんなにも余裕をなくしているのに。
　それなのに、こいつは動じていないことが腹立たしくてしょうがなかった。……子供か、俺は。
　ここは一般棟と特別棟をつなぐ渡り廊下の、自販機の前。
　ミナセは自販機に小銭を入れて、ガチャンと落ちてきたコーヒーとミネラルウォーターを手に取ると、コーヒーを俺に差しだした。
　……飲み物まで爽やかだなんて、気持ち悪いくらい徹底して爽やかだな、こいつ。
「……で、なんの用」
　イライラも募って、目を細めながら睨みつける俺に、
「もしかして怒ってる？　昨日、割ってはいったこと」
　となかば困ったように、そして意地悪く首を傾けながら、ミナセはそう言った。それが妙に癪に障る。
「用がないなら、帰る」
　ここでミナセと時間をつぶすことがバカらしくなって、俺はもたれかかっていた壁から体を起こして、すたすた教室へ向かおうとした、そのとき。

「白井さんから、聞いたよ」

　ぴたり、と足を止めてしまった。

　振り返るのもイヤで、じっと前を向いたまま言葉を待つ。

「御影くんと付き合ってないって」

「……だから」

「んー俺としては、御影くんの気持ちを聞いておきたくて」

　ミナセはそこで一度言葉を切ると、さっきまでのやさしい、爽やかな口調ではなく、はっきりとした声で言った。

「白井さんのこと、好きなのかな？って」

　はあ、と俺はため息をついてしまった。

　他人なんて、どうでもいい。

　他人なんて、きっと裏切る……そう思っていながら、俺は正反対のことを口にしてしまう。

「だったら、なにか文句ある？」

「……そ、じゃあおたがいにライバルだね」

　ミナセはくすりと、面白そうに目を細めながら笑った。

　その笑いは、自分が勝つとでも公言しているようだった。

　その好戦的な態度に、

「……アホくさ」

　と言い捨てて、前を向いて歩きだす。

「御影くん、じゃあまたね」

　おそらくひらひらと手を振っているだろうミナセの姿が頭に浮かんで、俺は唇を噛みしめながら、その場をあとにした。

教室に戻って高梨にあれこれ聞かれながら、俺は席についた。
　なにも考えられないまま、時間だけが過ぎていく。
　昼になったら、もしかしたら白井がまた来てくれるんじゃないかって、期待している自分にイラついて。
　ぐるぐると、頭の中でいろんなことが回っていく。
　目を閉じると思い出す光景は、いつも同じ。
　ひとりで、頬を伝う涙にも気づかないまま……願い続ける、自分の小さなうしろ姿。
　——きっと、思い出してくれる……そう、でしょう？
　——また、皐月って呼んでくれる。待っていれば、耐えていれば、お母さんは……。
　すっと、頭の中にある光景が浮かぶ。
　白いカーテン、白い天井、白い床、白いベッド。
　そして、横たわる母の姿。
　自分の目の前にいるのは、あのやさしい母のはずなのに。あの変わらない、やさしい温かな笑みで言った。
『どうしたの？　迷子かな？』
「……っっ」
　胸をぎゅうっと鷲掴みされるような痛みに、顔をゆがめた。息が苦しくなって、必死に忘れようと、消し去ろうと、頭を押さえる。
　他人なんて、きっと裏切る。
　他人なんて、きっと忘れる。
　だって。

俺は家族にさえ、忘れられてしまったのだから。

「……き、サツ……皐月っ！」
　強く肩をたたかれて、俺ははっと我に返った。
　思わず顔を上げると、心配そうに高梨がのぞき込んでいるのが見えた。
「お前、顔色悪いけど……大丈夫か？」
「……んでもない」
　周りを見渡すと、教室には部活に行くために着替えている人や、鞄を持って教室を出ようとしている人がちらほらいるくらいだった。
　……もう、帰る時間だったんだ。
　幼稚園に行かないと。ガキが待ってるし。
　そう思って俺は、鞄に教科書を入れて立ちあがる。
「皐月、大丈夫かよ？　足ふらついてるし、顔色悪すぎ」
「……気のせいだって」
　高梨の心配そうな顔をよそに、俺はすたすたと教室のドアへ向かう。
　他人なんて、裏切るって思ってるのに。
　きっと、忘れられる。ゴミみたいに気持ちをぐちゃぐちゃにされて……きっと、もう思い出してすらもらえなくなる。
　……なのに。
　なのに、どうして、俺はあんなこと言った？
　イラついたから？　だから、口先だけで言った？
　怖いくせに。

信じることも、好きになることも、怖いくせに。
それなのに、俺は……なんで、白井が。
別に、ミナセに白井を取られたって、平気。
白井が誰かと付き合っても俺には関係ないから、平気。
すっと教室を出て、俺は視線を窓のほうに向ける。
白井がどんなヤツの隣にいても、平気。
たとえばあの照れくさそうに微笑むやさしい顔が、俺に向いていなくても、平気。
平気、平気、平気。
言い聞かせる、何度も何度も自分に。
そして……流れていく窓の景色に、すっと白井の姿が見えた。
足が止まってしまう。
渡り廊下を歩いているのが見えた。ひとりじゃない。
アイツと……ミナセと並んで歩いているのが、見えた。
顔を寄せあって、なにか小声で言葉を交わすと、ふたりは笑いあう。
胸の奥がチクッ、と針に刺されたように痛む。その痛みは、さっきの胸を鷲掴みされるような痛みじゃなくて。
……ほら、平気。
白井がどんなヤツと一緒にいたって……っいや、違う。
違う……本当は、平気なんかじゃない。
「……っっ」
違う、違う。
誰にも、渡したくない。

誰にも、触れさせたくない。
　アイツを、ミナセなんかに、渡したくない。
　イヤだ、そんなの。絶対に……イヤだ。
　カッと心の奥が熱くなったような気がした。
　ダメだって、わかっていたはずなのに。
　裏切られる、忘れられる……大切な人を失う痛みを、また味わうかもしれないのに。
　それでも、白井がほしい。
　男が怖いくせに、強がって、気を張って。
　それでもまっすぐ俺に向き合おうとしてくれる白井を、守りたい。
「っっ、くっそ」
　もう、そんなことは考えられなくなっていた。
　だって、気づいたときにはもう、走りだしていたから。

渡さない

【ゆりside】

「ごめんね、白井さん。こんなこと手伝わせちゃって」
「ううん、別に。私も実行委員ですから」
　ふと降りかかってくる声にもようやく慣れてきた。
　私は親しげに笑みを浮かべる水瀬くんにそう返事をして、手に持った大量のプリントを教室に運ぶ。
　教室のドアを開けると、もう誰もいない。
　しーんと静まりかえっていて、不気味にすら思えた。
「あ、ここに置いて」
「うん」
　プリントを机に置いて、今日はなにをやるの、と水瀬くんに聞こうと振り返った瞬間。
「ねえ、白井さん」
「……っっ」
　目の前に、水瀬くんの顔があった。ものの数センチ先に。
　思わず声を失って、私は半歩うしろに下がろうとした。
「きゃっ！」
　──ガタンッ！
　私の悲鳴と、机の脚に自分の足が当たる音が聞こえた。
　その瞬間……ぐらり、と私の体がうしろへと引っ張られる。

あ、倒れる。
　そう思って、きゅっと目を閉じて口をつぐんだ、そのとき。
「大丈夫？」
　ふわり、と温かなぬくもりに包まれて、低くささやくような声が、耳元で聞こえる。
　思わず顔を上げると、私を見おろす水瀬くんの姿がすぐ近くにあった。
　ぁ、と小さく声がもれる。
　肩に触れている手が、視線が、一気に私の体を冷たく凍らせていく。
　怖い、怖いっ、怖い！
　体が固まって、振り払うこともできず、私はただぎゅっと目をつむって、震える体をなんとか止めようとする。けれど、その震えはますます大きくなるばかりで。
「ぁ、っごめん」
「⋯⋯っ」
　震える私に気づいた水瀬くんは、ゆっくりと私の体から手を離してくれる。
　私は震える自分の肩を抱きしめながら、何度も深呼吸を繰り返す。
　落ち着いて、落ち着いて私っ。
　何度も言い聞かせているうちに、さっきまでくらくらしていた頭も、震えていた体も、だんだん治まっていく。
　そして、

「……ごめん、大丈夫？」
　と、震えが止まるのをじっと待っていてくれた水瀬くんに、
「……だ、いじょうぶ……だから、心配しないで」
　また震えそうになるのを抑えながら、声を絞りだす。
「怖い？」
「……え？」
　いきなりそう言われて、私は小さく声をもらして、ゆっくり顔を上げた。水瀬くんの顔には、さっきまでのやさしい表情は残っていなかった。
　目を細めながら私のことをじっと見つめて、確かめるように、もう一度言った。
「本当は、男が怖いんじゃないの？」
「っっ、わ、私は……」
　私がなにか反論しようと口を開きかけると、水瀬くんがすっと私のほうへ手を伸ばしてくる。
　私の肩は大きく震える。情けないくらいに。
　水瀬くんは私に触れる直前で止めて……そして、言った。
「言ったよね、俺」
「…………」
「白井さんのこと、好きだって」
　思い出す。昨日、彼に言われた言葉を。
『俺、白井さんのこと好きなんだ』
　思い出すと、チクリと私の胸の奥に小さな痛みが走る。
　きゅっ、と自分の胸のあたりを握りしめながら、切なそ

うに眉を寄せる水瀬くんを見上げた。
「あれ、本気だよ」
　しっかりとした、けれど静かに響き渡る声が私の心にしみ込んでいく。
「俺は、白井さんが好き」
　あまりにはっきりとした口調に、私はなにも返すことができなくなって、見上げたまま、固まってしまう。
　そんな私の視線をそらすことなく、水瀬くんは言う。
「でも、白井さん。男が怖い……そうだよね？」
「っっ」
　私が言葉を詰まらせると、水瀬くんはやっぱり、と口には出さないけれどそんな表情で、くっと息をのんでいた。
「俺に、手伝わせて。白井さんが男を怖くないって思えるように。少しでもいいから……俺に、手伝わせてほしい」
　じっと視線を離さないまま、水瀬くんはそう言って、そっと手を伸ばそうとした、そのとき。
「悪いけどっ、その役目は俺が先約だから、諦めて」
　いきなり腕を引っ張られたかと思うと、御影くんの、声がした。
　すぐ目の前にある彼の服から、少しだけ汗ばんだ匂いと、あのやさしい香りがする。
「っ……なんで御影く」
「お前は黙ってろ……っ」
　御影くんは、私の腕を握りしめたまま、肩を上下させて……そして、言った。

「悪いけど、こいつは渡さないから。絶対に」
「…………」

　ぎゅう、と胸が締めつけられたような気がした。
　たぶん、これはきっと男の子に触れられているから。そうだ、きっと。
　だからこんなに、御影くんに触れられているところが、熱い。
　引き寄せられた体が熱くて、恥ずかしくて、溶けてしまいそう。
「……ふぅん。まだ俺には傾いてくれないか。せっかくのチャンスだったけど、しょうがないね」
　水瀬くんは聞き取れないほどの小さな声で、ぽつりとそうつぶやくと、
「んー、今日のところは失礼しようかな。俺は邪魔者になりそうだし。……じゃあね、白井さん、また」
　ひらひらと手を振って、水瀬くんはあっさりと教室をあとにしたのだった。
　しーんと静まりかえった、教室。
　ドアが閉じられた音とともに、すっと御影くんの体が離れていく。私の体の熱も、奪われていく。
　そして。
「……っはあ、はあ……っ」
「え、え？　だ、大丈夫っ!?」
　いきなりしゃがみ込んだかと思うと、御影くんは息を荒くしながら、私をきっと睨みつけた。

「これがっ、大丈夫に見える？」
　よく見ると、御影くんの髪も制服も乱れていて、いつもの冷静で意地悪ばかりする御影くんの姿とはかけ離れていて。
「ど、どうしたの？　忘れ物？」
「っ……！　白井がっ、男苦手なくせにあんなヤツにほいほいついていくから、だから俺は……っ」
　そうまくしたててから、御影くんはうっ、と言葉を詰まらせた。
　困ったように眉をひそめて、ため息をついてからチッと舌打ちをして、
「……アイツに」
　と、言葉を続ける。
「……え？」
「アイツに……なにもされなかったわけ？」
　どうしてだか、御影くんの白い肌はうっすら桃色に染まっているように見えた。
　慌てて走ってきたからかな？
「え、あ、うん……大丈夫です」
「そう」
　御影くんは不機嫌そうに返事をすると、すっと立ちあがって、
「……バーカ」
　と私に向かって言ってきた。
「なっ、いきなりなにを言うのっ」

私が言い返すと、御影くんは子供のようにむすっとした顔で私のことを睨みつけた。
「バーカっ、アホっ、鈍感っ！」
「私、御影くんになにかしたっ？」
「知るか、自分で考えろバーカ」
　言いたいことだけ言って！
　そう反論しようとして、その言葉をのみ込んだ。
　……これは、私の勘違いなのかな。
　ずいぶんと御影くんに余裕がないように見えたのは、私の勘違いなのかな。
　ねえ、なんで。なんで、来てくれたの。
　そう聞きたくなった。私は口下手だし、意気地なしだから……御影くんを怒らせてばかりで、今日の朝だってあんなにむすっとしていたのに。
「……み、御影くん」
　私は勇気を振りしぼって、彼の制服の袖を引っ張った。
　ちょっぴり震えたけれど、さっきの水瀬くんのときのように体温を根こそぎ奪われるような冷たさはない。
　それどころか、熱い。
　体が溶けてしまいそうなほど、熱くて。
「……あ、りがとう……それから、……ごめん、ね。それから、来てくれてうれし、かったです」
　途切れ途切れの不器用な、言葉。
　もっと上手く言わなくちゃダメなのに、私はその言葉を口にするだけで精いっぱいで。

顔が沸騰してしまいそうなほど熱くて。
あーあ、きっとまた、御影くんにバカにされる。
……いち、に、さん。
心の中で数を数えても、いっこうに御影くんの意地悪な声は聞こえてこない。
どうしたんだろう、と思って顔を上げる。
「ど、どうしたの御影くん？」
「……別に」
御影くんはものすごい険しい顔をしたまま、片手で口元を押さえて私から視線を外している。……どうしたんだろう。
そして一瞬私のほうをちらりと見て、すぐにそらす。
「ぁ、そ……その」
「……なに」
「さ、さっきのその……俺の役目だ……とか、そういうのは」
疑問に思っていたことを、私はドギマギしながら御影くんに聞いてみる。って私なんで緊張してるんだろ、まださっきのことが落ち着いていないのかな。
「……なにお前」
「へ？」
そう私が聞き返すと、御影くんはすっごいイヤそうに顔をゆがめながら、
「俺に男性恐怖症治してもらうの、イヤなわけ？」
と、首を傾けながらむすっとした声でつぶやいた。
そうくるとは思っていなかったので、

「イヤじゃないよ」
　と、思わず言ってしまった。
　言ってすぐに後悔した。
　私っ、なにを……！
　それを聞くと、御影くんは一瞬ひるんだように体をそらしてから、大きくため息をついた。
「どうしたの？」
「別に、なんでもない。というか、お前に断る権限なんてないから。人をこんなに心配させておいて」
「心配？」
「……っ、とにかく、もうさっさと帰るよ。支度して」
「あ、うん」
　御影くんは顔を赤くしながら私にそう促すと、そのままふいっとそっぽを向いてしまった。
　私は慌てて自分の席に行って、鞄に教科書を詰め込む。
　そして……机の横にかけられたお弁当袋に手を伸ばして、ふと手が止まってしまう。
　そう、そこには私のお弁当箱と、結局今日もお昼に渡すことができなかった、御影くんのお弁当箱があった。
　ちらり、と横目で御影くんのほうを見る。
　これを渡すなら、今だと思った。
　今、御影くんに、渡したい。
「支度すんだなら、帰るよ」
　私が視線を向けていることに気づいた御影くんは、そう言うとくるりと方向転換して足を進めた。そして、私の足

も勝手に動きだす。
　引き止めなきゃ。迷惑だと思われても渡したい。
　御影くんに向かって、走りだしてしまう。
　止まらない。そのまま御影くんの袖を掴む。

キスしてくれたら

【皐月side】

「ま、待って……っ!!」

 小さく絞りだすような声とともに、制服の袖がピッと弱々しく引っ張られる。

 不思議に思って振り返った瞬間、目の前が真っ暗になった。いきなり暗くなったので驚いて、少しのけぞると……それがなんなのか、わかった。

 袋、しかも男物のお弁当箱の袋。……なに、俺に見せつけて。

 ちょっとだけイラっとして顔をしかめたのも束の間、俺にそんなものを突きだした当の本人は、

「これ……っ、作ってきて……お昼に渡しそびれちゃって」

 顔を伏せながら、地面に向かって弱々しく叫ぶ。

 ……もしかして。いや、でも。

 俺は、思い出す。おととい、白井が教室にやってきて、やたらと焦っていたときのことを。

 そうだ、あのとき。アイツは、俺の机の上に乗っていたパンを見て、なんでもない、って言ってた。

 もしかして。

 その次を頭の中で想像したら、俺は思わず吹きだしてしまいそうになる。

あーもう、本当にこいつは。どうして、こう。

ニヤけるのを見られたくなくて、俺は片手で口元を押さえながら、なんとなく意地悪してやりたくなる。
「昼、パン食べちゃったんだけど。もう放課後だし」

俺がそう言うと、白井はぅっ、と弱気な顔になって、じっと俺を見上げてくる。あーもう、本当になんでこんなに可愛いんだよ、こいつ。
「……そう、だよね。……ごめんね」

しゅん、としょげている白井の姿が可愛すぎて、俺はまたまた吹きだしそうになってしまう。

悪いけど、もっとからかわせてもらうから。

これはお前が可愛すぎるせいだから、仕方ないよね。

冷静を装って、続ける。
「もしかして」
「…………」
「３日間、俺のためにお弁当作ってきてくれたんだ？　ふぅん」
「……っっ!!」

俺がそう言うと、白井はばっと顔を上げて、それからあわあわと口を動かして、見てて笑いが込みあげてくるほど、みるみるうちに顔が赤く染まっていく。
「な、なっ」

どうしてそれを知ってるの!?　とでも言いたげな、不意をつかれた白井の表情は見ていて飽きない、ほんと。

あんな露骨にしょげた顔しておいて、俺が気づかないわ

けないっつーの。
「……あ、ぅう」
　白井は真っ赤な顔を両手で隠して、俺から視線をそらす。
　耳、隠れてないから。顔、赤すぎ。
「あーどうしよっかな。白井の男性恐怖症の手伝いもあるし、アヒルのおもちゃ投げつけられてケガしたし。どう責任取ってくれんの？」
「……どうすれば、いいの」
　眉を寄せながらそう聞いてくるので、思い浮かんだ言葉を、意地悪な笑みとともに言ってやる。
「キスしてくれたら、許してやってもいいよ」
　すっと、湿布を貼ってないほうの頬を指さすと、
「きっ……？　バカ言わないで、冗談言うならもう帰りますっ」
　うろたえてる、うろたえてる。
　くすくす笑ってしまう俺の横を、白井はむすっと赤い顔のままお弁当箱を下げて通りすぎようとする。
「冗談だって。怒った？」
「怒ってません！」
「怒ってるくせに。素直じゃないヤツ」
　そこまで言うと、白井はすたすた歩き去ろうとしていた足をぴたりと止めて、いきなりうしろを振り返って言う。
「……っっ、だいたい御影くんは、」
「皐月」
　白井の言葉を無理やりさえぎって、俺はもう一度口にす

る。
「皐月って呼んで、ゆり」
「なっ」
　白井……ゆりは、狼狽したように視線を泳がせる。
　わかってる、こいつは口下手で素直じゃなくて……どうしようもないくらい、やさしいから。
　だから、きっと呼んでくれるってわかってて意地悪する俺は、相当タチが悪い。
　ゆりはぅぅ、とうなって視線を上へ、下へ、横へそらしたあと、恥ずかしそうに口を尖らせながら、小さな声で言う。
「さ、……さつ、きくん」
「ん」
　名前を呼ばれただけなのに、胸がいっぱいになりそうだ。
　俺が返事をすると、ゆりはきっと睨みつけてきた。
「も、もういいでしょうっ？　帰るよ、翔太も待ってるんだから」
　真っ赤な顔でずんずん足を進めていってしまう。さて、じゃあ最後の仕上げに入りましょうか。
　俺はすっとゆりのうしろへ走っていって、彼女が手に持っていたお弁当箱を取りあげる。
「か、返してっ。みかっ、さ、皐月くん、いらないって言ったじゃない」
「あ、嘘」
　俺がそう言うと、ゆりはきょとんとした顔で俺を見上げ

る。
「せっかくゆりが作ってくれたんだから、食べるよ」
「……ぁ、……ありがとう」
「なんせ恥ずかしくて、3日も俺に渡せなかったのに、ようやく渡せたご褒美」
「っち、違う!」
　違わないくせに。あーあ、ほんと俺、重症だ。
「また作ってきて?　今度は恥ずかしがらないでちゃんと渡してよ、ゆり」
「……っっ、もう知らないっ!」
　怒ってさっさと行ってしまうゆりの華奢な背中を追いかけながら思う。
　ほんと、可愛すぎて困る。

3章

男嫌いの治し方

【ゆりside】

次の日。
ピピピ、と目覚ましの音で私は目を覚ました。
ぼーっと薄く目を開けると、隣で翔太がすやすやと安心した顔で寝ているのが見える。
「ふふ、おはよ翔太」
起こさないように、翔太の鼻をつついて微笑んだあと、私はベッドから降りて、部屋のドアを開ける。
「……ふぁあああ」
いきなり横から眠そうにあくびをする声に、私は思わずばっと顔を上げた。そこには髪がところどころはねたまま、背伸びをしている皐月くんが立っていた。
「あ、はよゆり」
私を見るなり、皐月くんはなんでもないとでもいうように、さらりと言ってのける。
……皐月くんはずるい。私は、こんなことでも、息が詰まるほど恥ずかしくなるのに。
「おはよう、さっ、皐月くん」
やっぱりダメっ、恥ずかしすぎる。
私はこんな情けない顔を見られたくなくて、顔をそらしながら階段を下りていく。

「っく……ふ……っ」
　うしろから聞こえたくすくす笑いに、いじけながら。

　いつものように、台所でお弁当のおかずを作る。……昨日まではこそこそ皐月くんのお弁当を作っていたけれど、今日は違う。
「……よし」
　私のお弁当箱と、それよりひと回り大きい皐月くんのお弁当箱を見て、私はよしよしと頷く。
　これなら、皐月くんもおいしく食べてくれるかなぁ。おいしいなんて言ってくれるとは思えないけれど。
　ふたを閉めて、お弁当袋に入れたあと、ちょうど洗面所からきた皐月くんに呼びかけた。
「翔太、起こしてきてくれる？」
「んー」
　皐月くんは濡れた髪をタオルで拭きながら、翔太を呼びに２階に上がっていく。
　その間にパンを焼いて、バターを塗る。
　皐月くんにはブラックコーヒーを入れて、翔太には牛乳。
　階段を下りてくる音が聞こえて、私はテーブルの上に朝食を乗せて、椅子に座る。
「おはよー、おねーちゃん！」
「うん、おはよ、翔太」
　元気に翔太がリビングのドアを開けて入ってくる。そのあとに続いて皐月くんも入ってきて、ふたりはテーブルに

ついて、手を合わせた。
「いただきます」
「おなかへったぁー」
「……いただきます」
　それぞれタイミングの合わないちぐはぐなかけ声が、リビングに響き渡った。

「考えたんだけど、ゆりの男性恐怖症は並みのことをしていても治らないと思う」
「……どういうこと？」
　ご飯を食べ終わって、翔太が歯磨きをしている間、私は食器を洗っていた。
　おそらくうしろでのんびり座っているだろう、皐月くんの小さく笑う声が聞こえる。
「だから、ある種のショック療法をしてみればいいんじゃないかって、ハ・ナ・シ」
　イヤな予感しかしなかった。
　私は曖昧に返事をすることしかできず、そして遠慮気味に聞いてみる。
「たとえば、どんな？」
「たとえば？　んー」
　悩む、というよりも面白そうにからかうような声。
　そして……。
「こんなこと？」
　いきなり、耳元で低くささやかれた。

「じょ、冗談でしょうっ。離れて」
「あーほら前、向いて……？　皿落としたら、危ないよ」
「そんなこと言われたって……」
　で、できるわけないっ。
　一気にあがる耳の熱さをさらに上昇させるように、御影くんはくすりと怪しげに笑う。
「こんなことで赤くなってちゃダメだよ。こんなの、まだまだ序の口」
「じょっ」
　序の口、これがっ!?
　思わず横を向いて言い返そうとすると、もう御影くんは私から離れて、楽しそうに笑っているのが見えた。
　意地悪な、好戦的な瞳。
「楽しみにしてて」
　ドキドキしすぎて、楽しみになんて、全然できなかった。

　今日は皐月くんが、
「翔太の幼稚園についてく」
　と言ってきたので、私たち3人は一緒に幼稚園へ翔太を送りに行った。
　翔太と私は手をつないでいるのに、隣に並んでいながら、手をつながない皐月くん。
「サツキはてれやなのかー？」
「違う、全然」
「おねーちゃん、サツキはつんでれ、なんだよー」

「違うって言ってんだろ、ガキ」
「ガキじゃないもん、翔太だもん」
「なら俺のこともサツキお兄ちゃんって呼べよ、ガ・キ」
「ふんっ、サ・ツ・キ」

　いつからこのふたりは、こんなに仲よくなったんだろう？

　皐月くんも翔太にはお手上げのようで、言い返す言葉にも甘さが残っていて、思わず笑ってしまう。

　幼稚園で翔太と別れたあと、私たちは歩いて学校へ向かった。

　そして、校門へ入ると、
「し、白百合姫と御影くんが一緒に登校してるぜっ」
「どういうこと!?　ふたりは付き合ってるのっ？」
「でも水瀬くんと付き合ってるって噂も」
「白百合姫も御影くんも、目立つねっ」

　と、ひそひそ話す声と視線に耐えられなくて、私は少しだけ下を向いて視線を合わせないようにする。

　皐月くんは？

　と、ちらりと斜め横を見たら、皐月くんは眠たそうにあくびをしている。

　……皐月くんはすごいなぁ、いつどんなときでも平常心で、まったく動じない。

　下駄箱に向かう途中、皐月くんは目を細めていつもと変わらない声で言った。
「なーゆり」

「なに」
「夜、あれがいい」
「あれ？　皐月くんの好物？」
「そう」
　皐月くんの好物ってなんだろ？　あんまり自分から好き嫌いを言う人じゃないから、わからないや。
　……でも、そうやって言ってくれるのは、なんだかうれしかった。
　皐月くんにばれないように口元のにやけを隠しながら、なにが好物なのか聞こうと口を開いたそのとき。
「白井さん、おはよ」
　爽やかな声がした。
　前を向くと、いつもどおりのやさしい笑みを浮かべながら、こちらに小さく手を振っている水瀬くんが見える。
「……チッ」
「今、舌打ちしなかった？　皐月くん」
「気のせい」
　皐月くんはやたらと不機嫌な顔で、なぜか水瀬くんを睨みつけている。
　そして、すたすたと水瀬くんのところへ歩いていく。
「おはよ、白井さん、御影くん。相変わらず御影くんは、人が逃げそうなほどの悪人面だね」
「お前にしかこんな顔しないっての」
「えー、酷いな。ちっとも傷つかないけど」
　……あれ？　水瀬くんって、こんな爽やかな笑みでこん

なこと言う人だったっけ。
「ふたりとも仲がいいんだね」
　と、なにげなく言ってみると、皐月くんと水瀬くんが同時に私のほうを見て、
「やめろ、こんなヤツと仲がいいとか。はき気がする」
「御影くんと仲がいいなんて、死んでもごめんかな」
　同時に否定してくる。息ぴったり。
　そのことが癪に障ったのか、皐月くんはふっと顔をそらしてしまう。
「じゃ、こんなヤツおいて、行こうか、白井さん」
「……誰がゆりと一緒に行っていいって言った？」
「いちいち御影くんの許可取らないとダメなんて法律ないよ？　あ、それと俺たち、帰りは一緒に学園祭の会議があるから、邪魔しないでさっさと帰ってね」
「っ……！」
　水瀬くんはやたらと一緒に、を強調して私を先導する。
「皐月く、」
　水瀬くんの押しの強さに負けて、歩きはじめてしまう私。
　思わずうしろを振り返ってみると。
　……え？
　皐月くんが、下を向いたまま唇を噛みしめているのが見えた。
　固まる私の耳に、水瀬くんの低くいらだつような声が届く。
「どうかした？」

「あ、ううん、なんでも」
　私の気のせい？
　ずり落ちてきた鞄を肩にかけ直して、足を進めた。

考えるほど

【皐月side】

「……ムカつく」
「へっ、なにが？　今、俺なにかしたっけ」
　のんきにお弁当を食べながら、俺のほうを見る高梨を見たら、余計に腹が立ってきて、チッと思わず舌打ちしてしまう。
　……ミナセ、アイツ諦めてなかったのかよ。
　つか、話すとき、いちいち近すぎ。
　ゆりも男嫌いならもっと突き放せばいいのに。
「……はあ……中学生かよ、俺は」
「はあ？　高校生だろ」
「うっさい黙れ」
　俺のひとり言にいちいち返事をしてくる高梨をたたいて、俺は鞄の中からゆりが作ってくれたお弁当を取りだす。
『これ、一応作ったから』
　そう言いながら、赤くなった顔を隠そうとむすっと眉の間に皺を寄せながら、俺に渡してきたことを思い出す。
　一応だなんて。
　すごい真剣な顔してお弁当箱に料理を詰めてたくせに。
しかもお弁当箱見て、うんうん頷いてたし。
　俺がちらっと見てたことなんて知らないゆりが、『適当

に作ったから、あんまりおいしくないだろうけど』なんて言ったときは、もう可愛すぎて吹きだしそうになった。
「うわっ、皐月さっきまで険しい顔してたのに笑ってるし、きもっ」
「うるさい見んな死ね」
　高梨が大げさにのけぞりながら、ものめずらしそうに目を細めて、口に手を当てている。
　俺はイライラしながらお弁当を開いて、卵焼きを箸でつかんで口にほおり込む。
　あーイライラする。
　……やたらとおいしいのも、いらだってくる。
　俺が険しい顔をしながらお弁当をつついていると、
「え、え、え、ちょ、それどうしたのっ!?　なに、え、皐月がお弁当!?　も、もしかして……白百合姫の手作り!?」
　興奮気味に高梨が俺の机に身を乗りだしてくる。無視無視。
　そして、
「もーらいっ」
　いきなり横から手が伸びてきたかと思うと、残り１個のアスパラガスの肉巻きを勝手に口にほおり込みやがった。
「んーおいし、って痛ってえええええええええ!!」
　いきなり高梨が頭を押さえてもだえ苦しんでいるのは、反射的に俺が頭をたたいたから。
「ちょ、なにすんだよっ、今の絶対本気だったろっ。ちょっとおかず食べただけじゃんかっ!?」

「はあ？　誰が勝手に食っていいって言ったよ」
「ちょ、またそんなかまえないで！」
　大きく振りかぶっていた腕を下ろして、俺はキッと高梨を睨みつけた。
　ったく、油断も隙もない。
　ますますイライラしながら弁当を食べていると、
「あ、高梨くん、今日の学園祭の会議のことなんだけどー」
　と、クラスメイトの女子が高梨に話しかける声が聞こえた。そちらをちらり、と見ると高梨がなにやらプリントをもらっている。
　……あ、いいこと思いついた。
　俺はニヤリと笑って、高梨に呼びかける。
「ちょっと、相談なんだけどさ」

もっと知りたいのに

【ゆりside】

　その昼、私は学園祭のメンバー表を職員室まで取りにくるように言われて、水瀬くんと一緒に取りに行った。
　学園祭担当の先生は男の人で、私が苦手なのを察してか、
「俺が取ってくるから、ここで待っててくれる？」
　と、水瀬くんは職員室に入っていった。壁にもたれかかりながら、隅のほうで水瀬くんを待つ。
　ぼーっと窓の外の雲を見ながら、そういえば皐月くんの好物ってなんだろう、私に上手く作れるものならいいんだけどなぁ、なんてことを考えていた、そのとき。
「さ、皐月っ、それはやめようよ！　さっきのは謝るからさっ」
「は？　知るかよ、黙れ」
　……あれ？　どっかで聞いた声。
　声の聞こえるほうへ首を傾けると……。
「あっ！　白百合姫じゃんっっ！」
「っっ……!!」
　いきなり私のほうへと誰かが飛び込んできて、さあっと血の気が引いていくのがわかる。
　声も出なくて、きゅっと目をつむった。……あれ？　なにも起きない。

「近寄るな、高梨」
　皐月くんの低い声がして、ゆっくりと目を開くと、そこに見えたのは、皐月くんの友達の……確か高梨くん、の襟を、皐月くんが引っ張っているという図だった。
「あ、あれ、高梨くんと皐月くん。どうしたの？」
　私がそう聞くと、襟を引っ張られていた高梨くんが、
「ちょっ、聞いてよ白百合姫っ、皐月が……っむぐっ」
　そこまで言いかけると、皐月くんがいきなり横から手を伸ばしてきて、高梨くんの口を塞いでしまった。
「く、苦しそうだから離してあげたほうが……」
「大丈夫」
「すごい皐月くんの手たたいてるけど……」
「大丈夫だから」
　皐月くんは冷めた目で、高梨くんの耳元に口を持っていくと、
「黙らないと、死なすよ」
　と、小さくささやいていた。
　……なんというか、皐月くんは高梨くん相手になるとキャラ変わるよね。新鮮でおもしろいから、見ていたくなるかも、……なんて。
　そこへ、
「白井さん、持ってきたよ」
　職員室のドアのほうから爽やかな声が聞こえてきて、その途端に皐月くんの顔が険しくなる。
「白井さん……と、御影くん？」

すたすたこっちにやってきた水瀬くんの爽やかに笑っていた目が、少しだけぴくりと動いた。
「なんでここに御影くんがいるの？」
「別に俺がどこにいようが、ミナセクンには関係ないでしょ」
「ま、それもそうだね」
 あっさり話を終わらせる、水瀬くん。
 ふたりの間にばちばちと火花が散っているように見えるのは、気のせい？
「さ、行こっか、白井さん」
「あ、うん、じゃあね、皐月くん、高梨くん」
 私がそう言って手を振って———前を向くと、水瀬くんが目を伏せて、小さくつぶやいた。
「……皐月くん、ね」
「え？」
「なんでもないよ」
 水瀬くんはすぐにいつもの表情に戻ると、私にプリントを手渡してくれる。
 それをじっと見ながら、足を進めようとした、そのとき。
「また"帰り"にな、ゆり」
 うしろから皐月くんが、そう呼びかける声がした。
 ……んん？　帰りって……？
 不思議に思って振り返ると、皐月くんが愉快そうに目を細めながら、笑っているのが見えた。
 あれ、なんかイヤな予感がする。

そして、その予感はまんまと的中した。

「はい、じゃあとりあえず席座ってー。出席取るから」
　放課後の、図書室。
　先生がホワイトボードの前に立って指示をする。
「白井」
「はい」
「水瀬」
「はい」
　長机を挟んで向こう側の、水瀬くんが返事をする。
　そして……。
「御影」
「はい」
　……私の隣に、なぜか皐月くんが座っている。
　あれ、皐月くんのクラスは高梨くんが実行委員じゃなかったっけ？
　私がとまどいながら皐月くんをちらちら見ていると、前に座っていた水瀬くんがすっと目を細めて、あまりにも冷たい声で、
「なんで御影くんがいるの？」
　と、眉を寄せながら、そう言った。
「高梨がどーしてもって言うから、代わってあげただけ」
　水瀬くんは首を傾けながら、おかしそうに目を細めてそう言った。
「……どうしても？　それは御影くんのほうなんじゃな

い?」
「そっちこそ、下心丸出しのくせに爽やかに笑ってんなよ、ウザい」
「御影くんに言われたくないけど。っていうか、白井さんの隣になんで座るわけ?」
「お前こそなんで前に座ってんだよ」
　あの、おふたりさん、こんなところでケンカなんてしないでよ。……視線、痛いから。
「……はい、えーっと……とりあえず今日は何人かにわかれて作業をやってもらいます」
　先生が申し訳なさそうな顔をして、小さな声で話しはじめた。
　私はいたたまれなくなって、先生に心の中で、ごめんなさい、と何度も謝った。
「えーっと、じゃあ白井さん」
「……あ、はい」
　急に名前を呼ばれて、恥ずかしくて伏せていた顔を上げた。
「学園祭の栞の表紙絵を募集するプリントを書いてもらえるかな？　えーっと、もうひとりくらい……」
「じゃあ、僕がやります」
　私の前に座っていた水瀬くんが、手を挙げた。
「お前に任せるくらいなら俺がやる」
　と、その直後にしかめっ面の皐月くんが、水瀬くんを睨みつけながらそう言う。

「御影くんは黙ってて」
「ミナセクンこそ、黙って引きさがりなよ」
「そもそも俺と白井さんは同じクラスなんだから、俺が白井さんとやるのは道理だと思うよ」
「そんな道理ないから。なに勝手に決めてんの?」
　もう、どうしてこんなにふたりとも仲が悪いの。
　し、視線が痛い。
　小さな声で、「白百合姫って御影くんと付き合ってるの?」とか、「水瀬くんと付き合ってるって聞いたけど」とか、「白百合姫さすがだねぇ」とか、そんなひそひそ声が聞こえて、私はますます居心地が悪くなっていく。
「あー、えっと、ここは白井さんに決めてもらいなさい」
　先生っ、そこで私に振らないでっ。
　心の中の訴えもむなしく、皐月くんと水瀬くんどころか、図書室中の人の視線を集めながら、
「あー……じゃあ、もう……じゃんけんでお願いします」
　と、適当に言ってしまったのだった。

「あんまり周りの視線を集めるようなことは、やめて」
「あれは、あっちが悪いから」
　私の教室で、不機嫌そうにむすっと椅子に座っている皐月くん。
　そう、結局じゃんけんに勝ったのは、皐月くんだった。
　決まったあとも、終始(しゅうし)、皐月くんと水瀬くんは不機嫌なまま。

「それは理由になってません」
「……別に、俺は、」
「もうしないって言わないと、夕ご飯作らないよ」
「…………」

　皐月くんは、むうと口を尖らせて眉をひそめたあと、はいはい、と返事をして、机に置いてある白い紙に枠を書きはじめる。
「だいたい、ゆりは無頓着すぎ」
「私がいつ無頓着だった？」
「加えて鈍感」
「ぁぅっ、な、なにするのっ」

　皐月くんが無表情で、見本として借りた去年の栞で私の頭をたたいてくる。
「うー……っ、皐月くん、どうして怒ってるの？」
「わからない？」

　ぽんぽん、とさっきから私の頭をたたく手は止まらないまま。

　皐月くんはいつも表情を隠すから、わかるわけがないでしょうっ。と、言いそうになって、やめる。きっとまた皐月くんにからかわれることは、間違いないから。
「……さ、皐月くんはいつだって、そうやって意地悪するから……」

　考えたら私、皐月くんには意地悪されたり、からかわれてばかり。

　皐月くんは自分のことをちっとも話そうとしないし、私

ばっかりが情けないところを見られている気がして、ますます情けなくなる。
「それは、ゆりをいじめていいのは俺だけだから」
「私は誰にもいじめられたくありません」
「残念、俺にいじめられたくなかったら、もう少し嘘が上手くなってからにしなよ」
「…………」
　ああ言っても、こう返される。まるで手のひらで転がされているみたいで。なにを言っても、ひらりとかわされてしまう。
「……ずるい。私はもっと、皐月くんのこと知りたいのに」
　ぽつりと言ってしまって、私ははっと我に返った。
　な、な、なななっっ！　なにを言ってるの、私っ！
　うわ、絶対また皐月くんにからかわれちゃうよ。
　そんなに知りたいなら、男性恐怖症治してからにしなよ、とか言われるに違いない。
　そう思ったけど、顔を伏せていても、その声はいっこうに降りかかってこない。
　……皐月くん？
　怪訝に思って、顔を上げて……私は、固まった。
「……っ」
　皐月くんの顔が、真っ赤だったから。
　え、と小さく声をもらしそうになった。
　あの余裕そうに微笑む口元も、好戦的な瞳も、冷静に見えるきりっとした眉も。

そのすべてが、崩れて……皐月くんは言葉を失っていた。
「さ、皐月く、」
　私がなにか言おうと口を開いた瞬間、目の前が真っ暗になる。
「わ、ふ……っな、なにっ」
「……あーもー、ちょっと黙って」
　真っ暗な視界の向こうから、皐月くんの掠(かす)れた低い声が聞こえてくる。その視界の隙間から、ちょっとだけ、皐月くんの表情が見え隠れしていて。
　皐月くんは、はあ……と大きくため息をついたあと、顔を伏せて髪をくしゃっと握って、口元をぐっと結びながら、険しい表情で、けれど、頬は赤いまま、
「……不意打ち」
と、小さくつぶやいた。
　その表情を見て、どくん、と私の心臓が小さく脈打つ音が聞こえる。……あれ、なんで私、こんな変にドキドキしているの？
　とまどう私をよそに、
「……もう取っていいよ」
　いつもどおりの皐月くんの落ち着いた声が聞こえて、私は視界が真っ暗になっていた正体のそれを見る。さっき皐月くんが脱いでいた、カーディガン。
「ん、返して」
「……ぁ、うん」
　私に投げておいて、とか、いきなりなにするの、とか、

返す言葉はいくらでもあったのに。
　私は、なにも考えられなくなって、そのまま、それを皐月くんに渡す。と、そのとき。
　ひんやりと、冷たくて心地いい感触が、私の指に触れる。
「……っ」
　私はぱっと手を引っ込めてしまう。
　熱くなっていく、頬。
　熱い、熱い……熱い。
　すうっと凍っていく冷たさも、痛さもなくて……ただ、熱い。
　どうして、だろう。皐月くんは男の子なのに。触れられると、震えてしまうはずなのに、怖いはずなのに。
　顔が、熱くなる。
「ねえ、ゆり」
「っぁ、はいっ」
　いきなり呼ばれて、私は大きく肩を飛びはねさせながら返事をする。
「朝言ったこと、覚えてる？」
　朝……？
　朝の出来事を思い返していって……私は固まった。
『ゆりの男性恐怖症は並みのことをしていても治らないと思う』
『だから、ある種のショック療法をしてみればいいんじゃないかって、ハ・ナ・シ』
　その意地悪な言葉の数々が、頭によぎったから。

「だから、はい、ゆり」
「……なんですか、この手は」
　皐月くんが黒い笑みを浮かべながら、私のほうへ手を差しだしてくる。
「……どう、するの」
「ほら、手出して」
　イヤな予感しかしない。けれど、協力してくれる以上、断るわけにもいかず……私はすっと皐月くんの前に手を差し伸べた。
　でも、皐月くんが差しだした手はそのままで、触れてこない。
「さ、皐月くん……？」
「俺からしたんじゃ意味ないでしょ。ゆりから俺の手に合わせて」
「っっ、でも、私は」
　そう言いかけて、私は口を開けなくなってしまう。
　ちょうど真正面から見た皐月くんの表情は、とても真剣で、視線をそらすことができなかった。
「どうするの」
　やるのか、やらないのか。
　そっと私の頭によぎるのは、あの痛々しいくらいに泣きそうなのに、それでも笑い続ける、父の笑顔。
　逃げちゃ、ダメだ。
　くっと息をのみ込んで、私は言う。
「……やる。逃げたって、結果は変わらないもの。……なら、

私は、逃げたくない」
　"約束"を守るためなら、どんなことだって私は乗り越えてみせる。
　私は"約束"したんだから。
　私がそう言うと、皐月くんは目を見開いて、それから、とても切なそうに、眉を下げて言った。
「……一度は言ってみたいセリフだな」
　自然と体に力が入ってしまう。
　震える……どうしようもなく、震える。
　でも、逃げちゃ、ダメだ。
　私はすっと、手のひらを皐月くんの手のひらに重ね合わせる。
「っっ、ぁ」
　それは、触れた指先から、少しずつ体温を奪われていくような感覚だった。
　皐月くんは怖くないって、わかっているはずなのに。
　いざその大きな手に触れると、それは紛れもない男の人の手だと認識して、勝手に体がこわばる。
　きゅっと、目をつむったそのとき。
「手元じゃなくて、俺の顔見な」
　心の奥にすっと入り込んでくるような、やさしくて不器用な声。その声で、私の震えがちょっとだけ治まった。
　そして、皐月くんの顔を見上げる。
「ほら、できたじゃん」
　その顔は……意地悪にでもなく、ただやさしく笑ってい

て。
　皐月くんはそっと、指を折り曲げて私の手のひらを握ってくれる。
　冷たくて、けれど私には心地いい。
　男の子の手は、女の子のように細くなくて、ごつごつしていて……けれど、不思議と時間が経つほど私は安心していく。
「慣れるまで握っててあげるから、ちょっと隣に座るよ」
「ぁ、……う、うん」
　皐月くんはそう言うと私の隣に椅子を持ってきて、握られた手は私たちの椅子の間に置かれた。
「ゆり、俺は手が空いてないからゆりが書いて」
「……うん」
　皐月くんがこっちにプリントを渡してくれる。
　シャーペンを手に取って、私は、
「えっと、……こ、これどうすればいいんだっけ」
「んー？っと、だから、これが」
　そう言いながら、皐月くんの横顔が私の視界にちらり、と入る。
　その瞬間。どきん、と大きく心臓が鳴る音が聞こえた。
　……あれ？
「ゆり、どこ見てんの」
「ぇ、あ」
　皐月くんが不思議そうに私の顔をのぞき込んでくる。
　驚いた私は思いっきり体をうしろに下げると……皐月く

んはふぅん、と面白そうに、不敵(ふてき)に笑ったあと、
「俺にみとれちゃった？」
　と、相変わらず意地悪を言ってくる。
「違います、勘違いしないでください」
「嘘、だって俺のほう見てたくせに。素直になりなよ」
「私はいつだって素直ですっ」
「その割に、顔が赤いけど」
「み、見るなっ」
「うっそ、また騙されてやんの、ゆり」
　くううっ。
　私は言い返す言葉もなくて、ふいっとそっぽを向く。
「ねえ、ゆり」
「……なに」
　私はなるべく皐月くんと視線を合わせないようにしながら、プリントに"学園祭の栞　表紙絵募集！"と書く。
「オムライス」
「……はい？」
　あ、しまった。
　唐突にそんなことを言うものだから、私は皐月くんのほうを振り返ってしまった。
　皐月くんは気づいたら、机に伏せていて。ちょっとだけ視線をこちらにやって、もう一度言う。
「……今日は、オムライスがいい」
「お、オムライス？」
　……皐月くんが、オムライス……？

皐月くんって結構お子様な食べ物が好きなのかな？
「笑うな、バカ」
「え、笑ってないよ」
「じゃあなんで口元を隠すの？」
「こ、これは別に」
　視線をそらしながら、私はまた笑いそうになって、慌ててくっと口元に力を入れる。
　皐月くんもこんなふうに、子供っぽいところあるんだ。
　またひとつ、知ることができた。
　少しずつでも、自分のことを教えてくれることが、なんだか、うれしい。
「作るよ、とっておきのおいしいの」
「……それくらいの作ってくれないと、困る」
「勇気を出して言ったから？」
「……怒るよ」
　触れた手が、温かい。
　不思議と、その温かさは安心できた。

　私たちは実行委員の仕事を終えて、先生にプリントを提出したあと、幼稚園に翔太を迎えに行った。
　そのあとに寄ったスーパーで、卵とケチャップを買って、３人で並んで歩く。
「おっむらいすー、おっむらいすー」
　翔太は、今日の夕ご飯がオムライスだと知って、かなり上機嫌。

そんな翔太の手を握りながら、くすくす笑ってしまう。
「お？」
　いきなり翔太は空を見上げて、
「くもがもくもくまっくろだよ、おねーちゃん」
「……え？」
　上を指してそう言うので、私も同じように見上げる。あ、本当だ。
　学校から幼稚園に行くまでは、雲なんてひとつもなかった空を、黒く染まった雲が覆いはじめているのが見えた。
「これは、本降りになるかもな」
　皐月くんも空を見上げて、そう言う。
「えー、今日、傘持ってきてない」
「俺も」
「翔太もー」
　そんなことを話しているうちに、地面にぽつっと黒いしみがつく。
　——ぽつ、ぽつ。
　小さな雫が私の頬にかかる。そして、その粒はだんだんと大きくなって、強く降りはじめた。
「わ、ふたりとも家まで走るよっ」
「ういー」
「慌てすぎて転ぶなよ」
「サツキこそー」
「もーっ、ふたりともこんなときに言いあいしないのっ」
　私はずり落ちかけた鞄を肩にかけ直して、走りはじめる。

次第に雨は強さを増して私の体を突き刺す。
　もうすぐ家が見えてくる、というところで、ふと、私は顔を前にやった。
　向こうから、鞄を頭の上に乗せて走ってくる女性。彼女もこの激しい雨の中、下を向きながらこちらに走ってくる。
　そして、すれ違う寸前、どんっ！と、私と女性の肩がぶつかってしまった。
「わっ！」
「きゃっ……！」
　持っていたスーパーの袋を、思わず離してしまいそうになる。なんとか離すまいと、ぐっと体に力を入れたけれど、うしろにしりもちをついてしまう。
「いたた……」
　打ってしまったおしりがひりひりする。
　そして、はっと我に返って前を向くと、私と同じように、30代なかばくらいの女性がしりもちをついているのが見えた。
「おねーちゃん、だいじょうぶ？」
「あ、うん、大丈夫だよ。……すみません、前を見ていなかったもので」
　私が謝ると、女性は少しだけ口元を緩めながら言った。
「いいのよ、私も悪かったから」
　すると、皐月くんが意地悪そうに、
「すみません、こいつノロマだから。立てますか？」
　と、女性のほうへ手を差しだした。

「あら、ごめんなさい」
　その女性が顔を上げた瞬間。
「っっっ……!!」
　皐月くんは言葉を詰まらせると、差しだしていた手をさっとうしろに隠してしまう。なんだろう、そう思って皐月くんの顔を見ると、表情が一気にこわばっていた。
　こんな皐月くんを、はじめて見た。
　真っ青で、恐怖におびえているような、そんな表情。
「……もしかして、あのときの」
　おびえる皐月くんとは対照的に、女性はふわりと、やさしげな表情で皐月くんに微笑みかける。
　……あのとき？　皐月くんとこの人は、知り合い？
　それにしては、皐月くんの過剰におびえる表情が不自然だ。
「あら、久しぶりね。あのときは毎日お見舞い来てくれてありがとう。ろくなお礼も言えなくてごめんなさいね」
　女性が、すっと目を細めながら皐月くんに話しかける。
　……あれ？　よく見てみたらこの人、とてもきれいだけど……誰かに、似ている？
　私は隣に立つ皐月くんを見上げ、確信を持った。
　この人、皐月くんに顔がそっくりだ。
「……っ」
　皐月くんは、なにも言わないまま立ち尽くしている。
　だんだん心配そうに顔をゆがめる女性に、隣にいた翔太が、

「サツキのこと知ってるのー？」
　そう言いかけた瞬間。
「違う!!」
　ざああああああっと体を突き刺す、不愉快な雨の音をかき消してしまうほどの……皐月くんの声が、響き渡った。
　皐月くんは苦しそうに、泣く寸前のこらえたような表情で言った。
「……俺は知らないです」
　どうして、そんな顔をするの。
　どうして……そんな、悲しい顔をするの。
「……そう、なの？　でもあなたは、あのときの、」
「……っ！」
　そこまで女の人が言いかけると、皐月くんは唇を噛みしめて、私たちの家の前を通りすぎて、走っていってしまった。
「……ぁ、さ、皐月くんっ!?」
　思わず引き止めようと伸ばした手は、むなしく空をさまよう。
　どんどん、皐月くんの背中が遠くなっていく。
　一瞬見えた皐月くんの横顔は、あまりにも寂しげで。まるで、心の中でなにかがせめぎあっているような、そんな表情だった。

微熱と雨と思い出に

【皐月side】

　母は、もともと病弱な人だった。
　幼稚園にあがる頃、俺が母と会える場所は白いベッドと白い床、白いカーテン、なにもかもが真っ白な場所だけだった。
　母は常に管を腕につなげていて、俺が病室へ入っていくと、必ず『今日も来てくれてありがとうね、皐月』と言いながら俺の頭をなでてくれた。
『幼稚園で、こんなことがあったんだよ』
『そうなの、皐月は楽しい？』
『うん、とっても』
　母は、いつだって俺の心配をしてくれた。
　幼稚園の帰り、迎えに来るのが母でなくても、平気。
　家に帰って、母が出迎えてくれなくても、平気。
　今こうして、やさしい温かな手で自分の頭をなでてくれる。この時間があれば、どんなことだって耐えられる。
　文句も言わない。わがままも言わない。
　そうしたら、きっと母は元気になってくれる……。
　けれど、そんな日々は長くは続かなかった。
　母の長年患っていた病気が、悪化したから。
　病院に行っても、母に会えなくなった。

当時5歳にも満たなかった俺は、病院で母がどうしているのか、まったくわからなかった。
　けれど、きっと我慢していたら、母は元気になってくれる。
　寝る前に手を合わせながら、神様に何度もお願いした。
　かみさま、かみさま。
　どうか、どうかお母さんが元気になってくれますように。

　忘れもしない。
　ひとりで留守番をしていたときに、1本の電話がかかってきた。
　父からだった。母が手術に成功してもう面会してもかまわないから、病院に行こうというものだった。
　俺は、やっとお母さんに会えるんだ、お母さんが元気になったんだ、と電話の前で、何度も飛びはねたのを覚えている。
　久々に会う母の顔を何度も思い浮かべながら、父の車に揺られて……病院についた。
　一段一段上る階段だって、緊張でなかなか進めない。
　いつもあんなに駆けあがっていた階段も、長い廊下だって。……ああ、やっとお母さんに会える。
　母の病室の前。
　ドアを開けると、いつものようにやさしく、安心する温かな笑みを浮かべる母がいた。
『お母さんっ！』

俺は、母を呼んだ。
そして、次の言葉に、俺は言葉を失ったんだ。
『幹久(みきひさ)さん、この子は……どなた？』
母は、俺のことを覚えていなかった。
すっぱり、なにもかも、全部。
母が入院してから毎日繰り返された、病院でのあのやさしい時間も、なでてくれた思い出も。すべてを、なくしていた。
いろんなものをなくして。それでも母は、俺に変わらない笑みを浮かべていた。
父のことも、祖母(そぼ)のことも、叔父(おじ)のことも、いとこや、はとこのことさえ覚えているのに。
俺のことだけを、忘れてしまった。
きっと、思い出してくれる。
きっと、またぼくの名前を呼んでくれる……そうでしょう？
きっと今度、ドアを開けたら……いつもと変わらないお母さんがいるはずだよね……そう、だよね。
ドアを開けたって、微笑むあの笑顔また、あのやさしい声で……皐月、って呼んでくれる。
ひとりでいたって、平気。
暗い家で、ひとりでお留守番したって、平気。
お母さんが、ぼくの名前を呼んでくれなくたって……。
平気、平気、平気……。
ううん、平気なんかじゃないっっ！

嫌だ、嫌だ、嫌だ。
　ドアを開けたって、微笑むあの笑顔は……ほかの人に向けられたもの。
　あの日までの、やさしくて安心する笑みじゃなくて。どうしようもなく、変わり果てた笑顔。
　また、会うの？
　また、あの視線を向けられるの？
　もう、こんな苦しいことも、悲しいことも……耐えられない。
　俺は、結局、逃げだした。
　母と向きあうことも、母と話をすることも、怖くなって、悲しくなって、苦しくなって、俺は、逃げだした。
　裏切られることが、怖くなって。
　忘れられることが、怖くなって。
　……なら、他人なんて関わらないほうがいい。
　最初から、無視していればいい。
　耳を塞いで、聞かないふりをして……きゅっときつく目を閉じながら、通りすぎるのを待てばいい。
　そうしたら、こんなに傷つくことなんて、ないんだから。

　だから、うらやましかったのかもしれない。
　男なんて苦手で、いつだって震えながら怖いって思っているのに、それでも俺に歩み寄ってくれる、ゆりがとても遠くに感じた。
『……やる。逃げたって、結果は変わらないもの。……なら、

私は、逃げたくない』
 今にも壊れてしまいそうなほど、小刻みに震える手。
 けれど、彼女の言葉は、ただ透き通っていて、まっすぐで。
 逃げてしまった自分にとって、その言葉は心の奥に響いて、突き刺さった針のように、ひりひりと痛み続けていた。
 返事なんて、できなかった。
 結局、俺の口から出てきた言葉は。
『……一度は言ってみたいセリフだな』
 どうしたら、よかったのだろう。
 あのまま俺のことを思い出すこともなく、知らないままでいる母の隣に、ずっといればよかったんだろうか。
 それとも、俺も忘れればよかったのかな。
 母のように、なにもかも全部、忘れてしまえればよかったのに。
 そうしたら、こんなに苦しくなることもなかったのに。
「…………」
 ぼーっと、とめどなく降り続ける雨を眺める。
 もう寒いのか、熱いのか、苦しいのか、寂しいのか、わからなくなってしまった。
 まるで、空っぽになってしまったよう。
 冷たく冷えきった指を動かすのも億劫になる。体に降りかかる雨が服の中に滑り落ちていくのが不快で不快で、たまらなかった。
 ……帰らなきゃ。

心のどこかで、ぽつりとつぶやく声が聞こえる。
……帰らなきゃ、きっと心配してる。
帰らなきゃ、帰らなきゃ……でも、どこに……？
どこに、帰ればいい？
なにもかも、怖くて逃げたくせに。
忘れられるのも、裏切られるのも怖くて、逃げだしたくせに。それなのに、俺に帰るところなんてあるの？
「……あーあ。……バカだな、俺」
普段はあんなに意地悪で、冷静で、他人のことをからかってばかりなのに。……本当はこんなに弱虫で、情けないくらいに、弱くて。
きっとゆりだって、こんな俺を知ったらイヤになるだろうな。
「……寒い」
ぶるっと、体が震える。感覚なんて、とっくにないのに。
「そんなのっ、当たり前だよ!!」
声が、した。
うしろから、声が。ゆりの声がした。
いつの間にか、肌を突き刺していた雨が、やんでいる。
……いや、違う。
見上げると、かわいらしい魚のイラストが描かれたアクア色の傘がうしろから差されているのが見えた。
「っ、どこを……ほっつき歩いているのっ！　いっぱい、いっぱい探したんだから……!!」
なんで。……どうして。

「いきなり走っていってっ……！　私がどれだけ心配したかっ、皐月くん知らないでしょう……!!」
　冷たく凍っていた心が、じんわりと溶けていくような、不思議な感じ。
「こんなとこにいたら、風邪ひいちゃうよ。翔太も家で、皐月くんを待ってる」
　ゆりが、すっと前にやってきて、濡れて雫がぽたぽたと落ちる黒髪を揺らして、口元をほころばせながら言う。
「ほら……帰ろ？　私たちの家に」
　耳をつんざくような雨の音が、すっとやんだような気がした。
　ああ、もう。どうしてこいつは。
　もう、気づいたときには止められなかった。
　ぽたり、と傘が落ちる音が聞こえる。再び降りかかる雨。けれど、さっきみたいに冷たくはない。
「さ、ささささっ…………っ!!」
　耳元で、ゆりが声を上げるのが聞こえた。
　ごめん……ゆり。今、余裕ない。
　慌てて俺から離れようとして腕に力を込めるゆりを、ぎゅっと抱きしめる。
　やさしい石鹸の匂いと雨の匂いが混じったゆりの髪が、俺の鼻をくすぐる。
「……ごめん、もうちょっとこのまま……いさせて」
　温かくて、溶けてしまいそうなほどの熱に身をゆだねる。
　そっと目を閉じると、またゆりの香りが鼻をくすぐった。

行かないで

【ゆりside】

　……どうしよう。
　私は、眉を下げたまま困り果てていた。
　抱きとめるようにして、私の腕の中で荒く息をしながら、苦しそうに顔をゆがめている、皐月くん。
　そう、私は抱きしめられたあと……皐月くんの声に心臓が破裂しそうになりながらも、目をぎゅっとつむってなんとか我慢していた。
　しばらくしても、いっこうに皐月くんの体の熱が消えないので、ゆっくり目を開くと、この様子だったのだ。
　こんな雨の中にずっといたから。
　ど、どうしよう。
「さ、皐月くん……起きられる？」
　ゆらり、と体を揺らしてみるものの、皐月くんは苦しそうに顔をゆがめるだけで、返事はない。
「んー!!」
　ぐっと腕に力を入れて、皐月くんを起こそうとする。お、重い……っ。
　皐月くんの体を起こそうにも、私の力ではびくともしない。
　でも、こんなところにずっといたら……ますます皐月く

んの体調が悪くなる……っ。
　けれど、私のスマホに助けに来てくれそうな男の人の番号はない。
　お母さんは今、出張中だし。
　頼れそうなのは、小夏ちゃん。
　ポケットになんとか手を滑り込ませてスマホを取りだし、電話をかけようとしたそのとき。ぶーぶー、とスマホの着信が鳴った。
　私のじゃない。ってことは……皐月くんの？
　もたれかかっている皐月くんの制服のポケットに、手を伸ばして、スマホを取り出す。
　その画面には高梨、と表示されていた。
　……高梨くんって、皐月くんの友達だよね……？
　私はくっと息をのみ込むと、画面をタップし、スマホを耳に当てて、叫んだ。
「皐月くんが倒れたんです！　助けてくださいっっ!!」

「……ふー、これでよしっと」
　そう言いながら、高梨くんはベッドに横たわる皐月くんの体に布団をかけた。
　皐月くんの寝顔を見て、やっと自分の家に帰って来れたことを実感した。
「……あの、ありがとう、高梨くん」
「いいえーこっちこそ。皐月のことありがとう、白百合姫」
　高梨くんは人懐っこい笑みを浮かべると、私にそう言っ

てくれた。
　私は安心して、ほっとため息がもれてしまう。
　あのとき、助けを求めた私に対して、高梨くんはかなり驚いた様子だった。
『えっ？　白百合姫……な、なんで……っ？　というか、皐月が倒れたって……？』
　私が電話に出たことに動揺しながらも、たどたどしい私の説明ひとつひとつに頷いて、質問しながら……駆けつけてくれた。
　皐月くんを担いだ高梨くんを私の家に案内したあと、着替えまでさせてくれて。
「あ、私、濡れタオル持ってきますっ！　高梨くん、よければお風呂使ってください。着替えは……あ、皐月くんのがありますから」
「いえいえ、おかまいなく……くしゅっ」
　顔の前で手を振っていた高梨くんは、大きなくしゃみをして、私を見たあと、にへっと困ったように眉を寄せて、
「やっぱり使わせてもらっていいですか」
　と言った。
　1階に下りて、高梨くんをお風呂場に案内したあと、心配そうにおろおろしていた翔太に、タオルと着替えを持ってきてくれるように言った。
「……くしゅっ」
　私もびしょびしょだった。
　皐月くんが倒れたことに動転して、全然気づかなかった

な。
　とりあえず、タオルで頭を拭いたあと、部屋で着替えて、私と皐月くんたちの制服を入れて洗濯機を回す。
「……氷の用意、あったっけ」
　氷をたくさん入れたプラスチックの桶(おけ)とタオルを持って、２階へ。
「皐月くん、お邪魔します」
　ドアの前で声をかけて、ゆっくり開ける。
　手に持っていたものをすぐ近くにあった机に置いて、じっと皐月くんの顔を見つめる。
「……ん、っく……」
　苦しそうに顔をゆがめながら、胸を上下させている。
　ぎゅっと固くしぼったタオルを額(ひたい)の上に乗せると、皐月くんの顔も少しだけ和らいだ気がした。
「……ん」
「あ、皐月くん」
　じっと顔をのぞき込んでいると、皐月くんがうっすら目を開ける。
　しばらく天井をぼーっと眺めたあと、すっとおでこに乗せられたタオルに手を当てて、
「……冷たい」
　と、言った。
　いつもの強気(つよき)な口調ではなくて、まるで子供のような、そんな言い方。
「おかゆでも作ろっか」

私がそう言うと、皐月くんは小さく首を横に振る。
「……いい……」
「じゃあ、なにか食べたいものある？」
「……りんご」
「わかった、むいてくるね」
　そう言って立ちあがると、うしろから、あ、と小さくつぶやく声が聞こえて、私は振り返った。
「ほかになにかほしいものあった？」
　私がそう聞くと、皐月くんはしばらく視線を上に下に動かしてから、
「……別に、なにも、ない」
　と、素っ気なく返したあと、ふいっとそっぽを向いてしまった。……どうしたんだろう？
　部屋を出て、階段をおりると、ちょうど皐月くんの服を着た高梨くんが頭を拭いているところに出くわした。
「あ、いい湯でしたー。貸してくれてありがとう」
「こちらこそ、いきなりお呼びしてしまって……本当に、助かりました」
　私がそう言って頭を下げると、高梨くんは困ったように頭をかいた。
「いやいやそんなに頭を下げないでよ、同い年なんだしさ」
「……ありがとう」
　ゆっくり頭を上げると、高梨くんがにへへ、と小さく笑った。そのやさしげな笑みに、私の震えも少しだけ治まった気がした。

リビングのテーブルでりんごをむく私の正面で、高梨くんがしゃりしゃりとりんごをかじりながら、聞いてきた。
「ところで、なんであんな状況に？」
「えっ……？　あ、あああんな状況……？」
　うわ、私、動揺しすぎっ。
　りんごをむく手が一瞬震えて、ヒヤッとしてしまった。
　そういえば、皐月くんを運んでもらうばかりで、ちゃんと高梨くんに説明していなかった。
　駆けつけてもらったときには、私は皐月くんを抱きとめるような姿勢だったし……。
「それに皐月があんなに苦しそうにしているのって……あんまり、最近見なかったからさ」
「……そう、ですか」
　そんなに苦しむような悩み。誰にも言えずに隠してきたような……そんなことが、皐月くんにもあるのだろうか。
　……そうだ、私は皐月くんのこと、なにも知らない。
　本当に、なにも。
「あははっ、皐月のことなにも知らないからって、落ち込むことないよ」
「っ！　べ、別にそんなこと考えてないです」
「そっかそっかぁー。白百合姫って噂で聞くよりもずっと話しやすくて、気さくな人なんだね」
「そんなことは」
「そんなことあるよ。げんに俺、すっごい話しやすいし」
　そう言って、また高梨くんはにかっと笑う。……変な人

だなぁ。
　男の人が苦手な私が、こんなにすぐに警戒心が薄れるのははじめてだった。
　それに、なんだか褒(ほ)めてくれるし……うう、恥ずかしい。
　返事に困って、ほんのり赤くなってしまった頬を隠すように、うつむいたそのとき。
「おねーちゃんおねーちゃん！　これ、サツキにもってくのー？」
　隣から、翔太が話しかけてきた。
「あ、そうだよ。……持っていってくれる？」
「うん！」
　翔太はりんごを乗せたお皿を持つと、大きく頷いて、駆け足で2階へと上がっていった。
　……翔太にもたくさん心配かけちゃったな。
　今度、翔太の好物をたくさん作ってあげるからね。
　と、思いながら振り返ると、
「翔太くん、皐月になついてんだねぇ」
　高梨くんがしみじみと目を細めながら、おじいさんのような口調でそう言うので、思わず吹きだしそうになってしまう。
「そうだね……いつの間に仲よくなったのかな」
「ま、アイツに子供がなつくなんて信じがたいけど」
　そこで高梨くんは言葉を切ると、じっと私を真正面から見つめて、言った。
「今日の帰り、皐月になにがあったか……教えてくれる？」

私は今日の出来事を、なるべく正確に話した。
　帰りに、きれいな女性にぶつかったこと。
　そして、その女性の顔を見た瞬間……皐月くんの様子が変わってしまったこと。
　皐月くんを見つけたとき、泣きそうな顔をしていたこと。
　それをすべて聞き終えると、いつものおちゃらけた雰囲気の高梨くんとは違って……たとえるならそう。あの女性を目の前にして、心を押し潰されそうになるような苦しみに顔をゆがめていた皐月くんと同じ。
「……そっか」
　その意味を受け止めるように、言った。
　しばらく天井を仰いだあと、視線をすっと私のほうへ戻した。
「……皐月はもともと、人になにかを伝えるのが苦手なヤツだからさ」
「…………」
「アイツのことを知りたいっていうなら……俺は、アイツが、たぶん一番誰にもしゃべりたくないこと、今から話さないといけないんだ」
　皐月くんが今まで、ひた隠しにしてきたこと。
　誰にも知られたくなくて、誰にも触れられたくない……そんな痛み。
「聞く覚悟、ある？」
　高梨くんは言った。
　私を正面に見据えながら、耳に響く声で。

郵便はがき

お手数ですが
切手をおはり
ください。

1 0 4 - 0 0 3 1

東京都中央区京橋1-3-1
八重洲口大栄ビル7階

スターツ出版(株) 書籍編集部
愛読者アンケート係

(フリガナ)
氏　名

住　所　〒

TEL　　　　　　　　　　　携帯／PHS

E-Mailアドレス

年齢　　　　　　　　　　性別

職業
1. 学生 (小・中・高・大学(院)・専門学校)　　2. 会社員・公務員
3. 会社・団体役員　4. パート・アルバイト　　5. 自営業
6. 自由業 (　　　　　　　　　　　　)　7. 主婦　　8. 無職
9. その他 (　　　　　　　　　　　　　　　　　　　　　　)

今後、小社から新刊等の各種ご案内やアンケートのお願いをお送りしてもよろしいですか?
1. はい　　2. いいえ　　3. すでに届いている

※お手数ですが裏面もご記入ください。

お客様の情報を統計調査データとして使用するために利用させていただきます。
また頂いた個人情報に弊社からのお知らせをお送りさせて頂く場合があります。
　　　個人情報保護管理責任者:スターツ出版株式会社 販売部 部長
　　　　　　　　　　　　　　連絡先:TEL 03-6202-0311

愛読者カード

お買い上げいただき、ありがとうございました！
今後の編集の参考にさせていただきますので、
下記の設問にお答えいただければ幸いです。よろしくお願いいたします。

本書のタイトル（　　　　　　　　　　　　　　　　　　　　　　　　　　　　　　）

ご購入の理由は？　1.内容に興味がある　2.タイトルにひかれた　3.カバー（装丁）が好き　4.帯（表紙に巻いてある言葉）にひかれた　5.本の巻末広告を見て　6.ケータイ小説サイト「野いちご」を見て　7.友達からの口コミ　8.雑誌・紹介記事をみて　9.本でしか読めない番外編や追加エピソードがある　10.著者のファンだから　11.あらすじを見て　12.その他（　　　　　　　　　　）

本書を読んだ感想は？　1.とても満足　2.満足　3.ふつう　4.不満

本書の作品をケータイ小説サイト「野いちご」で読んだことがありますか？
1.読んだ　2.途中まで読んだ　3.読んだことがない　4.「野いちご」を知らない

上の質問で、1または2と答えた人に質問です。「野いちご」で読んだことのある作品を、本でもご購入された理由は？　1.また読み返したいから　2.いつでも読めるように手元においておきたいから　3.カバー（装丁）が良かったから　4.著者のファンだから　5.その他（　　　　　　　　　　　　　　　　　　　　　　　　　　　　）

1ヵ月に何冊くらいケータイ小説を本で買いますか？　1.1～2冊買う　2.3冊以上買う　3.不定期で時々買う　4.昔はよく買っていたが今はめったに買わない　5.今回はじめて買った

本を選ぶときに参考にするものは？　1.友達からの口コミ　2.書店で見て　3.ホームページ　4.雑誌　5.テレビ　6.その他（　　　　　　　　　　　　　　　　）

スマホ、ケータイは持ってますか？
1.スマホを持っている　2.ガラケーを持っている　3.持っていない

学校で朝読書の時間はありますか？　1.ある　2.今年からなくなった　3.昔はあった　4.ない

ご意見・ご感想をお聞かせください。

文庫化希望の作品があったら教えて下さい。

学校や生活の中で、興味関心のあること、悩みごとなどあれば、教えてください。

いただいたご意見を本の帯または新聞・雑誌・インターネット等の広告に使用させていただいてもよろしいですか？　1.よい　2.匿名ならOK　3.不可

ご協力、ありがとうございました！

私は……知りたい。

　皐月くんのことを、知りたい。それがたとえどんなつらいものだとしても。あんなふうにひとりで抱え込んで、悲しむ皐月くんを見たくない。

「……うん」

　私は頷く。

　高梨くんはじっと私を見たあと、重々しい口をゆっくりと開いた。

「皐月の家が、お父さんとふたり暮らしだってことは……知ってる？」

　首を振る。

「……そう。皐月とお父さんは、10年近く前からふたり暮らしをしてるんだ。でもね。……でもね、別に離婚したってわけじゃない。お父さんは、別にもうひとつ家を持っていて、そっちでも生活をしているんだよ。そこには、皐月の母親、御影八千代さんがいるんだ」

　私はゆっくり目を閉じて、今までの出来事と、高梨くんの話を思い返す。

　皐月くんのお母さん、御影八千代さんは、皐月くんが幼稚園にあがる頃、大きな病気で入院していたのだと。

　おそらく、皐月くんは理解できなかったはず。母親に起こっていたことも、そのとき、大人たちが話していた内容も。

　そして、八千代さんは大きな手術を行い、見事、成功し

た。大きな代償を払って。

　代償……それが、皐月くんの記憶だった。

　皐月くんのお母さんは、皐月くんのすべての記憶を失った。なにもかも忘れ去って、それでも帰ってきた。

　しばらく、皐月くんは病院に通いつめたという。

　もしかしたら、記憶が戻るかもしれない。

　もしかしたら、また元のお母さんに戻るかもしれない。

　毎日、毎日、欠かさず病院へ。

　無理に思い出させて、八千代さんが混乱してしまうのを防ぐため、皐月くんが自分の子供であること、記憶を失っていることは話さないことを条件にして。

　それから、何日、何ヶ月……1年が過ぎ去って。それでも、皐月くんのお母さんの記憶が戻ることはなかったのだという。

　その頃から、皐月くんの様子は変わってしまった。

　会いたくない、と言いはじめたのだと。

　きっと、もう、お母さんは名前を呼んでくれない、見向きもしてくれない。だから。

　だから、もう会いたくないのだと。

　そして皐月くんと八千代さんの糸は途絶えてしまった。

　それから、皐月くんの口からお母さんという言葉が出ることは、一度もなかった。

　そして、そう。

　その御影八千代さんという人が、帰り道にぶつかってしまったきれいな女性なんだと、ようやく私は理解した。

だから、皐月くんはあんなに苦しそうに、あんなに泣きそうに、それでも泣けないまま、なにも言えないまま……逃げだしてしまった。
　皐月くんは、きっと怖かったんだと思う。
　誰かを信じたり、信じられたり、愛したり、愛されたりすることが。
　だから、見ないフリをして。冷静なフリをして。
　はじめから信じなければ、傷つかないから。
「……そっか」
　はまらなかったピースが、ぱちり、とはまったような音とともに、じんわりと私の心に皐月くんの痛みがしみ込んでくる。まるで、降りやまない雨のように。
　窓越しに外を見上げると、まだ、雨は降り続いたまま。
　さっきまで高梨くんが座っていた椅子には、もう誰もいない。高梨くんは最後まで心配そうな顔をしたまま帰ってしまった。私に、皐月のことよろしくね、と言い残して。
　時計を見ると、もう8時前。
　……あ、翔太。
　まだ下りてきてないけど……どうしたんだろう。
　不思議に思いながら、階段を上がって皐月くんの部屋の前にやってくる。
　――コンコン。
　小さくドアをノックして、皐月くん入るね、とそっと声をかける。
　返事を待たないままドアを開けると、真っ暗な部屋で、

皐月くんがベッドで寝ているのが見えた。
　翔太もその近くで、どこからか持ってきた絵本を片手に、安心しきった顔で寝ていて。
「……翔太も一緒に寝ちゃったんだ」
　その寝顔に、思わず笑みがもれる。
　皐月くんのおでこに乗せていたタオルも、そろそろ乾いているはずなのに、しっとりと濡れている。
　……翔太、えらいじゃん。
　ちょっとずれているところが、まだまだだけれど、それでも、その気遣いに心が温かくなる。
　皐月くんを起こさないように、そっと翔太の肩を揺らすと、
「んんー……んあ？」
　と声を上げながら、眠たそうに目をこする翔太に、
「しー、皐月くん起きちゃうから。……翔太、皐月くんのこと見ててくれてありがとうね」
　柔らかな髪をそっとなでると、翔太はんー！　と小さく返事をして立ちあがった。
「翔太はもう、お風呂入って寝ていいよ。あとはおねーちゃんに、皐月くん任せてくれる？」
　私がそう言うと、翔太はんんーとうなって、皐月くんの様子をちらり、と見た。
「うんわかったぁ、あとはおねーちゃんにまかせた！」
「ん」
　小さくハイタッチしたあと、翔太はもう一度皐月くんの

顔をじいっと見て、おでこに手を当てて、むむむ、と小さくなる。
　それは、翔太が風邪をひいたとき、治るようにって、私がやったことだった。風邪が治りますように、って。
「じゃあおふろはいってくるー！」
「あ、うん」
　そのまま手を振って、部屋を出ていってしまった。
　……翔太、皐月くんと本当に仲よくなったんだ。
「……さて」
　ちらり、とベッドに横たわる皐月くんに視線をやった。
　うん、さっきより顔色はいいみたいだけど……まだ息苦しそう。
　ずれていたタオルを直して、布団をかけ直す。あとは、おかゆかなにか、皐月くんが食べられそうなものを作って、薬をのんでもらわないと。
　長い髪を束ねてひとくくりにしていると、ぎし、という音とともに、
「……ゆ、り……」
　と、掠れた低い声が聞こえた。
　皐月くんのほうを見ると、ぼーっとした熱っぽい表情で、私のことを見ていた。
「皐月くん、具合は大丈夫？　なにか食べたいものある？　おかゆとかゼリーとか……」
「…………」
　皐月くんはぼーっと私を見上げたまま。

やっぱり、今起きるのはつらいよね。
　適当に作ってきて、あと水分補給も……そう思って立ちあがった瞬間。ぴたり、と私の体が固まる。
「……いで」
　小さなつぶやきが、雨の音に溶けていく。
　引っ張られた服の袖が、小さく震える。
「……行か、ないで」
「さ、つき……くん？」
　声が、震える。
　どうしたんだろう、どうしてどうして、どうして。
　私、こんなに胸がきゅううううってなって。
　どうしてこんなに離れがたく思うんだろう。
「……ここに、いて」
「ぁ、う、で、でも私、ご飯作らないとっ……」
　弱気にそう言うと、皐月くんは眉を下げて小さくつぶやく。
「……ダ、メ……？」
　な、なななななな。
　なんだか皐月くん、子供っぽくなってないっ？
　じっと潤んだ瞳で見つめられると、ますます私の胸がきゅうって締めつけられて、ダメなんて言えなくなってしまう。
　足を進めようにも、服を引っ張られていて進めない。
「……わかった。皐月くんの隣にいるから」
「……ん……」

諦めて皐月くんのベッドの近くに体育座りをして、すっと目を閉じた。
「……ゆ、りいる……？」
「ん？」
　私が返事をすると、皐月くんは引っ張っていた服をさらに強く握って、言う。
「……勝手に、いなくなったり……しないで」
「しないよ」
「そばに、いて」
「うん、いるよ。皐月くんが安心するまで、ずっといる」
「……ほんと……？」
「うん、本当に。だから皐月くんは早く風邪を治して元気になって？」
　私がそう言うと、皐月くんは小さく頷いた。やがて、すうすうと規則正しい寝息が聞こえてくる。
　しばらく私も目を閉じていたけれど、やがて雨の音が鳴りやんできたときに、ゆっくり、ゆっくり息を吸い込みながら、そっと空いているほうの手でタオルの下のおでこに手を当てた。
　じんわりと、温かな熱が私の冷たい手に伝わってくる。
「……うん、ちょっと下がったかな」
　なんでだろう……皐月くんは男の子なのに、あんまり手が震えない。
　怖いって思いが、薄れたような気がする。
　ゆっくり手を離して、じいっと皐月くんの顔を眺める。

最初に会って、寝ている皐月くんを起こそうとしたときよりも、ずっと距離が縮まっていることに、そのとき気づいた。
　……皐月くんに慣れたのかな、私。
　意地悪そうな表情を浮かべる普段の顔からは想像できないほど、柔らかな表情で寝ている皐月くんの鼻をつん、といたずらでつついた、そのとき。
「……ん……ゆ、り」
　そう言いながら、皐月くんがこっちに寝返りを打つ。
　真正面から皐月くんを見てしまった私。
「っっ!!」
　あれ？　……あれ？
　心臓が、脈を打つ。
　どくんどくん。
　その音は、恐怖に震えたときの早い鼓動ではなくって。
「……あれ？」
　胸に手を当てて。それから、もう一度皐月くんの顔を見ようと首を動かして……止まる。
　顔が、熱い。……あつい。
　心臓がバクバクしすぎて、今にも壊れてしまいそう。
　皐月くんの顔を見ようにも、なぜか直視できない。
……どうしてっ？
　ほっぺに両手を当てて……それから、私はつぶやいた。
「……ど、どうしちゃったの……私」
　おかしい。絶対に、私は今、おかしい。

朝起きたら、目の前に皐月くんの顔があって。その顔を見た瞬間、顔が熱くほてって、もう皐月くんの顔を見ることができなくなって。
　結局、翔太の手伝いなしでは皐月くんのお世話をすることなんて、できなかった。
　……おかしい、おかしい。
　だって、だってだってっ……!!
　今までなら……。今までなら、男の人の顔が近くにあっただけで、心の奥が凍ったように冷たくなって、体から熱が奪われていくようだったのに。
「……り、ゆ……ゆり!!」
　いきなり肩をたたかれて、私ははっと我に返った。
　隣を見ると、小夏ちゃんが心配そうに私の顔を見ている。
「こ、小夏ちゃん」
「どうしたのゆり？　めずらしいね、ぼーっとして」
　小夏ちゃんはそう言いながら、机に置いたポッキーを1本取ってひとかじりした。
「ははーん、もしかして家に残してきた恋人の安否（あんぴ）が気になるのかね、初々（ういうい）しいねぇ」
「こっ……！　ち、違うっ、別にっ、私は別に皐月くんとそういう関係じゃないってば」
　露骨に顔が熱くなる。
「んー皐月くん？　ゆりって、御影くんのこと皐月くんって呼んでたっけ」
「……こ、小夏ちゃん、ほらほらもう時間だから、席戻っ

たほうがいいんじゃないかな」
　話題をそらそうと適当にでまかせを言ってみたものの、小夏ちゃんはそれを聞いて、面食らったように時計を仰ぎ見る。
「お昼時間はまだ5分も経ってないのに。ゆりってば、ちょっと動揺しすぎじゃない？」
　……私のバカーッ！
　どうしてこんなすぐにわかるような嘘をついてしまったんだろう。これじゃあ、私は動揺しています、って大声で叫んでいるようなものじゃない。
　しばらく小夏ちゃんは考えるように、首を左右に傾けた。
「御影くんの体調は大丈夫？」
「……あ、うん今は」
「そっかそっか。ま、ゆりの愛情があれば大丈夫でしょう」
「なに言ってるのっ、同じ家に住む同士、助けあうのが道理だから……」
　私はますます恥ずかしくなって、お弁当のおかずを口にポンポン詰め込んで、小夏ちゃんの話を無視してしまう。
　お腹がいっぱいになったところで、空になったお弁当箱を見る。ふと、皐月くんの顔が頭に浮かぶ。
　……皐月くん、ひとりで大丈夫かな。
　一応作り置きはしてきたけれど……食べられるかな？
　やっぱり、私も休んだほうがよかった。
「……今日は実行委員の仕事お休みしようかな」
　そう、ぽつりとつぶやいたそのとき。

「なんで？」
　うしろのほうから爽やかな声がして、私は振り返った。
「今日は御影くんと一緒に来てなかったみたいだけど、彼は休み？」
「……水瀬くん」
　いつもと変わらない、やさしげな笑みで、
「学園祭の仕事を休むことと、御影くんの休みって関係あるの？」
　と、聞いてきた。
「……それは、」
「まあ、いいや」
　私が続けようとすると、水瀬くんは少しだけ悲しそうに口元を緩めながら、そう打ちきった。すると、隣にいた小夏ちゃんがかっと豪快に笑った。
「水瀬くん、もうちょっと強く押さないと、たぶん気づかないよー」
「……まあ、わかってるけど」
　ふたりには会話の内容が理解できているみたいで、なんだか私だけが仲間外れにされた気分になる。
「で、今日、学園祭の仕事休むの？」
「…………」
　声に出すのも怖くなって、私はこくりと小さく頷いた。
　……せっかく私を指名してくれたのだから、しっかりやるべきなんだろう。
　けれど、今の私にはその余裕がない。

皐月くんが心配で、きっと仕事に集中できない。
「ふぅん」
　水瀬くんは目を細めて、
「いいよ、別に」
　と、少しだけ不服そうにそう言った。
「……へ？」
「いいよ、今日はそんなに仕事が多いわけでもないから」
　ありがとう、と言葉を続けようとしたそのとき。
「……ただし」
　ただし、とつけて。まるで水瀬くんはなにかを決めるような意思の強い瞳で、じっと私を見て言った。
「学園祭で、俺と一緒に回ってくれるなら」
「わかった」
　私は悩むことなく、即答する。その返答に、水瀬くんは面食らったようにしばらく表情を動かさなかった。
　それから、そっか、と小さく笑いながら、負けちゃったな、とつぶやくのが聞こえる。
　けれど、その言葉はするりと私の耳を通りすぎて、頭の中は皐月くんのことでいっぱいになっていた。

　授業が終わったあと、私は慌てて教室を出た。
　本当は水瀬くんにお礼を言うべきだったんだろうけど、もう私の頭はパンク状態。
　靴を履いて、校門を出る。
　ええっと、今から翔太を迎えに行って、それからスーパー

で氷とゼリーを買って。
　頭の中で手順を整理しながら走っていた、そのとき。
「……あ」
　思わず、止まってしまった。向こうも私に気づいたのか、あら、と小さくつぶやいてゆっくり頭を下げている。
　無意識に、きゅっと鞄のひもを握りしめていた。
　私もぎこちなく頭を下げて、挨拶した。
「……こんにちは」
「少しだけ時間をいただけないかしら」
　と、彼女……御影八千代さんは言った。
　私はスマホで時間を確認してから頷くと、近くのカフェへ向かった。

　ゆったりとした音楽の流れる、ステンドグラスのおしゃれな窓。けれどそれを可愛いと思う余裕は、私にはなかった。
　目の前に座って、目を伏せながらブラックコーヒーをのむ姿は、たしかに皐月くんに似ている。
「いいのよ、ここは私のおごりよ」
「あ、はい……ありがとうございます……あつっ」
「大丈夫？　お水いる？」
「……だ、大丈夫です」
　慌ててカフェオレをのんだせいで、舌を火傷してしまった。
　顔をしかめながら、ゆっくりカップをお皿の上に戻して、

「私もお話があったんです、八千代さん」
　と、話を切りだした。
「……あら？　私の名前」
「教えてもらいました、高梨くんに」
「……たか、なし……ああ、あのおもしろい子かしら」
　八千代さんは思い出したようにくすくす笑いながら、目に浮かぶ涙をぬぐう。その姿は、本当に皐月くんにそっくりで、私は複雑な気持ちに陥ってしまった。
「あの……あなたの名前を教えてくださるかしら？」
「あ、私はゆりです。白井ゆり」
　伏せていた顔を上げてそう言うと、素敵な名前ね、と笑ってくれた。
　きれいな人だな、というのが八千代さんに対する私の感想だった。しぐさや言葉使いがとても丁寧で、やさしい人なのだと見ただけでわかる。
　……だから。だから、こそ。
　だからこそ、この目の前にいる人が……皐月くんを本当に忘れてしまったのか、と疑いたくなる。
「……ねえ、ゆりさん」
「はい」
　私はのんでいたカップを置いて前を向くと、八千代さんは目を細めながら、懐かしむように小さく首を傾けて、言った。
「私ね、ときどき……とても懐かしい、大切な思い出が浮かぶのよ」

「…………」
「けれど、その思い出は、もう一度はっきり思い出そうとしても、かすんでいくばかりで。白いカーテンが揺れているのが見えて……薬独特の匂いがして。それから、」
　そこまで言って、八千代さんは困ったように眉を八の字にする。
「思い出せないわ……とても大切なことなのだと思うんだけれど」
「……そうですか」
　その記憶は……その、大切な思い出のカケラは。
　きっと皐月くんと過ごしたやさしい時間なのだろう。
「あのとき、隣にいたあの子」
「…………」
　私はぐっと言葉をのみ込んで、胸からふつふつと込みあげてくるものを抑える。ぎゅうっとスカートを握りながら。
　ゆらゆらとカフェオレの表面におぼろげに浮かぶ私の顔はとても情けなく、今にも泣きそうに見えて。
「……あの子ね、私が病院にいた頃によく来たのよ。でも、私はきっとどこかで彼のことを怒らせてしまったのでしょうね。どうしてだか、その子を見ているととてもなつかしい気持ちになって、話してみたいって思うのよ。けれど、上手く話せなかったわ。そのうち、あの子も病院に来なくなってしまって」
「っっ……」
『お、いて、行かないで。……お願いだから……忘れないで』

あの日、はじめて会った日。ソファで寝ていた皐月くんがつぶやいていた言葉を思い出す。
　皐月くんは、きっと何度も願ったんだろう。
　何度も何度も、何度も。自分に他人の目を向ける、母親に。
　心をすり減らしながら。
　けれど、そのことを誰にも言えず、どこにもはきだせないまま……。
　ずっと、ずっとひとりで抱えて。それでも、気丈に耐えて。
　それも、耐えられなくなって。壊れそうになって。
　だから、逃げるしかなかった。逃げるしか、道がなかった。
　それでも、皐月くんはそれをずっと自分の中に深くしまい込んだまま……ずっと、自分を責め続けている。
　何度も、何度も泣いたんだろうな。
　きっと苦しさも悲しさも抑え込んで、のみ込んで、誰にも言わないまま、誰にも言えないまま。
　その小さな震える背中が、私の瞼の裏にすっと浮かんだ。
　ひとりで涙を流しながら、必死に嗚咽をのみ込む皐月くん。
　私は、もう一度くっと息をのみ込んで言った。
「私から、彼のことを教えることはできません」
「…………」
　私がそう言っても、八千代さんはそんなに表情を変える

ことはなかった。わかっていたんだ、と心の中でつぶやきながら……私は続けた。
「名前も、性格も、なにが好きなのかも……全部、知ってほしいけれど、思い出してほしいけれど、それは私がすべきことじゃない」
「…………」
「だからお願いです」
「……お願い？」
　私は一度頷いて、そして、言う。
「どうか……っ」

好きだよ

【皐月side】

　起きると、机の上にメモが置いてあった。
　凛としたきれいな字で『お腹がすいたら、食べてください。なにかあったらすぐ電話してね』と書かれ、その近くには小さな鍋とれんげが置かれている。
「……っ、いた」
　起きあがろうとすると、酷い頭痛が走って、思わず頭を押さえた。その拍子に、今までの出来事が一気にフラッシュバックする。
「っっ……！」
　真っ暗な部屋の中で、暗闇でもわかるくらい顔を真っ赤にした、ゆりの顔が思い浮かぶ。
　そばにいてと懇願した俺にそばにいるよ、と答えたゆり。本当にずっと、俺のすぐ近くにいてくれた。
　心の底から安心して、眠ってしまったのは紛れもない事実だ。冷静になって、俺は自分の失態に頭を抱えた。
「なにやってんだっ俺……っ!!」
　なに、行かないで、とかっ！　ここにいてとかっ!!
　恥ずかしすぎるっ。
「……熱のせいだっ」
　そう、熱のせいで口が滑って。

だから、これは別に俺の本心じゃないっ、違うっ！
　こうやってひとりで悶えながら、後悔している自分がますます恥ずかしくなって、俺は布団を手繰り寄せて、叫びたい衝動を抑える。
　よりによって……ゆりに見られるなんて。
　あー忘れたいっ、消し去りたいっ！！
　恥ずかしがっているのも時間の無駄。……もしかしたら、ゆりだって忘れているかもしれないし。ほんと、そうだったらいいのに。
　俺は気を取り直して、すっと起きあがった。
　机に手を伸ばして、小鍋とれんげが置いてあるおぼんごと自分の膝の上に乗せ、鍋のふたをそっと開ける。
　朝からしばらく経ってはいたけれど、まだ温かくて、おいしそうな卵粥の匂いに、少しだけ笑みがもれる。
「……いただきます」
　手を合わせて言う、その言葉にもようやく慣れてきた。
　忙しい父とは一緒にご飯を食べる時間がほとんどなかったから、朝ご飯も夕ご飯も、だいたいひとりだった。
　無言で食べるご飯はなんの味もしなかったけれど、今は薄味の卵粥がとてもおいしく感じられた。
　ぼーっと窓の外を見る。
　雨はすっかり上がって、空には雲ひとつない。
「……ごちそうさま」
　俺は最後のひと口を食べ終えて、手を合わせたあと、空の鍋を机の上に戻した。

そして、ベッドにもぐって布団をかぶる。
　昨夜よりも、ずいぶん体が楽になった気がする。
　ゆっくり瞼を閉じて、俺は小さく深呼吸をした。すう、はあ。
　そしてゆっくり、ゆっくり暗闇に落ちていくように。

　ふわり、と柔らかな風が頬をなでる。
　眠たい目をこすりながら顔を上げると、やさしく微笑みながら、俺の頭をそっとなでる母の顔が見える。
『もう少し眠っていてもいいのよ』
　ささやくような透き通った声に、俺は首を振りながら言った。
『ねえ、お母さん。お母さんは元気になったら、なにがしたい？』
　ぴたり、と頭をなでていた手が止まる。
　母は、そうねえ、とつぶやいて、幸せそうに目を細めながら、皐月はなにがしたい？　そう聞く。
　俺は、ばっと体を起こして、
『うーんとね！　いろいろあるよっ！　みつきちゃんにおしえてもらったお花のかんむりを作ってあげたいし、はるとくんといっしょに見つけたひみつきちにも、いっしょに行きたいっっ！』
『そう。私も皐月と一緒にいろんなことがしたいわ』
　母は俺の頬にそっと触れながら、口元を緩めて、そして。
『一緒に、ご飯を食べたり。一緒に、テレビを見たり。一

緒に、お皿洗いしたり。一緒に、お話したり。ときにはケンカだってして。皐月と、いろんなことを一緒にしたいわね』

　頬に温かななにかが触れたような気がした。
　その温かさはまるで、母のようにやさしくて。
　誰？　そう思って、重い瞼をゆっくりと開く。
「っっさ、あ、うぅ、さささ皐月くん……っ!!」
　ゆりが目を見開いて俺を見たかと思うと、触れていた手をぱっ、とうしろに隠して……それからじっと俺のことを見つめる。
「……なに？　ゆりのくせに積極的」
「ち、ちちちち違うっ」
　俺がちょっとからかっただけで、ゆりは恥ずかしそうに眉を寄せながら否定する。
　あー可愛い。って、こんなときにもからかうとか。
「人の寝込み襲うなんて、ゆり大胆ー」
「からかう余裕があるなら、黙って寝てなさい」
　ゆりはきっと俺を睨みつけたあと、思い出したように机の上を指さした。
「薬は机の上に置いておいたから。あ、ゼリーも買ってきたよ。食べたいのある？」
「なにがあるの？」
「えーっと、みかんとさくらんぼとミックス」
「みかん」

「じゃあみかん、置いておくね」

　ゆりは床に置いたスーパーの袋からみかんゼリーを取りだすと、プラスチックのスプーンと一緒に机に置いた。

　——かち、かち、かち。

　時計の秒針の音が聞こえる。

　それをぼーっと聞きながら、スーパーで買ってきたものを机に並べているゆりのうしろ姿を見る。

「……ねえ、ゆり」

「ん？」

　呼ぶと、さらりと黒髪が揺れる。

　なにを言うわけでもないのに、呼んでしまったことに気づく。

「……なんでもない」

「変なの」

　くすっとゆりが笑うのを横目に、俺は寝返りを打って壁に視線を向ける。

　……寂しい、とか、アホなこと考えてる。

　いつもなら、以前の俺ならこんなこと思わなかったのに。

　いつもひとりだったから……どんなことも、どんなときでも、ひとりで全然平気だったのに。

「……熱のせいだ」

「へ？」

「……別に」

　俺がそう言うと、ゆりはとくに気にした様子も見せず、立ちあがった。

「じゃあ、私はご飯作ってくるね。なにかあったら、呼んで」
「……ん」
　小さく頷くと、ゆりは部屋を出ていってしまった。
　——かち、かち、かち。
　じーっと白い天井を見ながら、まだ熱いおでこに手を当てた。少しだけ冷たい手のひらが、徐々におでこの熱を帯びていく。その冷たさは、あのとき、俺の頭をなでていた温かさにはほど遠くて……。
　手元にあったスマホを、無意識に指で画面を操作する。
　いくつもある画像フォルダのうち、一番古いフォルダに保存された画像はたった１件のみ。
　見る覚悟もないくせに、最初に保存した画像。
　俺は数年ぶりに、そのフォルダを開く。
　スマホの画面に映し出されたのは、屈託ない笑顔の小さな俺と、俺に負けないくらいの笑みを浮かべる母の姿だった。
「……か、さん」
　きっかけはそれで、十分だった。
　厳重にフタをして思い出さないようにしていた記憶が、いとも簡単に引き出されていく。
　どうして。
　どうして、どうして。
　忘れればいい。
　全部なかったことにして。あのやさしい時間も、すべてなかったことにしてしまえばいい。

そうしたら……そうしたら、こんなに。
こんなに苦しくなることなんてなかったのに。
「……どう、して……っ。なんで、いま、さら……っ！」
じんわりと、目の奥が熱くなっていく。
自分を守っていた壁が壊れていくような音が聞こえた。
だって、もう……母は、いないのに。
やさしく微笑む母は、一緒にいろいろなことがしたいと言ってくれた母は、もう、いないのに。
自分だけが覚えている。
……ずっと、忘れることもできないで。けれど、向きあうこともできないまま。
呼んでほしかった。
もう一度だけでいいから。たった、1回だけでいいから。
皐月って、呼んでほしかった。
「……っっく、そ……っ」
気持ちを抑えつけても、視界がにじんでいく。
涙なんて流す資格、俺にはないのに。
我慢すればするほど、自分に言い聞かせれば聞かせるほど、せき止めていたものが流れだしていく。
「さん、……おかあ、さん……っ」
もう一度だけでいいから、呼びたかった。
お母さんって、呼びたかった。

気づくと、明るかった部屋が真っ暗になっていた。
……ああ、そっか。こんな時間になるまで俺。

ティッシュを取ろうと手を伸ばした、そのとき。ふと、手になにかが当たった。……なにこれ？

　手に取ってみると、小さな紙。名刺くらいの大きさだった。

　こんなもの部屋にあった……？

　そう思いながら、暗闇の中でその紙に目を凝らして、そして、息が止まった。

　どうして、これ。

　だって、そこに書かれていたのは。

「皐月くん？　ご飯できたから持ってきたよ」

　そのとき、ドアの向こう側からゆりの元気な声が聞こえてきた。

　もしかして。

　イヤな考えが頭をよぎって、それを打ち消す間もなく、ゆりが部屋のドアを開けた。

「わ、真っ暗。ちょっと電気つけるね」

　ドアを開けた瞬間、かつおと昆布のいい香りが部屋に広がる。ゆりが持っているおぼんの上には、どんぶりと水の入った小さなガラスのコップが乗せられていた。

　それを机に置いたあと、パチ、という音とともに部屋に明かりがともる。

　そして……俺の持っていたその紙が、はっきりと輪郭を現した。

「今日はうどんだよ。これなら皐月くんも食べられると思ってつく……」

そこまで口にして、ゆりの目線が俺の手元で止まる。

それから……目を見開いて、なにかを言おうと口を開くものの、結局、なにも言わないで唇を強く噛みしめた。

その態度を見て、俺は確信してしまった。まさか、ゆりはそんなことしないって信じたかったのに。

「……これ、なに」

俺の口から出たのは、あまりにも鋭く、尖ったような言葉だった。

ゆりはびくり、と体を震わせて、それでもくっと足に力を入れて、きっと想像以上にきつい顔になっているだろう、俺をじっと見据えたまま視線をそらさない。

その視線に、余計に腹が立った。

まるで、私は間違っていないと肯定しているような気がして。

逃げだした俺にとって、その視線が一番、いらだって、そして一番、怖かった。

「……会ったんだ、あの人に」
「うん、会った」

ゆりは小さく頷いた。

そうか、やっぱり。

ゆりは……もう、全部知っていたんだ。知っていて、いつもと変わらない態度でいてくれたんだ。

そのことに、心に一瞬隙間ができてしまったけれど、すぐにそれは怒りで埋め尽くされていく。真っ黒に、塗りつぶされていく。

「で？ それで、同情でもしたの？ 俺がかわいそうになった？ だから、こんな……あの人の連絡先までご丁寧に書いてもらったの？」

俺はすっと、その紙を前に差しだした。

そう、そこに書かれていたのは……御影八千代の名前と連絡先だった。

あの頃と変わらない、端正(たんせい)できれいな母の字を見ると、ずきん、と胸に杭(くい)を打たれるような痛みが走った。

「……勝手に会ったのは謝るよ」
「俺の知らない間にあの人と何、話した？」

ああ、情けないほど余裕がないなと、自分の声音を聞いて思い知る。

ゆりが怖がってしまうことなどわかりきっているはずなのに、自分ではもはや制御しきれなかった。

ゆりは一瞬、言葉を詰まらせてひるんだけれど、震える手をぎゅっと握りしめて言った。

「……一度だけでいいから、皐月くんのことをちゃんと見てほしいって。私はなにも言えないから、皐月くんに聞いてほしいって……言ったよ」

ゆりらしいな、と思った。

人のために……たとえば俺のために、怖い気持ちを抑え込んでまっすぐに瞳を見る強さも。

やさしすぎるくらいに、思ってくれる気持ちも。

全部、俺になくて……そして、必要だったもの。

そんなこと、とっくに知っていた。

それでもゆりのまっすぐさは、今の俺にはまぶしすぎる。
「誰もがみんな、ゆりみたいになんでも乗り越えられるわけじゃない」
「…………」
　ゆりは、ずっと黙っていた。
　ずっと黙ったまま、唇を噛みしめて、瞳にたまる涙を必死にこらえていた。
　その表情に、胸が引っかき回されたみたいに痛くなって。
　それと同じくらい、自分の弱さを見せつけられた気がして……顔がかあっと赤くなる。
「本当はゆりが思ってるような男じゃないんだよ、俺は。余裕ぶってるふりも、からかうようなこと言うのも。本当は全部、怖いからだ。自分が傷つくのが怖い。誰も俺の心の隙に入り込ませないようにって、そういう俺を演じずにはいられない」
　忘れられた恐怖は今もまだ、俺の心に鮮明に染みついている。あの恐怖を味わうと知っていながら踏みだす勇気は、もう俺にはない。
「ああ、そうだよ。結局俺はあの人に会うのが、怖くて堪らないんだ」
　思わず下を向いて言葉をはきだしたとき。
「……くんは」
　ゆりは小さくつぶやいた。その声は、震えて、壊れてしまいそうなのに、芯が通ったような強さを持っていた。
「……皐月くんは、本当にもう……お母さんに会いたくな

いの?」
「……っ!」
　核心を突かれた問いに、俺は言葉を詰まらせてしまう。
「もう、会えなくなるかもしれないんだよ。もう、声だって聞けないし、顔だって見られない日が来るかもしれないんだよ……?」
「……別に会えなくなっても、平気」
　会いたくない。
　もう二度と、顔も声も。うしろ姿だって、思い出しただけで頭が痛くなる。
　本当に……それは、本当に?
　心がぐらつきそうになって、それを打ち消そうと俺の声はだんだん大きくなっていく。
「もう会えなくなっても後悔しないの?　自分のことを思い出してもらえなくても、本当に平気なの?」
「もう会えなくなってもかまわないっ!　俺の名前を呼んでくれなくたって、全然っ……」
「……じゃあ、どうして」
　とん、と足音が聞こえたかと思うと、視線のすぐ先に華奢なゆりの足があることに気づいた。
　そのとき、時間が止まってしまったかのように、体が動かなくなってしまう。息をするのさえ忘れるほどに。
「じゃあ、どうして」
　すっとゆりがしゃがみ込んで、俺の頬に触れる。
　温かなぬくもりが、そっと頬を包んで……ゆっくり俺の

顔を見た。
「どうして、こんなに悲しい顔をするの」
「……っ！」
　言葉を失ってしまう。
　頬を包む両手を振り払うこともできないまま、俺をじっと見つめるその透き通った瞳から目が離せない。
「ねえ、皐月くん……聞いてくれる？」
　ゆりはそっと目を伏せて、思い出に浸るかのように遠い目をしながら、唇を動かした。
「私ね、昔、とても大切な人に、酷いことを言ってしまったの」
「…………」
「それはね、私の父親で」
　ゆりから父親のことを聞くのははじめてだった。
　おそらくゆりが、一番触れられたくない部分。
　俺が、母の話には触れられたくないように。
　ゆりにとって一番触れられたくなくて、今までひた隠しにしてきたもの。
「私ね、もう会えないってわかってたのに。もう、きっと、二度と会えないってわかってたのに。お父さんに、大っ嫌いって……言ったんだ。嘘つきって。本当は……怒ると思ってたの。お父さんはいつも私を叱るような不器用な人だったから。だから、怒ってくれるって……期待してたの」
　ゆりは、小さく微笑んでいたけれど、その声は震え、触れる手の温かさはだんだん失われていく。

「いっそ、たたかれたって、殴られたってかまわないって思ってた。けど、お父さんはなにも言ってくれなかった。ただ、笑っていて。そのときね、私はなにも……言えなかった。遠くなっていくお父さんのうしろ姿を見ながら、なにもできなかった。もう、お父さんに会えないってわかってたのにね」

　想像する。

　小さくなっていく背中を、ただ見送ることしかできなかったゆり。その震える小さなゆりの横顔が、あまりに自分と似すぎていて。

「わたし、ね……たくさん、たくさん、たくさん……後悔した。どうしてあのとき、あんなこと言ったんだろうって。どうしてあのとき、遠ざかっていくお父さんの背中にしがみついてでも引き止めなかったんだろうって。たくさん、後悔して、後悔して、後悔して……。胸が、何度も締めつけられて……痛くて、痛くて、でもどうしようもなくて」

　……なんで、逃げたんだろう。

　あのとき、なんで逃げてしまったんだろう。

　後悔が、ゆりの手を通して伝わってくる。

　後悔した、後悔した、後悔した。

　たくさん……後悔して。痛くてしょうがなくて。

　母に、皐月って呼んでほしかったのに。ただ、それだけだったのに。

　そんな小さな願いすらもう、かなわない。

「ねえ、皐月くん」

ゆりは、俺の顔を見ながら、泣きだす寸前のくせに、それでも気丈に口元に微笑みを浮かべながら言った。
「私、後悔してほしくない。皐月くんに、私みたいに後悔してほしくない」
「…………」
　父親の背中を見送ることしかできなった、ゆり。
　けれどゆりには、もうその後悔をなくすすべがない。
　でも、俺には、まだ……ある。
　ゆりは俺の背中に手をまわして、優しく語りかけるように言う。
「つらいなら、私がずっとそばにいるよ。苦しいなら、痛みが消えるまで手を握ってる。怖いなら、震えが治まるまで抱きしめるよ。だから……もう一度、後悔しないように、逃げないで前を向いて」
「……っ」
　俺の抱きしめる手がほんの少し震えることに、気づく。
　触れるだけで顔を真っ青にするようなゆりが、こんな俺のために勇気を振り絞ってくれている。
　俺のためにここまで踏み込んでくれた人は、今までいなかった。
　本当は、その言葉を、ずっと誰かに言ってほしかった。
　誰かに裏切られるのが怖くて、忘れられるのが怖くて。でも、それと同じくらい、誰かのぬくもりに触れていたかった。誰かの肩に寄りかかっていたかったんだ。
「でも……っ」

言葉が、途切れ途切れになる。
　母は、きっと自分のことを覚えていない。なにひとつ、覚えていない。
「皐月くんは、イヤだった？」
「……え」
　ゆりは、俺に視線を合わせたあと、口元をほころばせる。
「一緒にご飯食べたり、一緒にテレビ見たり、一緒に並んで帰ったり。そうやって、一緒にすること……皐月くんは、イヤだった？」
「……それ、は」
　思い出す。
　はじめて一緒にご飯を食べたあの日。手を合わせて、ちぐはぐなかけ声で、温かいご飯を食べた。
　翔太とテレビゲームしたり、遊んだりした。ゆりと翔太と俺と、並んで帰った日。そんな、他人から見たら当たり前の日々は……俺にとって。
　俺にとって……。
『一緒に、ご飯を食べたり。一緒に、テレビを見たり。一緒に、お皿洗いしたり。一緒に、お話したり。ときにはケンカだってして。皐月と、いろんなことを一緒にしたいわね』
　すっと、頭の中に母のあのやさしい笑みが浮かんでくる。
　そう、全部当たり前で、誰もが普通にしていることで、でも、俺にとっては。
「……ずっとっ……うらやましかった……っ」

「うん」
　ゆりが小さく頷いて、それからやさしくやさしく、あの頃の母のように頭をなでてくれる。
　触れる温かさは、母とそっくりで。じわりと、心の奥からなにかがあふれてきそうになる。
「……ずっと……ずっと、お母さんと……したかったこと、だったから……っ」
「うん」
　こらえられなくなる。
　声が震えて、せき止めていたものが流れ落ちていく。
「ずっと皐月って……呼んで、ほしくて」
「うん」
「でもっ……もう、お母さんは……俺のこと、覚えてないから……っ」
「うん」
　怖かった。
　ずっと、怖くてたまらなかった。
　誰かに寄りかかりたくて、誰かを頼りたくて。でも、頼れなくて。我慢していたものが、容量（ようりょう）を超えたコップの水のようにあふれでてくる。
「本当は……っ！　忘れてなんてないっ、ずっとずっと覚えてる……っ」
「うん、わかってるよ」
「一度でいいから、皐月って、呼んでほしかった……っ」
「うん」

こらえようとしても、頬を伝う涙を止めることができなくなってしまった。
　俺はすがりつくように、ゆりを抱きしめた。
　その香りは、まるであのときのお母さんみたいで——。
「本当は、一緒に……っご飯、食べたかった。一緒にテレビ、見たかった……っ！　ケンカしたり、したかったっ！　でもっ、でも……っ、お母さんに、また、誰って聞かれるのが怖くて、もう戻らないんじゃないかって、思うたびに心が壊れそうに痛くてっ……！」
「……皐月くんは、お母さんに会いたい？」
　ゆりは、ささやくような声で言う。
　会いたい。
　ずっと、ずっと……本当は。
　たとえ、自分の名前を呼んでくれなくたって。
　たとえ、昔のようにやさしく頭をなでてくれなくたって。
　本当は、会いたかった。
　ずっと、ずっと、会いたかった。
　ちょっとだけでもいい、顔を見たかった。話しかけてみたかった。
　けれど、強くなくて。俺は、あまりにも弱くて。勇気も、なくて。
「……皐月くんがいるっていうなら、いつだって私は勇気をあげるよ。どんなに逃げたくなって、弱いって嘆（なげ）いても、私は、皐月くんのそばにいる。私は、皐月くんのこと絶対に忘れたりしないよ」

ずきん、と心の奥に突き刺さる。触れるゆりの温かさは、凍った俺の心を溶かしていく。
「……たい、会いたいっ……お母さんに、会いたいっ……」
　　ほろほろと、流れる涙が止められない。
　　どうしてこんなに泣けてしまうのかってくらいに。
　　ゆりは、そんな俺のことを精いっぱい抱きしめて、言う。
「私は、ここにいるよ。ずっと、皐月くんの隣にいるよ」
　　誰も入れさせまいと頑なに閉じていたはずの心の隙間に、俺でも知らないうちに、ゆりは入り込んでいた。
　　そして、手放しがたいほど、俺の中で大きな存在になっていたらしい。
　　誰かに言われたかったはずの言葉は、いつの間にかゆりに言ってほしい言葉にすり替わっていたことに、そのとき俺はようやく気づいた。
「……ありがとう、ゆり」
　　本当の俺を、見つけてくれて。
　　その日、俺はずっとゆりの胸の中で泣いていた。

　　朝起きると、俺の体には布団がかけられていた。
　　ぼーっとした頭をかきながら時計を見上げると、もう6時を指している。
　　あれ……俺、あのあと。
　　ぐらぐらする頭で、記憶をたどっていく……そして、昨日の暗がりでの出来事をはっと思い出して。俺は思わず立ちあがって、周りを見渡した。

ゆりが、いない。
すっと血の気が引いたような気がした。もしかして、俺が嫌いになって消えてしまったのではないか、と。
ドン！と勢いよくドアを開けて、慌ただしく階段をおりる。
「あ、おはよう皐月くん」
リビングのドアを開けると、フライパンを片手に笑顔であいさつするゆりが、そこにいた。
「どうしたの？ すごい勢いで階段を駆けおりる音が聞こえたけど」
「……っ」
もしかしたらゆりがいなくなったんじゃないかと、階段を駆けおりてきたことなど露(つゆ)知らず、ゆりは鍋からスープをすくったあと、それをテーブルに乗せる。
「ちょうどよかった。今、鶏(とり)とニンジンのしょうがスープができたところだよ」
「……え、あ」
「皐月くん、体調はもう大丈夫？」
「……あ、まあ」
あまりに自然すぎるゆりに、俺は思わず昨日のことを思い出して、顔が熱くなっていく。
うわ、恥ずかしすぎる……っ。
風邪で、冷静ではなかったとはいえ、ゆりの前であんなことをしてしまうなんて……っ！
「どうしたの皐月くん、そんなところに突っ立って」

「……ナンデモ、ナイデス」
　口を押さえながら、ゆりから視線を外してしまったことは、言うまでもなく。

　翔太もそろって、3人で腰かけて手を合わせる。
「いただきます」
「いっただきますー」
「……い、ただきます」
　ゆりがよそってくれたスープをひと口のんでみると、しょうが独特のツーンとした風味と、温かくて、なつかしい味が口いっぱいに広がる。
　ぼーっと昨日のことを思い出しながら、ひと口ひと口、味わう。
　いつもと同じ美味しさなのに、その味は心にしみていくようで、なぜだかちょっとだけ泣きそうになってしまった。
　朝ご飯を食べ終えると、俺はシャワーを浴びたあと、自分の部屋に戻って私服に着替えた。
　学校は……まあ、今日くらい休んだってかまわないだろう。
　着替え終わってドアを開けると、制服姿のゆりが、あ、と小さく声をもらして、俺を見上げている。
「……病人はおとなしく寝てるのが一番ですよ」
「もう、別に平気だって」
「着替えまでして、どこに行くつもり？」
　ゆりの顔が険しくなっていくのを見ながら、はあ、と小さくため息をつくほかなかった。

「……とこ」
「へ?」
　ますます恥ずかしくなって、顔をそらしながら、俺は言う。
「……お母さん、とこ」
　そう言った瞬間、ゆりの顔がぱあっと明るくなったのがわかった。
　……うわ、なんかすごい恥ずかしい。
　赤くなっていく顔を見られたくなくて、すっと顔をそらす。
　わかったらもういいでしょ、と話を打ちきろうとゆりのほうを見ると、今度は顔をゆがめている。
　今度は、なに。
「皐月くん、熱は下がったの?」
「はあ?　別に測ってないけど」
「なんか足元もふらふらしているし、顔も赤い」
「別にこれくらい大丈夫だって」
　俺がそう言うと、ゆりは怒ったように眉を吊りあげて、
「風邪は治りかけこそ気をつけて、最後までしっかり治さないとっ」
「会いに行けって言ったのはお前だろうが」
「会いたいって言ったのは皐月くん。でも、私はちゃんと治ってから会ってほしいの」
　う。ゆりにそう言われてしまうと、俺はもうなにも言えなくなってしまう。

そんな俺を見て、ゆりは満足そうにうんうんと頷いた。
「さ、今日は寝て！　私から連絡入れておくから、土曜日か日曜日にでも会おうよ」
「…………」
「それまでにちゃんと治してね。翔太も心配しているし」
　やさしげに表情を和らげながら、微笑んでみせる。
「ゆりも心配してくれた？」
「……あぅ。それは、その」
　あー可愛い。
　ゆりはいつだって、不意打ちに弱い。
　口をもごもごさせながら、困ったように視線を上へ下へ動かす。
　これ以上ゆりをからかったらきっと、真っ赤になりすぎて可愛いんだろうけど。
　たぶん、病人はさっさと寝なさい！って怒るに違いないから、それはまた今度。
「……ありがと」
　俺がそう小さくつぶやくと、ゆりは驚いたように顔をばっと上げて、それから昨日のことを思い出したのか、かああああっと顔が赤くなっていく。
　……あ、やっぱり今朝あんなに平気そうにしていたのは嘘だったんだ。
「じゃ、病人はおとなしく寝てますね」
　ひらり、と手を振って部屋に入ろうとした、そのとき。
　くっ、と服をうしろから引っ張られる。

なんだ、と思って振り返ると……ゆりが、真っ赤な顔で俺を見上げて言う。
「……あんまり、心配させないで。……皐月くんのバカ」
　ゆりは、うう、と小さく恥ずかしそうになったあと、呼び止めることもできないほどのスピードで、階段を駆けおりていってしまった。
　あまりに早すぎて、今の俺が呼び止めることは……無理だったかも。
　あーもうほんと。
　さっきのゆりの顔を思い浮かべながら、頭がぽーっとしてしまう。
　なにあれ。俺……たぶん重症。
　ゆりが可愛すぎて、うわ、今、絶対、変な顔してる。
　こんなの高梨に見られたら、１週間はネタにされるだろうな。
「……可愛すぎて、困る……」
　仕方ない、可愛いゆりちゃんに免(めん)じて、今日はおとなしく寝ますか。
　ゆりをこれ以上心配させすぎるのも、俺としては本意じゃないし。悲しい顔をさせてしまうより、ゆりには笑っていてほしいから。
　俺はいまだに頭から離れないゆりの顔を思い浮かべながら、自分の部屋のドアを開けた。

　そして、日曜日。

すっかり体調がよくなった俺とゆりは、翔太を知り合いの人に預かってもらい、母がいるという病院へ向かった。
　病院の前につくと、ゆりが心配そうに見上げながら、
「……大丈夫？」
　と、聞いてきた。
　強がる余裕もなくて、俺は小さく笑いながら、震える手をゆりに見られないように隠す。
　でも、あのときのような苦しさはない。
　だって、ゆりが勇気をくれたから。……後悔のないようにって。
　だから、俺は言ってやる。
「じゃあ、ゆりがここにキスしてくれたら、ちょっとはマシになるかも」
「はっ!?」
　俺が自分の頬を指さしてニヤリと笑ってやると、ゆりはさっきの心配していた顔とは180度違う、怒ったような、恥ずかしいような、まぜこぜの顔で俺を見上げた。
　……ふ、可愛い。
　って、俺はここまできてゆりをからかう元気だけはあるんだな。
「してくれないの？」
「そ、それとこれとは……っ」
「なんだ、残念。ゆりは俺に勇気をくれるって言ったのにね」
「…………」
　ますますゆりを追い込んでやる。

まあ、キスなんて期待してないけど。
　きっと、皐月くんのバカ、そんなからかう元気があるならもう十分でしょう！って怒るに違いない。
　そんな怒った表情も、可愛いからいいんだけど。
　でも、あまりにゆりが下を向いたままで反応がないから、冗談だよって言おうとして、ゆりを見た、そのとき。
　ぐいっと乱暴に服を引っ張られたかと思うと、ゆりの顔が想像以上に近づいて。自分の頬に柔らかいものが当たった。
　なにかを言う間もなく、ゆりはばっと俺から離れると、
「勇気、出そう？」
　真っ赤になりながら、唇を噛みしめてそう言ってくる。
　……やばい、やばい、やばい。不意打ち、だ。これ。
　……あー、やばい。
　なにも言えないまま、動揺する情けない俺にゆりはさらに追い打ちをかける。
「……がんばってね、皐月くん」
　ふわり、とやさしげに口元を緩ませて、さらりとした黒髪が、やさしい石鹸の香りを漂わせながら揺れる。
「……ん」
　俺が小さく頷くと、ゆりは小さく手を振る。
　不思議と、震えは止まっていた。ゆりへの愛おしさがそっと、俺の恐怖を包み込んで甘く蕩かしてくれているように。
　近いうち、この感情が抑えきれなくなるだろう。
　すべてを終えたら、この気持ちをゆりに伝えよう。

心の中でそう覚悟を決め、俺は一歩を踏みだす。

　目的の病室のドアを開けると、視界に飛び込んできたのは、真っ白な、床。真っ白な、カーテン。真っ白な、天井。
　そして……真っ白なベッド。
「あら、来てくれたのね」
　その上に、細い点滴の管をつなげた母の姿があった。
　俺の視線に気づいたのか、ばつが悪そうに微笑みながら、
「……ふふ、最近自分の体のこと気にせず生活してたら、その付けが回ってきちゃったみたい。お医者様に怒られちゃったわ。でも、大丈夫よ。これくらいなら、すぐに治るわ」
「……そう、ですか」
　泣きそうに、なる。
　母の姿を見ただけで、視界がぼやけて、今にも消えてしまいそうだった。
　一歩、一歩、近づく。
　そのたびに、心臓がはちきれそうなほど大きく脈打つ。
「久しぶり、よね……？」
「……はい。この前は、すみませんでした」
「なにか事情があったのよね？　私のほうこそ、驚かせてしまってごめんなさい」
　そのやりとりは、小さいときの俺だったらすぐに逃げだしていたんだろうけど。震えが止まらなくて、苦しくて、しょうがなかったんだろうけど。

……不思議と、今は落ち着いていられた。
　母が、ふわりと微笑んだ。
　小さい頃、俺に微笑んでくれたように。なぜか、自然と涙があふれてきそうになった。
「不思議ね、皐月くんと一緒にいるとなぜだかすごく懐かしく感じるの。変よね、なんでかしら」
　膝の上で固く握りしめた拳に、そっと温かな手が重なる。
　俺はようやく、そらし続けていた母の瞳をしっかりと見た。あの頃と変わらない、優しくて大切なものを見る目だ。
「よかったら、教えてほしいな。皐月くんのこと」
　全部変わってしまったと思っていた。
　けれど、変わらないものが、あったんだ。目を閉じて、耳を塞いで、傷つかないように逃げ続けていたらきっと、気づけなかった。
　逃げ続けるのはもう、終わりにしよう。踏みだし方はもう知っている。ゆりが教えてくれた。
　目をそらさないで、俺は母に言う。
「俺も、あなたのことが知りたいです。教えてください」
　母は、一瞬驚いたように目を見開いたあと……うれしそうに、目を細めながら言うのだ。
「ありがとう、皐月くん。すごく、うれしいわ」
　踏みだせずにいた一歩は、自分が思っていたものよりずっと簡単に踏みだせるものだったのだ。
　止まり続けていた俺と母の時計の針が、ようやく動き始めるような気がした。

きっと、時間はかかるだろう。
　けれど、いつしかその針が交わることを信じて、俺は前を向いて進んでいこう。

　病院を出る頃には、もう３時間ほど経っていた。
　自動ドアを出ると、すぐ横のベンチにゆりと翔太が座っているのが見えて、そちらに歩いていく。
「あ、サツキ！」
　翔太が、うれしそうにぶんぶんと手を振っている。
　たぶん、ゆりが知り合いの家に迎えに行ったんだろう。
　目の前まで行くと、
「皐月くん、おかえりなさい」
　ゆりが言ってくれる。
　あのとき、俺はひとりだった。
　誰にも頼れなくて、寄りかかれなくて、ひとりでずっと耐えることしかできなった。冷たいドアを押し開けて、あるのはただの空っぽの、なにもない静かな家。
　でも、今は……違う。
「ただいま」
　そう言うと、隣にいた翔太が、ん！と俺のほうに手を差しだした。
「かえろ、サツキ！」
　一瞬とまどう俺に、翔太は、
「まいごにならないように！」
　すっと俺の手を握りしめて、それからゆりの手を握って

引っ張りはじめる。
　……迷子にならないように、か。
　小さな笑みが、口からこぼれてしまう。
　はやくかえろーよ、と俺の手を引いてくれる小さな手のひらは、あまりに温かくて。
　うん。もう、迷子にならなくてすむ。
　だって……今、俺には、帰る家があるんだから。
　あの頃みたいに、誰もいない部屋でしくしく泣くことも、冷めたご飯を食べることも、ない。
「……ねえ、今日はオムライスにしよっか」
　ゆりが材料を指折り数えながら、口ずさみはじめる。
「おーむーらーいーす！」
「あ、ゆり、俺グリンピース抜きで」
「じゃあ翔太もーニンジンなしがいいー」
「バカ言わないの。しっかり食べてもらうから、ふたりともそのつもりで」
　やだー！と翔太が走り出す。その背中を見つめたまま、ゆりに言う。
「……お母さんとさ」
　ゆりは一瞬止まったけれど、
「うん」
　と平静を装って返してくれる。
「いろんな話をした。俺が知らない数年間のこと」
「うん」
「……ありがと、ゆり」

「うん」
　もし、ゆりがいなかったら。きっと俺は、母に会うこともできなかった。
　もし、ゆりが勇気をくれなかったら。きっと俺は今も、母のことを思い出すことすらしなかった。
　もし、ゆりがいてくれなかったら。
「それから」
「うん」
　俺は、その先の言葉を言ったらゆりはどんな反応するんだろう、って思いながら、言ってやる。
「ゆりのことが、好き」
「うん……って、はっ!?」
　ゆりがこれでもかってくらいに驚いた声を上げて、振り返る。
　あーもう、顔真っ赤。可愛すぎ。
　この鈍感で、やさしくて、からかいがいがあって、そして突拍子もなく不意打ちしてくるような、やつで。
　はじめて、俺に真剣に向き合って、本当の俺を見つけてくれた。手を差し伸べてくれた。
　もう、この気持ちには嘘がつけない。
　愛おしいと思わずには、いられないんだ。
　精いっぱいの気持ちを込めて、俺はゆりに言う。
「ゆりが好きだよ」

4章

ヤキモチ焼きな皐月くん

【ゆりside】

　6月も終わりに近づき、期末テストが迫ってきた。
　私はテストの2週間ほど前になると、いつもより3時間前に起きて勉強してから朝ご飯を作るのがお決まりになっている。ペンとまっさらのノートと参考書、問題集。お気に入りのさくらんぼのあめと、ミルクティー。
　それらを机の上に置いて、勉強をはじめる。
　……ことが、全然できなかった。
「……ううううう……集中できない」
　頭の中が混乱している。
　ぐちゃぐちゃすぎて、もうなにも頭に入ってこない。
「なにやってるの、ゆり……もうすぐテストでしょう、しっかりしなさい」
　と、自分に言い聞かせてみるものの……数字を書けば、突拍子もなく頭の中にあの言葉が思い浮かんで、私の頭の中をぐちゃぐちゃにかき乱していく。
『ゆりのことが、好き』
　あのときの、今まで見たことがないほどのやさしい笑みでそう言ってきた皐月くんの表情が、頭から離れない。
　聞きたいことだって、たくさんあるのに。
　だ、だってあんな唐突に言われて、平常心でいろってい

うほうが、無理っ。
「もうっ……！　勉強に集中しなきゃいけないのに……」
　考えれば考えるほど、頭の中はそのことでいっぱいになって、パンクしてしまいそうだった。
　もう、今日はご飯作ろう。うん、そうしよう。そうしたら、ふとした瞬間に頭から離れてくれるかもしれないし。
　長い髪を束ねていたシュシュを外して、そっとドアを開けると……。
「あ」
　皐月くんが眠そうな目をこすりながら、小さくあくびをもらしていた。
　びくっと肩が勝手に飛び上がり、思わずあとずさる。うしろのドアに足が当たって、とん、と音が鳴ってしまった。
　その音に気が付いた皐月くんが、私の方を振り返る。
　一瞬、目が合う。
　私は思わず皐月くんの視線から逃れるように、顔をそらした。
　だ、だめだ。皐月くんと目を合わせただけで、心臓が爆発しそう。心の準備ができてないのに、皐月くんとどんな顔して接すればいいのか、全然わからないっ！
「……おはよ、ゆり」
　皐月くんの声だけで、心臓の音がうるさくなる。
「……お、おはよう」
　ああ、もう、なんでこんなぎこちない挨拶しかできないの。

まともに皐月くんの顔も見れない。

皐月くんは何も言わず、じっとこちらを見ているらしく、突き刺さる視線がすこぶる痛い。

そしてふいに、皐月くんの手が私の方に伸ばされ、ほんの少し指先が目の下のあたりを触れる。

それだけで、私の体が勝手に震えた。恐怖ではなく、緊張で。

それに気づいた皐月くんは、

「……悪い、勝手に触って。目の下、ちょっとクマになってたから」

と、すぐさま手を引っ込めてしまった。

皐月くんにしてはずいぶんとしおらしい謝り方に、私はあらぬ誤解を与えてしまったと後悔する。

その手を追いかけて、掴んで、皐月くんに触られることは別にイヤじゃないと言えばいいのに、物怖じした私の口からその言葉は出てこない。

私がもたもたしているうちに、皐月くんは私の前を横切っていく。

「勉強すんのもいいけど、あんま無理しすぎんなよ」

それだけを言い残し、階段を下りていく皐月くんの背中を見つめながら、私は触れられたところに指先を重ねる。

触れた頬は驚くほどに熱く、私はごまかすようにその手をぎゅっと強く握りしめた。

そして、学校。

今日はぶっきらぼうに皐月くんにお弁当を渡して、サツキはいっしょに行かないのー？と言う翔太を幼稚園に連れていったあと、学校へ。
「あれ、今日は御影くん一緒じゃないんだね」
「……っっ、あ、おはよう水瀬くん」
　下駄箱で水瀬くんと鉢合わせになった。
　御影くんという言葉にやたらと反応してしまった私。隣に皐月くんがいないことになぜか上機嫌だった水瀬くんは、私の過剰な反応に眉を寄せた。
「アイツと、なにかあったの？」
「……ない、です」
「ふーん。ケンカ？」
「だから、なにもないですっ」
　水瀬くんの視線が、痛い。
　しばらく見られていたけれど、はあ、とため息をついたあと、まあいいやと言われて、ほっと肩の力を落とした。
　微妙な距離を保ちつつ、私たちは教室へ向かう。
　今になって思い返すと、皐月くんを自ら抱きしめたりとか……頬に、……したりとか、できてしまったことが不思議でならなかった。
　今は、男の人が隣にいるだけで変な緊張で体が固まるのに。
　……あのときは、必死だったから……。
「今日ホームルームで学園祭の出し物決めるから、その前に話しておきたいこともあるし、お昼一緒に食べない？」

「あ、うん、いいよ。小夏ちゃんも一緒で大丈夫？」
 すぐ隣で、爽やかな笑みを浮かべながらありがとう、と水瀬くんが頷いてくれた。
 以前は自分がこうして男の人に話しかけられたら、ものすごく身がまえていたけれど、今は前よりもマシになった気がする。
 ……ショック療法が、効いたのかな。
 たしかに、勇気を出してたくさん触れることができたんだもの……ちょっとは克服されてるよね。
 教室の入口で水瀬くんがドアに手をかけた、そのとき。
「きゃあっ、御影くんだわ」
「今日は白百合姫と一緒じゃないんだね」
「相変わらずかっこいー」
 御影、という単語に私の肩がびくりとあがる。
 ちらり、と横目で廊下の先を見てみると、眠そうにあくびをもらしながら歩いている皐月くんと、高梨くんの姿が。
 しばらく目が離せなくなって見ていたら、皐月くんも気づいたのか、こっちをじっと見ている。
 それから、私の隣に視線を送ると、眠そうにしていた顔から一転して、ものすごい不機嫌顔に。
 ……え？
 隣を見ると、水瀬くんがとても優越感に浸った表情で、皐月くんにひらひらと手を振っている。
 聞こえはしないけれど、たぶんチッと舌打ちをした皐月くんは、さっさと自分の教室のほうへ行ってしまった。

「あーおもしろい」
「えっ」
「なんでもないよ」

　今水瀬くんの口から、かなりどす黒い声が聞こえたような気が。けれど、もう一度見たときには、いつもと変わらない爽やかな笑みを浮かべていた。

　水瀬くんに促されるように、教室に入って席につく。

　そのあと、鐘の音とともに担任の先生が入ってきて、今日の連絡をはじめる。

　それをぼーっと聞き流しながら、私は思い出す。

　……私、本当に皐月くんに……こ、告白されたんだよね。

　でも、皐月くんいつもポーカーフェイスだから、全然表情が変わらないし。

　もしかして、あれはあの場の冗談とか？

　いや、さすがに皐月くんでもそれは……ありえる。

　ますます頭の中がぐちゃぐちゃになりそうで、私はくっと眉に皺を寄せて、先生のほうを睨みつけた。

　今は忘れようっ。もうすぐテストだし、浮かれているわけにはいかないっ。

　私には、守らないといけない"約束"があるんだから。

　そう、それは一番大切で……今の私の根幹を支えるものなんだから。

　あの人の顔を思い浮かべようとすると、いつも胸が痛む。

　どうしようもないくらいに嘘つきで、なにを考えているのかまったくわからなかった、あの人。

しばらくそうしていると、すっと、もやもやしていたものが消えていくような気がした。
　いつもよりは頭がさえないけれど、しっかり授業を聞いて……そして、お昼になった。
　小夏ちゃんがお弁当を持って私の席に机をくっつけると、プリントを持ってきた水瀬くんも合流して、一緒にご飯を食べはじめる。
「んーじゃあ、この手順で決めて、あとは先生に提出しておけばいいかな」
「うん」
　私が頷くと、隣にいた小夏ちゃんは他人事(ひとごと)のように、
「大変ねぇー」
　と目を細める。
　しょうがないよ、と水瀬くんが困ったように笑う。
「もし案が出なかったら、こっちで考えたものの中から多数決で決めてもらえばいいから。白井さん黒板書いてくれる？」
「うん、了解しました」
　お弁当の卵焼きをつつきながら、私はじっとプリントを見る。
　そっか、もう学園祭。
　期末テストと委員会の仕事がダブっちゃっているし、ますます今から勉強しないと。
　その不安が顔に出ていたのか、
「テストでお悩み？」

と、水瀬くんが聞いてくる。小さく私が頷くと、水瀬くんは驚いたように目を見開いて、言った。
「白井さんってこの前のテスト学年１位だったよね？」
「ゆりは努力家なのよ」
　小夏ちゃんが、横から口を挟んでくる。
「まあ、今回は期末テストと委員会の仕事がダブっているから、両立はかなり大変そうだけど」
「……そうなんだよね」
　今までも勉強は欠かさずやってきたつもりだ。
　だから、切羽詰まっているわけではないけれど、こうしてテスト週間が近づいてくると、どうしても不安になる。
　私は、"約束"を守るために、今までがんばってきたのだから。こんなところで破るようなことはしたくない。
「じゃあ、一緒に勉強しない？」
「え？」
　水瀬くんが思いついたように、私に笑みを向ける。
「白井さん文系だよね？　俺理系だからさ、おたがいの得意科目教えあった方が効率がいいと思わない？」
　……そういえば、あまり気にしたことはなかったけれど、テストの順位表で水瀬くんの名前は私の近くにあったような。
　思い出せなくて、首を傾けていると。
「さっすがー、学年２位の言うことは違うね」
「褒め言葉として受け取っておくね」
「全力で嫌味なんだけどね」

小夏ちゃんと水瀬くんのやりとりを聞いて、前回のテストのときは水瀬くんの方が理数科目の点数が高かったことを思い出す。
「どう？」
「……どうしようかな」
　と頷こうとした、そのとき。バンっ！という音とともに、
「その話、乗ったぁあああー!!」
　廊下側の窓から、高梨くんが顔を出して叫んだ。
　一瞬、私はのけぞり、水瀬くんはうわー鳩(はと)時計みたいーと爽やかな笑みでさらりと言ってのけ、小夏ちゃんにいたっては、きもっ、と言う始末。
「いきなり飛び込むな」
　……あ。
　聞き慣れた声とともに、高梨くんの襟首(えりくび)がぐいっと引っ張られる。ぐえっ、とうめき声をもらして、
「白百合姫と水瀬くんの二強(にきょう)がついてくれたら、俺、赤点まぬがれられんじゃん!?」
　と、必死の形相(ぎょうそう)で窓枠を持ちながら、引っ張られるのを阻止(そし)している高梨くん。
「た、高梨くん、大丈夫？」
「大丈夫ですっ！　ねえ、お願いっ、俺も勉強に付き合っていいですか!?」
　高梨くんはそう言いながら、頭を下げる。そのうしろで、もう疲れたらしい皐月くんが、ため息をもらしながらすっと手を離す。

「……いや、私は、」
　男の人が苦手なので、と断ろうとした、そのとき。
「いいんじゃない?」
「え、水瀬くん……?」
　隣で、面白そうに目を細めながら、ぽんと手をたたいて、
「白井さんの家って大丈夫?」
「へっ!? 私の家っ!?」
　いきなり私の家を指定されて、狼狽する。
　そして、高梨くんの泣きそうな目が私の体を突き刺す。
「……ダメ、絶対」
　私が、どう言えばいいものかと悩んでいると、窓から少し離れたところにいた皐月くんが、しかめっ面でそう言った。
「なんでそんなこと、御影くんに決める権利があるの?」
　うわっ、水瀬くんの顔から笑みが消えた。
　首を傾けながら、水瀬くんはじっと皐月くんを睨みつける。
　その態度が癪に障ったのか、皐月くんはむすっと唇を嚙みしめて……あれ、イヤな予感が。
「んなの、俺がこいつんちに住ん……」
「だ、大丈夫だよ!! 全然、大丈夫! 私のうちで全然!」
　皐月くんってば、学校でそんなこと言ったら騒ぎになっちゃうよ!?
　慌ててさえぎって、きっと皐月くんのほうを睨みつけると、皐月くんはぷいっとそっぽを向いてしまった。

なっ。可愛くないっ！
「じゃあ、決まり。授業が終わったら学園祭組と勉強組にわかれて、そのあと、校門に集合ね」
　爽やかな口調で、水瀬くんがにっこり微笑んだ。
　そのあと、私ががっくり肩を落としたことは言うまでもない。

　佳境(かきょう)なのはテストだけじゃない。同時進行で学園祭の準備も進めていかなければならない。
　授業が終わったあと、私と水瀬くんは、ふたりっきりの教室で机をくっつけあい、私たちはクラスの出し物である男装カフェの打ち合わせに勤しんでいた。
「んー女子の衣装だけど、オーソドックスに学ランとか、まだ時間があるから、男装コスとか」
「うん、簡単なものなら女子たちで作れそう」
「じゃ、それで決まり」
　水瀬くんはそう言うと、紙にすらすらメモしはじめる。
　静かな教室。机の向こう側でプリントを見ながら、みんなの案をまとめている水瀬くんを見た。
　形のいい瞳を縁どるまつ毛が、プリントの字を追うたびに震える。
　そんな姿をぼーっと見て、やっぱり水瀬くんってモテる人なんだなぁと、あらためて感じる。
　頼りになるし、それに誰に対してもやさしい。
　そんなことを考えて見ていたからか、ふと水瀬くんが私

の視線に気づいて顔を上げる。
　ばっちり目が合って、私は慌てて視線をそらす。
　ああ、もういい加減に慣れないと……っ。自分のとった行動に後悔してしまう。
　赤くなっていく顔を見られたくなくて、ずっと顔をそらしたままでいると、くすっと笑う声が聞こえた。
「みとれちゃった？」
「なっ」
　思わず、水瀬くんのほうを見てしまった。
　その表情は、皐月くんを思わせるほど余裕に満ちていて、私はますます言葉を詰まらせてしまう。
「……皐月くんみたいなこと言わないで」
「…………」
　私が苦しまぎれにそう言うと、水瀬くんは黙ってしまった。
　どうしたんだろう？
　顔を伏せた水瀬くんから、表情を読み取ることはできない。
「言わないで」
「……水瀬くん？」
　すっと、水瀬くんが顔を上げる。その表情は、さっきみたいに余裕のあるものじゃなくて、ただ切なそうに眉を寄せて、寂しそうにも見える。
「俺の前で、アイツの名前は言わないで」
　アイツ……。それは、皐月くんのこと？

固まったままの私を水瀬くんは一瞥して、それから、大きくため息をついた。さらり、と頬にかかる茶色の髪をかきあげて、面倒くさそうに目を細めたあと。
「もう、やめた」
「は？」
　やめる？　というか水瀬くんの口からそんな乱暴な声が出るなんて、と私は耳を疑ってしまう。
「いい人ぶるのも、頼れる人を演じるのも、もうやめた」
「水瀬くん……？」
　キャラが変わってないですか。
「告ったのに、それが冗談かなにかだとでも思ってるの？」
「え、あ……いやその」
　水瀬くんは、視線を泳がせる私にいらだちを隠しきれない様子で、
「もういい。このままなにもしないでアイツに取られるなんて、悪いけどイヤ」
　そう言って立ちあがる。
　すると、突然私の方へ身を乗り出し、ぐっと距離が近づく。
　思わず顔をそらそうとした私の頬を両手で包み込み、無理やり水瀬くんの方を向かせられる。
「そらさないで、ちゃんと見て」
「……っっ!!」
　逃げ場のない恐怖に支配され、体が硬直する。
　そらしたいのに、水瀬くんの瞳から一秒たりとも逃げら

れない。すると、水瀬くんの顔が次第に近づいてくるのを感じ、私は思わずぎゅっと目を瞑る。

　怖い、どうしよう、助けて。

　助けて、皐月くんっ！

　頭の中でとっさに浮かんだ皐月くんの姿に、必死に助けを求める。

　永遠のように感じられた時間は、水瀬くんのひと声で終わりを告げた。

「なんて、ね」

「へ……？」

　くすっと笑う声がして、私はうっすら片目を開けると、水瀬くんは私の顔を見るなり、おかしそうに口元を緩めた。

　そして拍子抜けするほどあっさりと両手を離して、自分の席に座る。

　いまだ状況が把握しきれていない私を前に、水瀬くんは肩を揺らしながら笑う。

「別に警戒しなくていいよ。今日はこれ以上のこと、するつもりないし」

「なっ……！！」

「そもそも悪いのは白井さんのほうだから。鈍感な白井さんのせいで、本性を出すしかなかったんだから」

　言葉を詰まらせる私に、水瀬くんはくすりと腹黒く微笑むと、首を傾けながら言った。

「これに懲りたら、少しは俺のことも視野に入れてね？」

隣にいられる方法は

【皐月side】

　……おかしい。絶対に、ゆりの様子がおかしい。
　俺は帰り道、高梨、ゆりの友達である確かコナツ、って子と、そして学校帰りに迎えに行った翔太、ミナセと歩いている途中、ずっとゆりの様子がおかしいことに疑問を持っていた。
　朝から、俺のことをやたらと気にしていたのは知ってたけど。
　朝、俺と鉢合わせしたとき、平気そうな顔をしていたけれど、つついてみたら案の定で。そんな反応をするゆりが可愛いとか思っていたけれど。……おかしい。
　違う。たしかに俺に対する態度もおかしいけれど……ミナセに対しての反応が、おかしい。
　まず、朝並んで立っていたときよりも距離が離れている。そして、ゆりがとても気難しそうに顔をゆがめている。
　ミナセは相変わらず、気持ち悪いほど爽やかな笑みを振りまいているけれど。
「お前、ゆりになにかしたわけ？」
　俺がそう聞くと、ミナセはゆりのほうを見たあと、
「さあね」
　と意味ありげに笑いやがる。……ウザ。

やたらとイライラしたので、俺の前で翔太と戦隊ものの話で盛りあがっている高梨の頭を引っぱたいておいた。

「へー、ここが白井さんの家なんだ」
「……う、うん」
　家につくと、門の前でミナセがそう言う。でも、やっぱりゆりの表情は固いままだった。
　家に入ろうと、思わず癖で自分のポケットから合鍵を出しそうになって、慌てて引っ込める。ゆりはそんなことを気にする余裕もないみたいで、気難しい顔のままポケットから出した鍵を差し込んで、ドアを開けた。
「お邪魔します」
「わー私、ゆりんち来るの久しぶりだなぁー」
　それぞれ玄関で靴を脱いで、リビングに上がり込む。
　いつも俺たちがご飯を食べているテーブルに教科書を並べて、みんなが勉強をはじめる。
　俺はもともとそんなに熱心に勉強をするたちじゃないので、ぱらぱらと教科書をめくるくらいだけれど。
「白井さん、ここって」
　俺の隣に座っていたミナセが、ノートをゆりのほうに向けて、聞く。ゆりは一度びくっと震えたあと、あ、うん、とよそよそしい態度で教えはじめる。
「……あ、なるほど。ありがと」
「いいえ。あ、水瀬くん、ここって……」
　今度はゆりが、問題集を持ってミナセに聞きはじめる。

……なんかムカつく。
　告白したのに。……告白したのに。
　あー俺は小学生かよ。こんなの、おもちゃがほしいってねだる子供と変わらない。
　むすっとしたまま、教科書を読みあさる。……全然、内容は頭に入ってこないけれど。
　すると、いきなりミナセが、あ、と声を上げた。
「白井さん、この前貸したノートある？」
「……あ、うん……？　どんなのだっけ」
　ゆりが歯切れ悪く返事をする。
　なんというか、ミナセに話しかけられるたびに、ぼーっとしていたのが我に返る、って感じ。
　ゆりがどんなノートを借りたのかすら忘れているのもちょっと信じられない。
「あー水色の……いいや、白井さん、部屋に案内してくれる？　俺が行ったほうが手っ取り早い」
「あ、う、うん。わかった」
「っ……！」
　そう言って立ちあがった、ゆりの手を思わず掴んでしまった俺。
　引き止めたあと、なんて言うか全然考えてなかった。
　焦った俺は、
「……俺が案内するから、ゆりは座ってなよ」
　と、口走ってしまった。そして、その言葉に反応したミナセが眉を寄せる。

「なんで御影くんが案内するわけ？　ここは白井さんの家なのに」
　あ、やば。思わず、口が滑ってしまった。
　普段なら、こんなことでぼろを出す俺じゃないのに。
　……絶対、ゆりのせいだ。
　俺は掴んだ手をゆっくり離して、視線をそらさずにこっちを見ているミナセに返事するのが面倒で、
「さあ、なんでだと思う？」
　と適当に言うと、ミナセは予想以上に癪に障ったらしく、目を細めながら俺のほうを睨みつける。
「み、水瀬くんさ、ノートっ。ノート取りに行こう？」
「…………」
　……ムカつく。
　ゆりが、ほかの男の名前を呼ぶのも、イヤ。
　やばい。俺、前の一件から、かなり歯止めが効かなくなってる。ゆりのことが、好きすぎて……それでいて、この曖昧な関係に、いらだちさえ覚えている。
「皐月くんたちは、勉強しててくれる？　私たち、ノート取ってくるから」
　ゆりはそう言うと、不機嫌顔のミナセを連れてリビングを出ていってしまった。
　むすっとしながら腕を組んでいた俺に、ツンツン、と腕をつついてくるヤツが、ひとり。言うまでもなく、高梨。
「……なに」
　俺が振り向きもせずにそう言うと、高梨は身を乗りだし

て俺の顔をのぞき込んできた。……きもっ。
「うわっ。皐月がヤキモチ焼いてるっ。本当にあの皐月!?」
「うっさい、黙って勉強でもしてろ」
「ははぁ～ん。あんなに他人に無関心だった皐月がねぇ」
　うんうん頷きながら、ニヤニヤしはじめる……ウザ。ウザ。
　けれど、俺は返す言葉もなくちらりと高梨を一瞥して、そのまま教科書に視線を移す。こんなヤツにかまっているだけ、時間の無駄だ。
「たしかに、白百合姫は可愛いって口にするのもおこがましいほどきれいな人だし、頭いいし、運動神経もいいし、面倒見もいいしな……皐月の」
「なっ……、別に俺はアイツに面倒見てもらったことなんてないけど」
　しまった、高梨の口車(くちぐるま)に乗せられた。
　その一部始終を見ていたコナツチャンが、目を細めながら、
「どうでもいいけど、御影くん、放っておいていいの?」
　と、言ってきた。
「は?」
　聞き返すと、コナツチャンは、御影くんって結構鈍感?と笑いながら、強めの口調で続ける。
「知ってるんじゃないの? 水瀬くんがゆりを狙(ねら)ってるってこと。どっちにしろ、今日のゆりの様子はおかしかったから……水瀬くんが押しはじめたってことでしょ?」

「ちょっと小夏ちゃん、なに言ってるのかわからないんだけど、俺」

会話にまったく入れていない高梨が首を傾げているが、コナツチャンは容赦なく切り捨てる。

「勝手に馴れ馴れしく私の名前を呼ぶな、高梨」

「ちょっ……！」

押しはじめた？　ミナセが、ゆりを？

……ありえる。だって、あのゆりの過剰な反応。絶対、帰りの委員会の仕事中になにかしやがったな、アイツ。

「……ちょっと部屋にノート取りに行ってくる」

「いってらっしゃーい」

立ちあがったら、もう止まらなくなってしまった。

俺って、こんなに執着するようなヤツだったっけ。

……ほんと、きもい。

もっと余裕があるヤツだと思ってたのに。

ドアを開けると冷たい空気がまとわりついてきて、思わず顔をしかめそうになる。

物音ひとつしない、それが逆に不気味だった。俺ははやる気持ちを抑えて、足音を立てないようにゆっくり階段を上っていく。

先に、さらりと音が聞こえてきそうなほど、まっすぐに伸びたゆりの艶やかな黒髪が見えた。

そして、小さく話し声が聞こえてくる。

耳を澄ませても、途切れ途切れにしか聞こえない。

くそっ、こんなところで立ち止まるなんて、らしくない。

ばっと出ていって、なに食わぬ顔でゆりを連れていけばいい、そうだろうが。
　なのに……心のどこかで、見たくないって思ってしまう。
「……ここ、……よ」
　そうミナセが言うと、すっと、ゆりの流れるような黒髪に触れて……。
「っ!!」
　ふたりの影が、重なる。
　息が、止まる。
　心の奥をえぐられたような痛みが、一気に俺を襲う。
　目の前のことを信じたくなくて……でも、それは真実(しんじつ)で。
　ゆりが、好きなのは……もしかして、ミナセ……？
　頭の中が真っ白に塗りつぶされていく。
　そして……俺の気配に気づいたミナセが、こちらを見た。
　なにかを考えるように目を細めて、そして、優越感に浸ったような笑みを送ってくる。
「……っ!!」
　今すぐにでもゆりとアイツの間に割ってはいって、引きさいてやりたかった。
　でも、もしそれが、ゆりにとってはただの"邪魔"な行動だったら。
　ゆりだけは誰にも渡したくない。でも、それと同じくらい……ゆりにだけは、嫌われたくない。
　そう思うと、唇を噛みしめることしかできなくて。
　俺はそのまま、足の向きを変えて階段をおりていく。

口の中は、鉄の味がじんわりとにじみだしていて、不快で不快でしょうがなかった。
　イヤだ、イヤだ。ゆりを誰かに渡すなんて、絶対に。
　でも、もし。
　無理やり割ってはいって、もしゆりがミナセのことを好きだったら？　そんなの、俺がただ邪魔者なだけ。
　そんなことが頭の中を駆けめぐって、いらだちが収まらない。
　もやもやする。ずっと消えない。
　なんとか心を落ち着かせて、表面的には何事もなかったように、俺はいつものように無表情を装ってリビングに入った。
「あれ？　ゆりは？」
「……さあ」
　話しかけてきたのは、教科書を片手に高梨に勉強を教えているコナツチャンだった。
　ゆり、という言葉を聞くだけで、ずきっと杭を打ち込まれたみたいな痛みが広がる。
「ミナセクンとまだ話してるんじゃない」
「はあ？」
　驚きの声を上げて、口をぱくぱくさせるコナツチャンを無視して、俺は自分の席に座る。
「でも、ゆりは……」
　そこまで口にすると、コナツチャンは言葉を詰まらせて、そして、なにも言わなかった。

目の前に問題集と教科書を置き、シャーペンを握ってさらさらと問題を解きはじめる。
　そして、一問目をちょうど解き終わった、そのとき。
　ガチャ、とリビングのドアが開く音とともに、
「あ、ゆり、ノートあった？」
「うん、机の上に置いてあったよ」
　ゆりの透き通った声。そんな声も、今は聞くだけで心がぐちゃぐちゃにかき乱されそうだった。
　……でも、嫌われたくない。その思いだけで、嫉妬を抑え込んでいた。
　だって……、ゆりははじめて俺に居場所をくれた、大切な……。

　しばらく勉強をしたあと、ほかのやつらは帰っていった。ミナセは最後まで残る俺を疑わしげな目で見ていたけれど、そんなの今はどうだってよかった。
　最後まで玄関で手を振っていたゆりは、リビングに入ってくると、
「今日はなにがいい？」
　と、いつもの口調で聞いてくる。
　別に、ゆりが悪いわけじゃない。
　なのに、その普通な態度にいらだちが募って。
「……別に、なんでもいいよ」
　と言ったあとに、すぐ後悔した。
　ゆりに嫌われたくないって思っているのに、出てくるの

はゆりを傷つける言葉ばかり。
「でも、今日は皐月くんにもたくさん迷惑をかけたし……」
「いいから」
　なんで、なんでこんなにイライラするんだよ。
「悪いけど、今日はふたりで食べて」
　ゆりを、傷つけたくなんてないのに。
　ゆりの傷ついたような顔を見た瞬間、ぐさりと心を突き刺すような痛みが走る。
　それを認めたくなくて。俺はぱっとゆりから顔をそらして、無言でリビングをあとにした。
　卑怯(ひきょう)なヤツ。ゆりを傷つけて。
　そのくせに、自分が傷つくことは恐れてる。
　階段を上って、自分の部屋のドアを乱暴に開けた。
　そして、そのまま閉じたドアに体を預ける。
　ずるずると体の力が抜けて、ついにはしゃがみ込んでしまう。
「…………」
　ぐるぐる、ぐるぐる、もう自分がなにを考えているのかわからないほど、頭の中がぐちゃぐちゃだ。
　渡したくない。ゆりを、アイツなんかに。
「……もうっ……わけがわかんねぇ……」
　心が、ちぎれそうに痛い。
　頭を抱えて、唇を嚙みしめるたび鉄の味がして。あの、ミナセとゆりの影が重なったときのことが思い浮かんで。

カチャリ、とドアの向こう側で音が聞こえた。

俺は、いつの間にか閉じていた重い瞼をゆっくりと開く。

もう部屋は真っ暗で、明かりひとつない。重い頭を押さえながら立ちあがると、その拍子に、とん、ともたれかかっていたドアにぶつかってしまう。

そして、その音に反応したかのように、

「……皐月くん？」

と、くぐもったゆりの声がドア越しに聞こえた。

思わず笑みがこぼれそうになるほど、いつもは安心するゆりの声も、今は聞くだけで胸が張りさけそうになる。

「起きてる？」

「…………」

「ドアの前に皐月くんの好きなオムライスと、オニオンスープ置いてあるから、気が向いたら食べてね。……あの、皐月くん」

ゆりが、俺の名前を呼ぶ。

「皐月くん、なにか怒ってる？　……それは、私のせい？」

違う、ゆりは悪くない。

ただ俺が勝手に好きになって、勝手に嫉妬して、勝手に苦しいだけだから。だから、ゆりは全然悪くない。

そうやって言いたいのに、心のどこかがそれを邪魔する。怒りが募って、口に出せなくなってしまう。

「……ごめんね、皐月くん。私が悪かったなら謝る。ごめんね……」

ゆりの透き通った声が、俺の部屋に響く。

どうしてゆりが謝るんだよ。俺が悪いのに。
　……なんでゆりは好きでもない俺に、そんなにやさしくする？
　曖昧だから、不安になる。不安が消えない。
　ゆりのやさしいところが、好き。だけど、それが今、俺を一番いらだたせる。
「なら、態度で示してよ」
「……態度で？」
「そう」
　嫌われたくないのに。
　勝手に、手が動く。ドアを開けると、カチャ、となにかに引っかかる。
　下を見ると、おぼんに乗せられた、湯気がほわほわと立ちのぼるおいしそうな匂いのオムライス。
　そして前を向くと、ゆりが泣きそうな顔でこちらを見上げている。
　……だから、そんな顔しないで。
　ゆりがそんな顔するたびに、期待する。
「そうしたら、皐月くんの怒りは収まる？　明日は、一緒にご飯食べてくれる……？」
「……ん」
「わかった。私はなにをすればいい？」
　ゆりは泣きそうな顔から一転して、すっと覚悟を決めたように整った眉を凛と釣りあげて、唇を嚙みしめた。
　……だから、期待させないで。

そうやってゆりが俺のためになにかをしてくれるたび、ゆりを、手放したくないって思うから。
「じゃあ、それ食べさせて？」
　首を傾けてそう言うと、ゆりは一瞬面食らったように言葉を詰まらせた。そして、しばらく真っ赤になった顔でうつむいたあと、小さく頷く。
　そんなゆりが、可愛くて。
　そんなやさしさが、愛おしくて。俺を、ますますいらだたせる。
「入りなよ」
「…………」
　俺が半分開けていたドアを開けて、そう言うと、ゆりはこくり、と小さく頷いたあと、おぼんを両手で持って、部屋に入ってくる。
「……あ、電気」
「いいよ、めんどくさい」
「う、ん」
　緊張で顔をこわばらせるゆりを見て、なにやってるんだよ俺って、と自己嫌悪に陥りそうになる。
　でも、ゆりを目の前にすると歯止めが効かなくなる。
　ゆりを大切にしたいって、やさしくしたいって思うのに、もっともっと意地悪してやりたいって思ってしまう。
　真っ暗な部屋。カーテンの隙間からもれる月明かりだけを頼りに、俺はベッドに腰かけた。
　ゆりは床におぼんを置くと、それをじっと見たあと、お

どおどおと俺の前に座った。
「オムライス食べたい」
「……あ、うん」
　ゆりはぎこちない手でオムライスの端っこをスプーンですくうと、すっと俺の前に差しだした。
　真正面から見たゆりは、こんな真っ暗なのに、頬が赤く染まっているのがひと目でわかる。
　そんな顔、しないで。止まんなくなりそう。
「遠すぎ、もっとこっちおいで？」
「っっ、ぁ、う……」
　ゆりが恥ずかしそうに口をもごもごさせて、ゆっくりと、こちらに近づいてくる。
　立ち膝になったゆりは、ベッドに座った俺の足の間に入るか入らないかぐらいの距離で、じっと俺を見上げてくる。
　やさしい、あの石鹸の香りが鼻をくすぐる。
　……やばい。頭がくらくらする。
「……はい」
　ゆりが、震える声と同じくらいに、緊張で手を小さく震わせながら……すっと俺の前にスプーンを差しだす。
　……あー、やっぱり誰にも渡したくない。
　こうやって、ゆりを照れさせるのも、からかうのも、俺だけでいいのに。
　ゆりに嫌われたら……どうしよう。
　一瞬、不安が胸をかすめる。でも、さっきまで勝っていた嫌われたくないって気持ちよりも、今はゆりを誰にも渡

したくないって気持ちのほうが上だった。
「ねえ、手が震えてる」
「っだって、皐月くんがっ」
「俺が?」
「……なんでも、ない」
　あーどうしてこいつは、俺の心をこんなにかき乱すんだ。
　でも歯止めが効かないのは、俺のせいじゃなくって……ゆりが、可愛すぎるから。
「食べにくい」
「っさ、さささ……っ」
　俺は、そう言ってスプーンを握っているゆりの手を上から掴んで、自分の口にスプーンを持っていく。
　口に入れた途端、ふんわりと柔らかな卵と、ほどよい味つけのチキンライスがほろほろ崩れていく。
「ん、おいし」
「……あ、う……」
　ゆりの恥ずかしそうに口を結ぶ表情が、可愛すぎて。
　もっと、意地悪したくなる。
　もっと、ほかの表情を見たくなる。
「さ、皐月くん……は、離していただけると」
「ダメ」
「は、恥ずかしすぎて」
「俺は全然恥ずかしくないけど?」
「それは皐月くんがおかしいだけっ」
「ふぅん」

あー可愛い、手放したくなくなるくらいに。
そして、最後のひと口を食べ終えて、ようやく手を離してやると、ゆりは真っ赤になった顔を落ち着かせるように、両手で顔を挟んで、うーとうなっている。
そんなゆりを見ていたら……さっきまではもう頭の中から消え去っていた、あのときのふたりの姿が頭によぎって、眉をひそめてしまう。
それに気づいたゆりが、
「……皐月くん……？」
と、心配そうに俺を見上げながら、聞いてきた。
聞きたい。はっきり、させたい。
ここでどんな言葉をゆりの口から聞くことになっても、曖昧なままはイヤ。
「……お前って、好きなヤツ……いるの？」
声が、震える。
でもきっと、それをゆりは気づかない。
だって、ゆりはその言葉を聞いた瞬間。
驚いたように目を見開いて、恥ずかしそうに顔を赤らめたかと思ったら、すぐに俺から視線をそらしたから。
……ほんと、ゆりってわかりやすすぎ。
もうそんなの、いるって言ってるようなもんだっての。
感覚がマヒしてしまったみたいだった。
悲しいのか、苦しいのか、くやしいのか、寂しいのか、もうなにがなんだか全然わからなくて。
自分のことなのに、なにを考えているのか、なにを考え

たらいいのか、まったくわからなくて。
　俺は、いまだに顔をそむけたままのゆりの髪をひとふさ、すくった。
　ゆりが驚いたように俺を見上げた、そのとき……。
　そっと、ゆりの額に自分の唇を押しあてた。
　すっと唇を離すと、ゆりは俺を見上げたまま固まっていた。
　ゆりのことが、好きだ。
　どうしようもないくらい、好きだよ。
　こんな気持ちになったの、はじめてなんだ。
　本当は俺の隣にゆりがいてくれる、そんな未来が、喉から手が出るほど欲しくてしょうがない。
　誰にも渡したくない。
　誰にも、ゆりを渡したくない。
　俺以外の男の隣にゆりがいるなんて、想像しただけで気が狂いそうだ。
　俺でも気づかないうちに、ゆりのことをこんなにも好きになってた。
　本当は俺がゆりを幸せにしたかった。
　でも、その役目はどうやら俺じゃないみたいだ。
　たとえ俺がゆりを幸せにしてあげられなくても、影からゆりの幸せを願い続けるくらいは、許されるよな。
　なら、俺が最後にゆりにしてあげられることは、ひとつしかない。
　好きだよ、ゆり。

はじめてこんなに、誰かを好きになったんだ。
　でももう、それもおしまいだ。
　俺は覚悟を決め、告げる。
「嘘だよ」
　ゆりは一瞬、息をのみ込んで、それから震える声で聞き返してきた。
「……なに、が……」
　ゆりが、誰よりも幸せになれることを祈りながら、俺はもう一度同じ言葉を繰り返す。
　自分に言い聞かせるように。
「ゆりのことを好きだって言ったのは……嘘だよ」

私は皐月くんが

【ゆりside】
　その記憶は、幼い私とお父さんの大切な思い出だった。
　ゆり、とお父さんに手招きされて近づくと、お父さんは優しく目元に皺を刻みながら微笑んで、手のひらを出すように言った。
　そうして、小さな私の手の平にお父さんの大きな手のひらが重なる。お父さんの手が離れると、魔法のように私の手のひらにそれが現れた。
『……これは？』
　私は、手のひらの上に乗せられたそれを見る。
　銀色の小さな星がついた、ネックレス。
『ひとつめの誕生日プレゼントだよ』
　相変わらずくすりとも笑わないで、お父さんがむすっとそう言った。
『でも、私の誕生日、まだまだ先だよ？』
『……お父さん、しばらく出張に出るから。もし、ゆりの誕生日までに帰ってこれなかったときのために、先に渡したんだ』
　きゅうっ、と胸が締めつけられる。
　お父さんとしばらくお別れをしなくてはいけない。そのことを思うと、とても胸が痛くなる。
『ゆり、だから約束してくれるか』

『……約束？』
　私が顔を上げると、お父さんはそっと私の両頬を不器用に包み込んで、顔を近づける。お父さんの揺らがない瞳が、じっと私を見つめる。
『そのネックレスを持っている限り、お母さんや翔太を守るんだ』
『まも、る』
『誰からも頼られるような、誰からも見限られないような、そんな強い人になるんだ』
『そんな人になったら、お父さん戻ってくる？』
『……ああ。戻ってくるよ、必ず。ゆりは"約束"だけれど、お父さんは"誓約"するよ』
『せい、やく？』
『約束よりもっと強い、絶対にかなえるってこと』
　それが、お父さんとの"約束"。
　誰からも頼られる、誰からも見限られない、強い人になること。
　その約束を守り抜いたとき、お父さんは帰ってきてくれる。
　なら、がんばろう。
　人の何倍も勉強して。運動だって、毎日して。
　そうしたら、お父さんはきっと帰ってきてくれる。だったら、私は今まで以上に何倍も努力しよう。
『ねえ、お父さん』
『ん？』

『私、がんばるね。お父さんの代わりに、翔太とお母さんをがんばって守るね。だから、お父さんが帰ってきたら、いっぱい甘えさせてね』

　私がそう言ったとき、お父さんが息をのんだ。

　そして、がくん、と膝から力なく崩れ落ちる。それから私の体を引き寄せて、ぎゅっと抱きしめた。触れたお父さんの頬はどこか寂しくて、冷たい。

『ごめんな、ごめんな……ゆり』

　掠れた、小さな声で言ったその言葉が、私の頭の中で何度も繰り返された。

　どうしてお父さんがそんな悲しい顔をしているのかわからなくて、ただ不安だった。

　……でも、あの表情を、私は。

　私は知っている。

「……さん、白井さん」

　うしろから呼びかけられて、私ははっと我に返った。

　振り返ると、水瀬くんが心配そうに私を見ている。

　周りを見渡すと、衣装合わせや、メニューの試作品作りに盛りあがっているクラスメイトがいる。

　今日は5時間目と6時間目を使って、学園祭の準備をしていた。

　この学校はかなり広いし、ほかの高校よりひと足先に学園祭をするので、準備期間も長い。一般公開もしているから、かなり盛大(せいだい)になる。

テスト週間とかぶってしまうけれど、みんなが楽しそうにやっているのを見て、いつもの私ならうれしくなるところだろうけど。そんな余裕が、今はなかった。
「大丈夫？　なんか、ぼーっとしてるみたいだったけど」
「……なんでもないよ」
　私が小さく首を振ると、水瀬くんは疑わしげに眉をひそめて……。
「もしかして、御影くんとなにかあった？」
「……別にないですよ」
「その図星を突かれると露骨に敬語になる癖、わかりやすいからやめたほうがいいよ」
「……水瀬くん、意地悪」
「知らなかった？　俺、もともと意地悪なヤツだよ」
　むっとして水瀬くんを睨みつけると、水瀬くんはくすくす笑いながら、怒ったところも可愛いね、なんて言いはじめるんだから、もうたまったものじゃない。
　……こんな言葉をいちいち真に受けていたら、私、疲れるもん。
「ふぅん、やっぱり御影くん、勘違いしちゃったんだ」
「勘違い？」
「ほら昨日、部屋の前で白井さんの髪のゴミを取ってあげたときに……あーやっぱりなんでもない」
　髪？　ゴミ？
　たしかに、ノートを渡したときに髪にゴミがついてるって取ってもらったけど……それが御影くんとなにか関係し

ている？　関連性がまったくわからない。
「ま、俺としては好都合なんだけどさ」
　水瀬くんはそう言って言葉を切ると、話題を替える。
「それで、白井さんの衣装だけど……一応、俺の制服持ってきたよ」
「……ありがとう」
　水瀬くんがニヤニヤしながら、私に制服の入った紙袋を渡してくれる。
　じっと中を見て……私の気力もそがれていく。
　なんで私も接客しなくちゃいけないんだろう。
　人前に出るのは得意じゃないのに。
　ましてや、男装をして人前に出なくちゃいけないと思うと、気分が沈んでしまう。
　クラスの女子たちの「白百合姫の男装が見たい！」とか、「白百合姫は接客するべきだよ！」とかいう強い要望に押されて、私はクラスの雰囲気を壊すことができなくて、結局請け負ってしまったのだ。
「……人前は苦手なのに」
「えー俺は楽しみだけどな？」
「…………」
　他人事のように、水瀬くんがニヤニヤしながら、私に嫌味ったらしく言ってくる。
「あ、俺のはちょっとでかいだろうから、袖とかまくって、ベルトしたほうがいいんじゃない」
「サイズが合わなかったら、やらないという選択は、」

「ないよ」
「…………」
　しぶしぶ、私は教室の隅っこにカーテンをつけた即席の更衣室で、着替えることに。

　着替え終わって、重い気分のままカーテンを開けると、まず近くにいた女子が、
「わっ……!?」
　と、大きな声を上げた。
　な、なに。
　思わず私ものけぞると、周りにいた女子たちが一斉にポケットからスマホを取り出して……。
「ちょ、ちょっとこっち向いてくれる？　白百合姫」
「あーそうそう、その困った感じでっ！」
　カシャリ、と写真を撮る音がたくさん聞こえてくる。
　……なにこれ。撮影会ですか。
　そしてみんな写真を撮ったかと思うと、撮った写真を眺めてほわああと口を開いて見入っている。
「うわ、なんか負けた気分」
　着替えている間に指示をしていたらしい水瀬くんが、苦笑いでこちらにやってくる。
「……私は、いつまでこうしていれば」
「あー待って、動かないでっ」
「…………」
　居心地が悪くなって足を進めようとしたら、スマホをか

まえていた女子に止められてしまった。
　……うう、なんかそわそわする。
　あまりにクラス中の注目を集めて、私はついに耐えきれなくなって、近くで苦笑いしていた水瀬くんに救いの視線を向けた。
　それに気づいた水瀬くんは、しょうがないなぁとでも言いたげにため息をついたかと思うと、
「今から必要な資材の確認に行かないといけないから、そろそろ白井さんの写真撮影終わりにしてくれる？」
　そう言って、やさしげににっこり笑う。写真撮影に熱中していた女子たちは不満そうにしていたけれど、最終的には見逃してくれた。
　私と水瀬くんは、そそくさと教室をあとにする。
「ごめん、ありがとう」
「いいよ。まあ、みんなが写真撮りたくなる気持ちはわからないでもないけど」
「……写真撮られるの、苦手なんだけどな」
「まあいいんじゃない？　似合ってるし」
　水瀬くんに貸してもらった制服は、案の定ぶかぶかで。
　薄手のシャツと薄いベージュのカーディガンは、腕まくりをしないと手が出ないし。
　ズボンもかなりベルトで上げている。
　慣れてないから、すごく歩きにくいし。
　それに、失敗した。廊下を歩いていると、すれ違う人からの視線が痛い。

「水瀬くんの隣歩いてるのって……もしかして白百合姫？」
「えー超きれいっ」
　こそこそされるたびに、私の肩身は狭くなっていく。
　は、恥ずかしい。いつも以上に見られている気が。
「胸張りなよ、すごい似合ってる」
「そんなにさらっと嫌味を言わないでっ」
「嫌味じゃないけど」
　そう言ってくすくす笑う水瀬くんをおいて、私はずんずん目的地である、倉庫(そうこ)として使われている資料室を目指す。
　ドアの上につけられた資料室のプレートが見えて、私は足を止める。目の前に立ってドアを開けると、むわっと埃(ほこり)っぽい匂いが広がった。
　そういえば、なにを持っていくのか知らないや、とうしろを振り返ると、水瀬くんがニヤニヤしながら、
「持っていくものみんな、高い棚に置いてあるから、か弱い男子はちょっと待っててくれる？　下ろしてから呼ぶよ」
「んなっ……！」
　男子って呼ばないで、と言おうとしたときには、もうすでに水瀬くんは資料室に入っていってしまった。
　……だんだん意地悪になっている気がする。
　水瀬くんってこんなキャラだったんだ。皐月くんと絡んでいるときは、ちょっと素が見え隠れしていたけれど。
　壁にもたれかかりながら、ぼーっと窓の外を見ていた、そのとき。

「……あ」
　小さく、声をもらしてしまう。
　向こうもこちらに気づいたみたいで、私の顔を見て、それから、気まずそうに顔をそらされてしまった。
　けれど、皐月くんは小さくため息をついて、ぎこちない動作で私の隣に来ると、私と同じように壁にもたれかかって、
「……それ」
　と、言ってきた。
　疑問に思って首をかしげると、皐月くんは私の着ている制服を指して、
「なんでそんなの着てんの」
「学園祭の衣装なんだ」
「……ふぅん」
　皐月くんはそう言うと、私からさりげなく視線を外して、唇を噛みしめる。
　その表情を、私は知っている。
　なにかを諦めるしかなくて、でも諦めたくなくて。
　誰よりも傷ついているのに、誰よりもつらいはずなのに、それをすべてのみ込んで。それでもなお笑おうとする、あの日のお父さんと同じ表情。
　皐月くんは、あれは嘘だと言った。
　私を好きだと言ってくれたことを……嘘だと。
　けれど、触れた唇は震えていて。
　月明かりに淡く照らされた皐月くんの表情は、あまりに

苦しそうで。
　私は、皐月くんを傷つけているのだと、知った。
　ぎゅうっと締めつけられるみたいに、痛くて。
　痛くて、痛くて、しょうがなくて。
　皐月くんに、なにか言わなくちゃと思った。
　なにか、言えることがある。
　でも、頭を駆けめぐる言葉はすべて、無駄な気がして。
　結局、私はなにも言えなかった。
　今も、皐月くんが隣にいるのに……なにも、言えない。
　しばらく無言でいたけれど、なにか見られているような視線を感じて、隣を見る。
「ねえ」
「はっ、はい」
　思わず、高い声が出てしまう。
　皐月くんはむすっとした顔で、つん、と私が羽織っているカーディガンを引っ張ると、
「これ……誰の？」
　と、聞いてきた。
「水瀬くんのだけど」
「…………」
　私がそう言うと、皐月くんはすっと目を細めて、あきれた口調で言った。
「下、だぼだぼすぎて、引きずってる」
　足元を見ると、たしかにちょっとばかりズボンが地面についてしまっているのが見えた。

わっ、結構ベルトで上げたんだけどな。
　やっぱりサイズが合わなかったか。しっかり洗濯してから返さないと、なんて考えていると、皐月くんはため息をもらした。
「はあ、もう。しょうがないやつ」
「え、さ、皐月くん！？」
　皐月くんはいきなりしゃがみ込むと、私の足を無理やり自分の膝に乗せた。そして、私が慌てるのもおかまいなしに、裾をまくり始める。
「い、いいよ。自分でできる、から」
「なに。なんか文句あるの？」
「それは、その……」
　じっと皐月くんに見上げられて、私の言葉は尻すぼみになっていく。
　それを肯定と受け取った皐月くんは、手際よく裾を折り、両足が終わったところで、
「よし、これで」
　と、いきなり顔を上げた。
　皐月くんが終わるのを今か今かとのぞき込んでいたせいで私のほんの数センチの距離に、皐月くんの顔が近づく。
　吐息がかかるほどの近さに、心臓が大きく飛び上がり、皐月くんの瞳から目が離せなくなってしまった。
　先に身を引いたのは、皐月くんのほうだった。
「これで歩きやすいでしょ」
「……へっ？」

おそらく目も当てられないほど顔を真っ赤にしている私とは対照的に、立ちあがった皐月くんはいつもと変わらない表情でそう言った。
　私が慌てて小さく頷くと、皐月くんは、ん、と少しだけ口元をほころばせて笑う。
　……あれ。あれ？
　また、またた。
　あのときも……皐月くんが風邪をひいて、寝言で私の名前をつぶやいたときも……同じくらい、心臓が痛くなって。
「じゃ、行くよ」
「あ……うん」
　皐月くんは小さく首をかしげて、私の頭をぽんぽんとたたくと、そのまま歩いていってしまう。
　どく、どく、どく。
　心臓が、痛いくらいに脈を打つ。
　どうしよう、どうしよう。皐月くんの顔が、見れなくなってしまう。
　皐月くんのことを思い浮かべるたび、また顔が赤くなる。
「……この痛みは、なに……」
　告白は嘘だって言われて、心の底から安心してたはずなのに。どうして、今になってこんなに胸が痛くなるの。
　私はぎゅっと胸のあたりを握りしめた、そのとき。
「白井さん、持ってきたよ」
　うしろから、ドアが開く音と爽やかな声が聞こえて、私は慌てて振り返った。

しっかりしなきゃ。テストだってあるし、実行委員の仕事だってあるんだ。
　落ち着け、落ち着け私。
　そう言い聞かせながら、皐月くんが歩いていったほうをちらりと見たけれど、そこにはもう、皐月くんの姿はなかった。

　その日の放課後、私と水瀬くんはいつものように、教室に残って学園祭の書類整理をしていた。
「白井さん、ここまとめてくれる？」
「あ、うん」
　私はもらったプリントを見比べて、新しい紙にまとめていく。
　さらさら書いていると、くっつけた机の向こう側で頬杖をついている水瀬くんが、ちらりと視界に入った。
　そして普段と変わらない口調で私の名前を呼ぶ。
「ねえ、白井さん」
「ん？」
「好きだよ」
　勢い余って、持っていたシャーペンの芯を折りそうになった。
　な、な、な。
　ばっと顔を上げると、水瀬くんがくすくす笑いながら、びっくりした？と聞いてくる。
「……そ、そういうことは、あんまり言わないで」

私がそう言うと、水瀬くんはええーと不満そうに口を尖らせる。
　まったく、どいつもこいつも……！
　人がいったいどれだけ恥ずかしい思いをしているのか、知らないんだ。
「だって、１日１回は言ってないと、忘れられそうだから」
「いったいどんな心配してるの」
「御影くんになにもしないで取られるのは、ごめんだから」
　御影くん、という言葉に私はびくっと震えてしまった。
　顔が、熱い。
　熱い、熱い。……熱い。
　皐月くんの名前を聞いただけで、胸がバクバク鳴りすぎて、破裂してしまいそう。
　そんな私に気づいたのか、水瀬くんはぶっきらぼうに問う。
「御影くんとなにかあったの？」
「……べ、別にな、なにも」
　顔をのぞき込まれそうになって、慌ててそらす。
　水瀬くんは、しばらく黙ったままでいたけれど、
「御影くんなんかのどこがいいのか、まったくわからないけど」
　と、いらだたしげな声で、そう言った。
　それを聞いた瞬間、ぷつり、と私の中のなにかが切れたような音が聞こえた。
「……水瀬くんは、皐月くんのこと、なにも知らないでしょ

う」

　低い、感情を押し込めたような声が出てきて、自分でも驚く。

　けれど、水瀬くんは怖気づくこともなく、私を正面から見据えた。
「だって、口も態度も悪くて、人のことをなんにも考えてないようなヤツでしょ」
「そんなことない！」

　自分の声が、静かな教室に響き渡る。

　あれ、どうして。

　どうして、私、皐月くんのことでこんなに熱くなってるんだろう。

　あんな意地悪で、人のことをからかってばかりで……苦しそうな顔をして、告白は嘘だなんて言った人を、別にかばう必要なんてないのに。

　なのに、口が、声が、言葉が、止まらない。

　なにかに突き動かされたみたいに……勝手に口が動く。
「皐月くんは本当はとてもやさしくて温かい人だよ……！　無口なのも、きつく当たるのも、ただ不器用なだけ。誰かに頼るすべを知らなかったから！　だから、ひとりで抱え込むような……そんな人で。本当は、誰よりもやさしくて、誰よりも人のことを考えているんだから！」

　そう言いきったあと、私は、はあはあと、肩で息を何度もはきだした。

　何度か呼吸を繰り返すうちに、だんだん我に返っていく。

どうしよう。勢い余って叫んじゃったけど。
だって、皐月くんのことを悪く言うから……っ。
水瀬くんが怒っていたらどうしようと、顔を引きつらせたそのとき。
「……ふぅん」
顔を上げると、水瀬くんは予想以上に冷淡な顔をしていた。
爽やかな笑みなんていっさいない、冷たい顔で。
いらだったように眉をひそめ、冷たい刃物のような視線を私に向けて、でも切ない感情を押し殺したような声で、言った。
「そんなに御影くんをかばうなんて、もしかして、白井さん、御影くんのこと好きなの？」
…………。
……え？
え、え……え？
私が……わた、私が、私が……。
私が……さ、ささ皐月くんを……す、す。
そう考えた、瞬間。
「……っっ!!」
私の顔が今にも沸騰してしまいそうなくらい赤くなったのを感じた。
「まさか、本当に……」
それを真正面から水瀬くんに見られて、私は思わず両頬を手で隠した。そして机の横にかかっていた私の鞄とペン

ケースを握りしめると、そのまま走りだしてしまった。

　違う、違う、違う、違うっ！
　私が、私が？　皐月くんを、す……。
「ち、違うっ……!!」
　頭の中がぐちゃぐちゃだ。
　私は髪を振り乱して、家へと続く道を走る、走る、走る。
　私が、皐月くんを？
　考えれば考えるほど、頭の中に皐月くんの顔が思い浮かんで、顔が熱くなる。
　すれ違う人が、私の顔を見て驚いたように目を見開いているというのに、そんなことも頭に入らなくなって、私はひたすら走った。
「私はっ……」
　私は、皐月くんのことが……？
　その先を考えてみようとしたけれど、頭の中がぐちゃぐちゃで、答えがまとまらなかった。

　皐月くんと鉢合わせになったらどうしよう、とドキドキしながらリビングのドアを開けると、翔太がひとりでテレビを見ているだけだったので、妙に入っていた肩の力を抜いた、そのとき。
「……あ、おかえり」
「……っっ!!」
　うしろから、皐月くんの声がした。

びっくりしてばっと振り向くと、普段着に着替えた皐月くんが私を不思議そうに見下ろしている。
「あれ、アイツらは？」
「えっ？」
　お、落ち着け、落ち着け私。
　そんな過剰に意識なんて、しなくていいじゃない。
「いや、だから高梨とか」
「あ……その、私ひとりです」
「は？」
　わう、ううう……顔が、近い。
　だんだん上がっていく体温に、私は体をのけぞらせて、皐月くんから数歩離れる。
「き、きょ、今日はひとりで勉強したい気分で」
　私がそう言うと、皐月くんはしばらくじっと私を見たあと、
「ふぅん」
　とだけ言ってさっさと翔太の隣に行くと、仲よくふたりでテレビを見はじめる。
　うー……変に意識したりしちゃダメだ。
　そう、水瀬くんの言葉に惑わされたりしちゃ、ダメだ。
　じいっとテレビ画面を見ている皐月くんは相変わらず表情を変えないから、感情がまったく読み取れない。
『ゆりのことを好きだって言ったのは……嘘だよ』
　ふいに、皐月くんが昨日言った言葉を思い出す。
　あのときは、なにも考えられなくて……。そして今日、

お父さんの表情と同じだ、と思った。今、思い返すと……
ずきん、と再び私の心の奥で痛みが走る。
　……皐月くんが私のことを好きだって言ったのは、本当に嘘、なんだろうか。
　でも、あの表情は。
　ぼーっとした頭のまま、ご飯を作った。
　お味噌汁と、ご飯と、肉じゃがと、シーチキンサラダを作り終えてテーブルに運んだあと、みんなで手を合わせて、いただきますのあいさつをする。
　ちらり、と皐月くんのほうを見ると、いつもと変わらない顔でお味噌汁をすすっているのが見えた。
　それに気づいた皐月くんがふいに、
「……なに？」
　と顔を上げるから、思いっきり目が合ってしまった。
「っっ!! な、なんでもないです」
　言葉を失って、また水瀬くんの言葉が頭によぎった。
　一気に熱が上昇していく顔を見られたくなくて、私はばっと顔をそむける。
　……うう、なに意識してるの、私。
　こんなの、皐月くんに変だって思われてもしょうがない。
　恥ずかしい、恥ずかしい。
　どうしちゃったんだ、私。落ち着け、落ち着け……っ。
　皐月くんの顔が、まともに見られない。

　その後、食器の片づけを手伝ってくれたときに、ちょっ

と肩が触れたりしただけで、触れたところが熱くなっていく。溶けてしまいそうなほどに。
　……おかしい。
　どうしたの、しっかりしなさい、私。
　過剰にのけぞって離れる私に、皐月くんはしばらく疑わしそうに目を細めていたけれど、
「……風呂入ってくる」
「翔太もー」
　そう言うと、翔太と一緒にお風呂場へ消えていった。
　ふっと私の肩から力が抜ける。
　よ、よかった。なにも聞かれなくて。
「……勉強しなくちゃ」
　思い出したように、私の口からぽろっとこぼれる。
　……もうすぐテスト週間に入るのに、なんで忘れてしまったんだろう。今までなら、そんなことなかったのに。
　１階に誰もいないのも不用心かなと思い、私は勉強道具を取りに行って、しーんと静まりかえったリビングのテーブルで勉強しはじめた。
　――かち、かち、かち。
　時計の秒針の音が響き渡る。
　さらさらと問題を解きながら、ふと、皐月くんの顔が思い浮かんで、シャーペンが止まる。
　……す、……私が……皐月くんを……す、す……。
　口にするどころか、考えただけでも恥ずかしさで顔が熱くなる。

だって、いつも意地悪で、からかってばかりで、でも、たまにやさしくて。
　強がっているけれど、本当は弱くて。
　安心したような柔らかな表情を見るたびに……胸が、大きく脈打って。
「……す、……き……？」
　私は……皐月くんが……？
「ぁうう……っ」
　その先を考えるのが恥ずかしくて、私は思わずテーブルに伏せて、誰もいないのに、赤くなった顔を隠す。
　……私が、皐月くんを？
　──かち、かち、かち。
　さっきから聞こえている秒針が、やたらと早く進んでいるように聞こえるのは、私がドキドキしているからなのかな。
「……好き……ってなに」
　ぎゅううっと胸元を握りしめて考えてみても、答えは出なかった。
　そんな難しいことばかり考えていたせいか、いつの間にか眠りについてしまった。

『お父さんは、誕生日にいったいどんなプレゼントをくれるの？』
　暖かな太陽の日差しが、降り続いていた雨が作った水たまりにきらきらと反射しているのを窓越しにじいっと見つ

めながら、私は言った。
　お父さんはしばらく押し黙って、
『ゆりはなにがほしい？』
　と、聞いてきた。
　きらきら。
　その瞬きは、私の首元に光る——星のネックレスのようで。
　あ、そうだっ。
　私は、ネックレスをぎゅっと握りしめて振り返る。
『地上に光る、お星さまが見たい！』
　お父さんは一度驚いたように目を見開いたあと……相変わらずぎこちなく微笑みながら言う。
『じゃあ、ゆりに、とっておきの星を見せるよ』

　ふわり、となにかが触れたような気がした。
　その温かさはまるで……お父さんが、不器用に私の頬に触れたときの温かさに似ていて。
　……だ、れ……？
　重い瞼をうっすら開くと、さらりとこぼれる茶髪が目に入る。
　ぼやけた視界の中で、私の頬に触れるその人の表情は……あまりにも、苦しそうで。なにかに耐えているような、寸前で押しとどまっているような、そんな表情。
　そうだ、この茶髪は……。
「……さ、つき……くん」

私がそう口にすると、私に触れていた冷たい手が一瞬震える。そして、ますます苦しそうに顔をゆがめながら言うのだ。聞き取れないほどの、掠れた低い声で。
「……そうやって俺の名前呼ばないでよ。ゆりのこと、諦められなくなるから」
　だんだんと、ぼやけていた視界がはっきりしていく。
　にじんでいた輪郭(りんかく)がはっきりと……姿を現す。
　私が目を覚ましたことに気づいた皐月くんは、驚いたように目を見開いたあと、私に触れていた手をすっと離した。
「……あ、れ……皐月くん」
　ゆっくり私が体を起こすと、皐月くんは、
「こんなとこで寝たら風邪ひくよ」
　と言って、じっと見つめる私の視線を避けるように、顔をそむけた。
　その行動に、ずきっと心が痛くなって。
「……あ、ごめんね」
　見られたくない。自分が悲しんでいるところなんて、皐月くんにだけは絶対に。
　私は、その思いに突き動かされるように慌てて立ちあがった、そのとき。
「……きゃっ」
　とん、と椅子の脚に自分の足を引っかけて、バランスを崩す。ぐらりと体が大きく傾いて、あ、落ちる、と思わず目をぎゅっとつむるけれど。
　耳元で、どんっと鋭い音が聞こえた。

痛い、痛い……あれ、……痛くない。
　予想していた痛みは襲ってこない。なんで、と不思議に思って、うっすら目を開いて、私は言葉を失った。
「いった……ったく、なにしてんのバカ」
　目の前に、皐月くんがいた。
　ほんの数センチ先に皐月くんの顔があって……はっと気づく。頭を支えられるようにしてうしろに腕が回され、私の上に皐月くんが乗っかっているような状況に。
「さっ、さ」
　皐月くんっ！と大声を出しそうになって、私は思わず口をつぐんだ。
　……熱い。熱い、熱い。
　ドキドキしすぎて、心臓がはちきれてしまいそうだ。
　けれど、抱きかかえられているような体勢だし、顔のすぐ隣には皐月くんの腕があって、顔をそむけることも、うつむくこともできない。
　私は、真正面から皐月くんの顔を見上げる。
　けれど、きっと皐月くんは気づかない。
　だって、私の顔を見ないように視線をそらしていたから。
「痛いとこ、ある？」
「……な、い」
「ケガしたらどうすんの。アホ」
　それは、皐月くんだって同じじゃない。
　私をかばったせいでケガなんてしたら、どうするの。
　そんな言葉を口にすることも、できなくなる。

皐月くんは小さくため息をつく。それから、私をちらりと横目で見て、すぐに顔をそらしてしまう。そして見ている私まで苦しくなるような表情で言った。
「……あんまり、心配させんな」
「っっ……」
　また、また、まただ。
　また、痛い、痛い、はちきれてしまいそうなほど……心臓が、痛い。
　——どくん、どくん。
　皐月くんの顔を見るたびに、心臓が痛い。
　痛い、痛い、痛い。
　皐月くんが、すっと私の体から離れる。けれど、熱くなっていく私の体温がさがることはない。
　そして、
「ん」
　皐月くんが、不器用に私に手を差し伸べてくれる。
『そんなに御影くんをかばうなんて、もしかして、白井さん、御影くんのこと好きなの？』
　手を伸ばそうとしたそのとき、頭の中に水瀬くんの言葉がよぎった。
　これが、……好き……？
　皐月くんの顔を見るたびに、皐月くんのことを考えるたびに、皐月くんのことを思い出すたびに心臓がはちきれそうなほど痛くて、甘くて、苦い、この思いが……。
「……ほら、早くしなよ」

「……ぁ、……」

 皐月くんの顔を見た瞬間。どくん、とまた心臓が大きく脈を打つ。

 とまどいながら差しだした私の手を、皐月くんはめんどくさそうに、けれどやさしく掴んでくれて、私はそっと立ちあがる。

 そう、なんだ。

「ほら、ちゃんと見せて」

 皐月くんがすっと私の頬に触れたかと思うと、じいっと私の顔をのぞき込む。

「っっ……!!」

 その顔を見た瞬間、体が一気に熱くなるのを感じた。

 そう、なんだ。

 私は……私は、皐月くんが……す、き。

 友達としてでも、家族としてでもない。

 私は皐月くんが、好き。皐月くんが男の人として好き。

「ん、大丈夫」

「ぁ……、あり、がと……ね」

 熱い。

 熱い、熱い。皐月くんが私に触れるたびに、溶けてしまいそうなほど甘い感情が押し寄せてきて。

 そんな私のことなど知りもしないで、皐月くんはすっと私から手を離すと、

「あ、これ制服」

 そう言って、さっき私が座っていた席の隣にかけてあっ

た制服を私に差しだした。
　受け取った制服をぼーっとした頭のまま見ていると、皐月くんが小さく笑いながら、
「着てみて？　俺が見てやるから」
「な、……別にいいです」
　皐月くんにまた、あの恰好(かっこう)を見られたくなんてないっ。
　恥ずかしいから。
「ふぅん。そういうこと言うなら、俺が脱がしてやってもいいよ？」
　思わず、皐月くんを振り返った。
　皐月くんは意地悪そうに口元を上げて、ゆっくり首を傾ける。
「今から俺に脱がされるのと、自分で着替えるの、どっちがいい？」
「ぬ、脱がすってっ！　どっちもイヤです」
「へえ、そういうこと言うんだ」
　ずん、と皐月くんは私の腕を掴むと、一気に引き寄せる。
　な、なに？
　じっと皐月くんを見上げると、くすりと私の耳元で笑って……私の服の中に手を入れて、キャミソールごと、少しだけまくりあげた。
「さ、皐月く……っ!!」
「ほら、早くしないと俺が全部脱がせるよ」
　その言葉のとおり、皐月くんは迷うことなく、私の服をまくりあげていく。

な、なななななななっ!!
　お腹がすうすうしてきて、私はとうとう耐えられなくなって、きゅっと目をつむったまま言う。
「わ、わかったから……！　着替えるから！」
「えー、残念。遠慮しなくても、俺が脱がせてあげるのに」
「とにかく離れてっ」
　私が何度も訴えるので、皐月くんはおかしそうにくすくす笑いながら、服をまくりあげていた手と、私の腕を掴んでいた手を離す。
「やっといつものゆりに戻ったね。……じゃ、俺はここで見てるから」
　数歩下がったかと思うと、椅子に腰かけてにっこりと微笑んだ。
　あ、悪魔（あくま）……。
　でもこうなったら、皐月くんにどう言ったって私は言いくるめられてしまうだろう。
　これ以上、皐月くんのことを刺激しないほうがいいに違いない。
「……あっち向いてて」
「別に全部脱ぐわけじゃないんだから、いいのに」
「……じっと見られてると着替えにくいの！」
「はいはい」
　皐月くんはそう言うと、体を反転させて台所側を向いた。
　それを見届けたあと、私は渡された制服を服の上から羽織って、予想どおり大きなカーディガンをそのまた上に羽

織る。
　そういえば、ネクタイの結び方って、よくわからない。
　一応襟に通して、交差させて、くるりと巻いてみるけれど、できたのは形の悪いネクタイ。
「うー……」
　慣れない手つきでネクタイを結んでいると、
「バカ、こうやってすんだよ」
　うしろから手が伸びてきた。
　驚いて振り返ると、皐月くんが私をうしろから抱きしめるような体勢で、私のことをじっと見下ろしていて。
「な、なななっ」
　なにしているの、皐月くんっ！
　そう訴えようと息を吸い込んだそのとき。
「ほら、ちゃんと前向いて。こうやってすんの」
　皐月くんは私の頭を軽くチョップすると、前を向かせる。
「ここをくるっと回して、んで、この間に入れる」
　皐月くんが私に話しかけるたびに吐息（といき）が耳にかかって、全然集中できない。
　し、心臓が破裂するっ。
　無理、無理、無理っ……恥ずかしすぎ……っ！
　皐月くんに触れられたところが熱くて、今にも溶けてしまいそうになる。
「はい、完成」
　そう言われて、緊張のあまり見れなかった首元を見ると、きれいに形づくられたネクタイができあがっている。

「ほら、こっち向いて見せて?」
 どうしてそうやって皐月くんは、私が恥ずかしくなるようなことばかり口にするの。
 なにも言わないで、ぎゅっとズボンを握りながら振り返る。
 皐月くんと、目が合う。
 それだけで、私の顔は熱くなっていって。
 皐月くんは一瞬驚いたように目を見開いたあと、
「どうしたの? ちゃんとこっち見て」
 くすくすと、からかうような口調で言ってくる。
「今は、無理」
「ふぅん、なんで?」
「し、知らないっ」
 ああもう、なんで私はこんなことでいちいち反応しちゃうんだろう。こんなの、私が、私が、皐月くんを好きだって……絶対ばれちゃうよっ。
 けれど、皐月くんは私の顔をじいっと見て、しばらく押し黙った。
 なんだろう、と顔を見上げたとき。
 皐月くんはあのときと同じ、苦しそうなのに、無理やりに浮かべた笑みで言った。
「あんまりそういう顔、ミナセクン以外に見せないほうがいいよ」
「……え?」
 どうして水瀬くんの名前が出るの?

ずきっ、と甘い痛みじゃなくて、心をえぐられるような痛みがやってくる。
「言ったよね、俺。ゆりのこと好きだって言ったのは……嘘だって。ゆりの男性恐怖症を治すためのショック療法みたいなものだよ。よかったじゃん、おかげで俺以外の男とも普通に話せてるみたいだし。これで俺も、ようやくお役御免かな。だからさ、安心してよ。……これからはもうゆりに必要以上に近づいたりしないからさ」
　皐月くんはそう言いながら、またあの笑みをよりいっそう深くする。そう、お父さんが最後に見せた、あの……別れの笑みで。

　頭が真っ白になるあの感覚をまた味わうなんて、思ってもいなかった。皐月くんを見るたびにあんなに熱くなっていたのが、すうっと凍えたように冷たくなって。
　痛い、痛い。
　ぽっかり、穴が開いてしまったみたいに。ずっと、痛い。
　私が男の人を怖いと思わなくなったら、皐月くんはもう、私に話しかけてくれないの？
　一緒にご飯を食べたり、一緒に並んで歩いて帰ったり、できなくなるの？
　私は、皐月くんの隣に……いられなくなる？
　そう考えただけで心をえぐられるような痛みが押し寄せてきて、私はうずくまって耐えるしかなくて。
　声を押し殺して、唇を噛みしめて……そのまま、朝がやっ

てきた。
　朝は、いつもと変わらない。
　ご飯を作って、3人で食べた。……けれど、皐月くんはいつもと同じで。
　皐月くんは、なんとも思ってないの？
　聞くのすら怖くなって……私は、結局そのまま皐月くんと言葉を交わすことなく、学校へ来てしまった。
　心なしか視界までぐらついているような気がして、私は大きくため息をついた。

　次の授業は教室移動だから、勉強道具を持っていかなくちゃ。
　机から教科書とノートを取りだして、私は教室を出た。
　もしかしたら皐月くんとすれ違うんじゃないかって、びくびくしながら廊下を歩く。
　この状態で皐月くんに会ったら、きっと私は……泣いてしまうかもしれない。そんなところ、見られたくない。
　これ以上、皐月くんに嫌われたくない。イヤがられたくない。
　ああ、だめだ。足がふらついてしまう。
　なんでだろう、頭が痛い。
　寝不足かな……そう思って、頭を押さえたそのとき。
「白井さん」
　その爽やかな声に、私の肩がびくりと震えた。
「水瀬くん……」

今は、あんまり会いたくなかった。
　皐月くんがどうして水瀬くんの名前を口にしたのかはわからないけれど……今、水瀬くんに会ったら、また皐月くんにあんなことを言われるんじゃないかって、不安になる。
「どうしたの？　顔色悪いけど」
　そう言って、私に手を差し伸べようとする。私はとっさに笑顔で答えた。
「大丈夫だよ、ただ貧血(ひんけつ)なだけだから」
「でも、足元がふらついているし」
「大丈夫だよ、心配しないで」
　そう言って、心配そうに私のことを見る水瀬くんから逃げようと足を踏みだした、そのとき。
　ふらっと、視界が揺れる。
　体に力が入らなくて……がくん、と足から崩れ落ちていく。
「白井さん!?　大丈夫、しら……さ、っ!?」
　だんだんと遠のいていく水瀬くんの声を聞きながら、視界が真っ暗になっていく。

　体が、重い。まるで水の中に沈み込んでいくような、重み。
　頭が、燃えるように痛い。
　息をするたびに体から水分が抜けていくようで、喉(のど)が張りついて気持ち悪い。
　痛い、痛い……痛い。

あまりの息苦しさに、私の沈み込んでいた意識もだんだんとはっきりしてくる。
 開けようとすると重くなっていく瞼を無理やりに開くと、ぼんやりとした視界の中で人影が動いているのがわかった。
「……っさ、つき、くん……？」
 するり、と口から彼の名前がこぼれ落ちる。
 その黒い人影は、一度だけぴくっと肩を震わせたあと、小さな声で、
「……違うよ」
と、言った気がした。
 だんだんと視界がはっきりしてくる。一番はじめに見えたのは、白い天井だった。
 それから、薬の匂い。白い枕、白い布団。
 ぼんやりとしていた視界が、明瞭になっていく。
「大丈夫？ 白井さん」
 隣からそう声をかけられて、首だけそっちを向くと、パイプ椅子に腰かけてじっと私の顔をのぞき込む、水瀬くんがそこにいた。
……あ……れ、私？
 ここって、……保健室？
 なんで、と思いながら体を起こすと、その反動でずきっ、と頭が痛くなって、片手で頭を押さえた。
「無理に動かないほうがいいよ。白井さん、覚えてない？」
「……おぼ、え……？」

「教室移動のときに倒れたんだよ。で、俺がここまで運んできたわけ」
　倒れた？　私が？
　あのとき、全身の力が抜けて……水瀬くんの呼ぶ声が聞こえて、そのあと……そのあとの記憶が、まったくない。
「いきなり倒れるから、びっくりしたよ」
「……ご、めん。今、何時間目？」
「6時間目」
　ずいぶん眠ってしまっていたらしい。
　テスト前に倒れるなんて、なにしてるんだろう私。
　勉強しなきゃ。こんなところで寝てるわけにはいかない。
　ぐらぐらとする頭を抱えたまま体を起こして、上履きを履こうとすると。
「あのさぁ」
　水瀬くんにしてはずいぶんと乱暴な物言いに引っかかり、私は水瀬くんの方を振り返った。
「ひょっとして、白井さんってバカなの？」
「……えっと？」
　たった数秒間で、私は水瀬くんの見てはいけない部分を見せつけられたような気がしたんだけど……気のせい？
　あっ、ひょっとして私まだ夢でも見てる？
　一縷（いちる）の望みにかけて、自分の頬を抓（つね）ってみるけれど、当然のように痛い。……ということは、さっきの光景は間違いなく、現実!?　さっきの水瀬くんは本物!?
　慌てふためく私を見て、あっはっは、と水瀬くんはお腹

を押さえて大爆笑しはじめた。
「そこまで驚かれると、いっそすがすがしいね。あー笑える」
「ど、どうしたの？ いつもとキャラが違うよ……？」
「どうしたって、そんなのアホらしくなったからに決まってんじゃん。あーあ。せっかく、白井さんが怖がらないように爽やかくんキャラ演じてたって言うのに。ちっとも靡(なび)かないんだもん。どうせもう、俺に勝ち目ないのわかってんだし、アホらしくてやってらんないでしょ。残念ながら、こっちが本当の俺だから」

　私の中の水瀬くん像ががらがらと崩れていく音が聞こえた気がした。

　水瀬くんは私をびしっと指さして、あの爽やかな笑みからは想像もできない険しい顔で私を睨みつけた。
「無理してぶっ倒れておいて、のこのこ戻ろうとするなんてアホすぎ。俺の目が黒いうちは逃がさないから」
「……でも、私は……」

　"約束"を守らなくちゃいけないから。

　誰からも頼られて、誰からも見限られない……強い人に。

　けれど、大きく動くとずきっと頭が痛んで、私の体はいうことを聞いてくれない。
「そんな状態で、まともに先生の話なんて聞けるわけないよ。おとなしく寝てな」
「わ、ふ……っ」

　水瀬くんは近くに置いてあった枕を私の顔に押しつけて、無理やりベッドに押し戻してきた。

そわそわ、する。
今まで学校を休んだことすらない私だから。
顔を隠すように布団を引き寄せて、隣を見る。
「……水瀬くんは、行かなくていいの？」
「こんなふらふらな状態なのに、無理やり起きて授業に行こうとするバカなヤツの監視役」
「…………」
水瀬くん、やっぱり意地悪だ。
でも、以前の爽やかな笑みを浮かべていたときよりも数段話しやすいのは、なんでだろう。
皐月くんに、似ているから？
すっと出てきた皐月くんの名前に、私は顔をゆがめる。
皐月くん、私が倒れたなんて聞いたら、きっとバカだなって怒るだろうな。……怒って、くれるのかな。
あ、ダメだ。
視界が、にじむ。
こんな、ちょっぴり皐月くんのことを考えただけなのに。
それだけなのに、こんなにも胸が、苦しい。
「アイツと」
「……え？」
隣に座って、どこからか出した本を読んでいた水瀬くんが、本を立てたまま、言葉を続けた。
「アイツとなんかあったから、そんな泣きそうな顔してんの？」
「…………」

「目、赤いよ」
「……っ」
　慌てて布団を手繰りよせて、自分の顔を隠した。
「まあ、理由はなんとなくわかるけどね。まさか御影くんじゃなくて、白井さんがこんなことになるなんて……予想外だったけど」
　本のせいで見えなかった水瀬くんの顔が、ちらり、とだけ見えた。その表情は、あーあ、と私にあきれているのか、それとも自分にあきれているのか、とても寂しそうだった。
「これでも狙った相手は必ず落としてきたんだけどなー」
「狙った……？」
「なんでもないよ」
　水瀬くんは、持ちあげていた本を閉じて膝に置くと、ゆっくりと私のほうへ向き直った。
「なんて言われたの？」
「…………」
　好きだって言ったのは、嘘だと。
　私の男性恐怖症が治ったら、もう近寄らないと。
　水瀬くんの言葉で、私の頭の中に皐月くんに言われたことが蘇って。
　痛い、痛い、いたい……っ。
　じんわり、熱いものが込みあげてきて。
　痛い、痛い、痛い。
　皐月くんに、好きって言いたかったのに。
　好きって言って、気持ちを伝えたかったのに……そんな

ことを言われて、言えない、言えるわけが、ない。
　私がもっと早くにこの気持ちに気づいていたら。うじうじ悩んでいなかったら、こんなことにはならなかったのに。
　視界が、にじむ。もう、こらえきれなくなって、私は両腕を組んで、目の上に押しあてた。
「ぁ、うぅううぅっく、ぅう……っ」
　皐月くんが、好き。
　すき、好き、好き……っ。
「な、なんで泣いてんのっ？」
　水瀬くんのとまどったような声と、がたっと椅子を立ちあがる音が聞こえたけれど、私にはなにも考える余裕がなくて。
「皐月くんまで、離れていっちゃったら……私、どうしよう……っ」
　もっと、一緒にいたい。もっと、話したい。もっと、皐月くんのこと知りたいのに。
　また……後悔、したくない。もう遠ざかっていく背中を見るだけの、弱い私に戻りたくない……っ！
「ほら、泣くなってっ！　あーもう、俺が相談に乗ってやるから、いい加減泣きやんで」
「……ぅ、っく……っご、めん……と、取り乱して……っ」
　いまだにしゃっくりが止まらなくて、私はごしごし目をこすって、涙を無理やり止めた。
　水瀬くんのほうを見ると、はあ、と大きくため息をついているのが見えた。

「とりあえず、なにがあったか話して」
　私はまとまらない頭のまま、ちぐはぐに張りあわせたような説明を、水瀬くんにした。
　すべてを話し終えたとき、水瀬くんはなるほどね、と口に出したあと……ばつが悪そうに顔をゆがめた。
「アイツ、一度はまると抜けだせなくなるタイプか。もっとクールなヤツかと思ってた」
　と、つぶやいたあと、ポケットからなにかを取りだすと、すっと私に差しだした。
　それは、きれいなチェック柄のハンカチ。
　……水瀬くんって、ハンカチとか持ってるんだ。
　私はお礼を言ってそれを貸してもらい、まだ乾ききらない涙の痕を拭いた。
「で、白井さんは告白するの？」
「……はっ？」
　思わず貸してもらったハンカチを落としそうになって、ぐっと手に力を入れた。
　そして、水瀬くんのほうを見ると、じっと真面目な顔で私の瞳から視線をそらさない。
　告白。
　皐月くんに好きって言いたいけれど、それは。
「……言えない……よ」
　言ったら、もっと嫌われるかもしれない。
　名前を呼んでも、振り返ってもらえなくなるかもしれない。

知らないフリを、されるかもしれない。
　私は、なにより皐月くんが離れていくのが、怖い。
　水瀬くんがどんな反応をしているのか、怖くて見れなくなってしまった。
　しばらく無言が続いたあと。
「今から、きついこと言うよ」
「……へ？」
　一度そこで区切ると、水瀬くんは私を見下したような目つきでふんと鼻を鳴らす。
　そして。
「バカじゃねーの？」
　……え。
　素で驚いてしまいそうになる。驚きすぎて、声が出なくなってしまうくらいに。
　呆然とする私をおいて、水瀬くんは煽るように、また口を開いた。
「うじうじ泣いてりゃ、勝手に伝わるわけ？　んなわけねーだろ、バッカじゃねーの？」
「……え、あ」
「そういうのを卑怯者って言うんだよ。それってただ自分が傷つきたくないから、ただこじつけてるだけだろ！　なに？　お前は、相手が自分のことを好きじゃないって言った途端、自分も好きじゃなくなるのかよ？　そんな軽い気持ちで好きになってんなら、さっさと忘れちまえ、グズ！」
　ぐさり、と水瀬くんの言葉が胸に刺さる。

水瀬くんはぐっと私を睨みつけたまま、視線を外さない。
　私が、逃げてるだけ。
　そうだ、私が傷つきたくないから……皐月くんに告白する勇気がない。
　卑怯者。今の私にはしっくりくる言葉だった。
　見たくない現実から目をそむけて、耳を塞いで、逃げてる。
「俺は言ったよ、アンタが好きだって。アンタの気持ちなんて知ったこっちゃない！　俺が好きだって思ったから、好きだっつったんだよ、文句あんのっ？　ああ、そうだよ、告ってフラれるんじゃないかって思った、でもそんなの言ってみなきゃわかんないだろ！」
　水瀬くんは、たたきつけるように私に訴えかける。
　……そうだ。
　意地悪そうに私を見ながら、からかう皐月くん。
　ずっとひとりぼっちで悲しんでいた、皐月くん。
　そして、『ゆりが好きだよ』と、私に、そう言ってくれた皐月くん。
　思い出す。いろんな話をして、いろんなことを一緒にした、皐月くんの表情を、声を、笑顔を。
「そんな曖昧なヤツにフラれても、俺は納得なんてしないから。自分の気持ちを伝えられないような弱虫の卑怯者に、フラれたってな！　アンタがそのくらいしかアイツのこと好きじゃなかったってことだろうが！」
「……っ」

そうだ、水瀬くんはちゃんと私に伝えてくれた。

　私はただ曖昧に、うじうじしたまま、嫌われるのを恐れて、もう皐月くんと一緒にいられなくなるのが怖くて……なにも言えなかった。

　後悔してほしくないって、私はあのとき、皐月くんに言ったのに。私は、たくさん後悔したから、皐月くんにはしてほしくないって。

　……でも、私が後悔しそうになってる。

　また、あのときみたいに後悔するの？

　また、遠ざかっていく背中を見るだけ？

　……いや……だ。そんなの、イヤだ。

「言わないなら、それ相応の覚悟を持てよ。そんな中途半端に泣くようなことすんな。言うなら、はっきり言えよ。嫌われたって、バカにされたって、好きだって伝えて、心残りなんてなくなるくらいに、はっきり言えよ！」

　そうだ、私は決めたじゃないか。逃げたって、なにも変わらない。なら、逃げないって、決めたじゃないか。

　どんなに傷つくことになっても、苦しい思いをすることになっても、後悔だけはしたくないって。……なら、今はどう？

　逃げてる。

　私は……中途半端に、曖昧に、逃げようとしてる。

　好きって言いたいけれど、嫌われるのが怖くて、逃げてる。

　ぐっ、と唇を噛みしめた。

なら、逃げない。
　いっぱい泣いて、いっぱい嘆いて、いっぱい苦しんで。
　それでも、後悔だけはしないように。
　涙は、もう流さない。
　泣くだけの弱いヤツになるのは、もうやめるって決めたんだ。
「……ありがとう、水瀬くん」
　ぐちゃぐちゃの酷い顔で、私はそれでも前を向いて笑った。
「目が覚めたよ」
「……ん」
　水瀬くんは少しだけ口元をほころばせると、一度目を伏せてからもう一度私を見た。
「じゃあ、あのときの告白の答え、聞かせてよ」
　逃げるのは、やめる。
　私は、くっ、と息をのみ込んで、言った。

わかんないよ

【皐月side】

　きっとゆりは、俺のことなんて嫌いになったんだろうな。
　あの言葉を告げたときの、ゆりの傷ついたような顔が忘れられない。
　今頃、ミナセと一緒にいるんだろうか。俺に向けたように、あの温かな笑みを浮かべているんだろうか。
「かっこ悪っ。自分で突き放しといて、未練がましすぎ」
　でも、これでいいんだ。
　ゆりがアイツのことを好きなら、俺はただの邪魔者。
　けれど頭にゆりの顔が思い浮かぶたび、胸が張りさけそうに痛くて。
　誰もいない、教室。
　俺はひとり腰かけながら、ぼーっと時間を過ごしていた。
　いつもなら、ゆりが迎えに来てくれるのに。
　それで翔太とゆりと俺の3人で一緒に並んで帰って……幸せで、ただ、幸せで。
　こんな幸せが永遠に続けばいいのにって、何度も思ったのに。
　それを今、自分で壊そうとしてる。
　そんな自分が醜く見えて、俺は机に伏せてぐっ、と悲しみをこらえる。

「……ゆり」
　ゆり。ゆりは、俺のこと、もう……嫌い？
　強く、強く唇を噛みしめた、そのとき。
　ポケットに入っていたスマホが震えた。取りだすのも億劫（おっくう）で、無視しようかと思ったけれど、しばらくしても止まらない。俺はイライラしながら乱暴にスマホを取りだして、相手を見ないまま通話ボタンを押す。
「……はい」
　予想以上に低い声で返事をした。
　向こうはしばらく無言だったので、本当に切ってやろうかと思ったそのとき。
『……白井さんが倒れた』
　電話越しにつぶやかれた言葉に、がたっ、と反射的に俺は立ちあがって、体中の血が抜けたような感覚に陥った。
　ゆりが、倒れた？　どうして？
　そういえば、今日は顔色が悪かった気がする。
　ったく、アイツなにやってんだよ、バカ！
　慌てて教室を出ようとして、足が止まる。
　驚きのあまり全然気にしていなかったけれど、電話の向こうの聞き慣れた声は。
「……っなんで、俺に言うわけ？」
　別に俺に言わなくてもいいはずだ。
　だって、ゆりはミナセを選んだかもしれないから。
『さあ……ほんと、なんでだろうね』
「は？」

ミナセはしばらく黙っていたけれど、くすりと笑って言った。
『あれ、見間違いだよ』
　見間違い？　なにが？
　その意味を把握できていない俺を嘲笑うかのように、ため息交じりにミナセは言う。
『あの日階段で、白井さんと俺がキスしているように見えた？』
　忘れようとしていた、あのときのことが鮮明に蘇る。
　そっと、ゆりの顔に近づいていくミナセ——そして、ふたりの影が重なって。
　ぐらり、と頭を殴られたような痛みに顔をゆがめる。
　けれどミナセは、あっけらかんとした口調で続けた。
『あ、なんか勘違いしてる？』
「……は？」
　勘違い？
　脈絡がなさすぎて、なにを言いたいのかまったくわからない。
『キスなんてしてないよ。白井さんの髪にゴミがついていたから取ってあげたら、たまたまそこに御影くんがいたから、もしかしたら勘違いするかな、って思って意味ありげに笑っただけ』
　頭が、真っ白になった。
　俺の、勘違い？
　そんな都合のいいお笑い話があるわけ……。

『まあ、信じないならそれでもいいよ。俺から聞くより、白井さんから聞いたほうが信じられるんじゃない？　ちなみに、白井さん今、保健室にいるから』

ミナセは早口でまくしたてると、じゃ、と言って電話を切ろうとする。

俺は慌てて、待て！　と止めると、まだなにかあるの？　と、不機嫌そうな声が返ってくる。こっちの身にもなれよ、とも。

だって……俺は……ゆりは、ミナセを好きだと。

『……ほんと、イヤな役回りだよ。言うつもりなんて毛頭(もうとう)なかったのに。御影くんはいい感じに勘違いしてくれたし。けど、あんなふうに泣かれちゃったら、俺フラれたも同然(どうぜん)だからさ。ったく、これであんたらをこじらせたぶんはチャラだからね』

「言ってる意味がわかんないんだけど」

『わからなくていいよ。ほら、早く行かないと、諦めたとみなして俺がアタックするから、そのつもりで』

ぷちっ、と一方的に電話が切られる。

ツーツーという電子音にしばらく呆然としたあと、行かなくちゃと思った。

頭が混乱して、なにを考えたらいいのか整理できないけれど。

行かなくちゃ、ゆりのところへ。

会って、話がしたい……。ゆりの顔が、見たい。

ふっと浮かんだゆりのやさしげな笑みに突き動かされる

ように、俺は鞄も持たないで教室のドアを乱暴に開けた。
　ゆりに、会いたい。
　ゆりに……会って、ゆりの口から……本当のことが、聞きたい。
「っ……！」
　足が、動く。
　気分がうわついて、心のほうが先に走っているような感覚がした。
　走る、走る、走る。
　髪を振り乱して、何度も体勢を崩しかけながら——ゆりのいる、保健室へ。

「っゆり！」
　——バン！
　俺は、保健室のドアが壊れてしまうんじゃないかってくらい、無意識に入っていた力で思いきり開けた。
　息が、苦しい。
　俺は、肩を上下させて、なんとかドアにもたれかかりながら保健室を見渡して……。
「……さ、つき……くん？」
　いた。手前の白いベッドで、驚いたように目を見開いて俺の名前を呼ぶ、ゆりの姿。
　それを見た途端、俺はぷっつりとなにかの糸が切れたような気がして、そのままずんずん足を進めてゆりの目の前に立った。

「……なにしてんだよっ！」
「あ、え」
　止まらない。抑え込んでいた感情が一気に噴きだした気がして……俺はそのまま口をつぐむこともできなくて。
「心配させるなって、言っただろっ。いきなりぶっ倒れるとか、なにしてんの！」
「…………」
　ゆりは、じっと俺を見たまま視線を外さない。
　その瞳は少しだけ赤くて、涙の痕すら見えていた。
　……俺、なにを口走ってる？
　自分で突き放しておいて、ゆりに嫌われるのが怖くて、あんな酷いことを言ったのに。それなのに、矛盾しすぎ。
　心の中でそう思っても、口が止まることはない。
「いい加減、自分のことくらいちゃんと見ろよ！」
「……ご、めんね」
　こんなこと、言いたいわけじゃないのに。
　息が上がって、自分の口走っていることの浅はかさに顔が熱くなる。
　しゅん、として肩を落とすゆりを見て、熱くなっていた気持ちがだんだんと薄れていく。
「……ほら、帰るよ」
　ゆりが小さく頷く。
　ふらふらとした足取りで上履きを履くと、うつむいたまま俺のうしろについてくる。
「…………」

「…………」
　会話もなく、ゆりは俺と微妙な距離を保ちながら廊下を歩いている。
　なにを言えば、いいんだろう。
　ゆりになにを話したら……いいんだろう。
　何度も考えるけれど、歩くたびにほろほろ消えていく。
　ついには、教室についてしまった。
　ドアを開けると、夕暮れに染まる閑散(かんさん)とした教室のまぶしさに目を細める。
　ぼーっと窓の外を見ていると、うしろからがた、と鞄と机がぶつかる音が聞こえた。
　……言うなら、今だ。今しか、ない。
　声が震える。
　怖くて振り返ることもできない情けない俺は、意を決して言った。
「……ゆりの好きなヤツって、……ミナセ……？」
　無言。
　ゆりはうしろでなにも言わないまま、物音すら立てなかった。
　それがまるで肯定しているんじゃないかって思えて……苦しくなる。
　その思いをかき消したくて、俺の声は大きくなっていく。
「なら、お似合いかもな」
「…………」
「アイツ、結構、お前のこと好きみたいだし」

「…………」
　違う、違う、こんなことが言いたいんじゃない。
　なのに、怖くて。
　ゆりに、ありがとうって言われるのが……怖くて。
「……よかったじゃん」
　そう口にした瞬間……バン！と鋭い音が聞こえたと思ったら、後頭部に痛みが走った。
「……痛っ……」
　なに？
　固いものがぶつかった衝撃に足元を見おろすと……ゆりのお弁当箱が、お弁当袋に入れられて落ちているのが見えた。
　頭を押さえながら、それを拾おうとかがみ込んだ、そのとき。
「わっかんない!!」
　声が、聞こえた。
　驚いて顔を上げると、ぎゅっと手を握りしめたゆりと目が合う。心の底から叫ぶように、ゆりがもう一度言う。
「わっかんない!!　皐月くんがなにを考えてるのか全然わかんない！　どうして、好きって言ったの？　本当に、嘘だったの？」
「ゆ、」
「嘘なら、やさしくしないでよ！　どうして、やさしくするの？　どうして、心配してくれるの？　どうして、水瀬くんが好きかなんて聞くの？　わかんないよ、皐月くんの

言ってることも、やってることも、考えてることも、ちっとも、全然、これっぽっちもわかんないよ!!」
　ゆりの叫び声が教室中に響き渡る。
　俺は、なにも言うことができなくて。ただ茫然と、ゆりを見ることしかできなかった。
「どうして、私の心をかき乱すの？　どうして、そうやっていつもいつも私を惑わすようなことばかり言うの？　お願いだから、私を勘違いさせないでよ！」
　息を、のんだ。
　そう言って顔を上げたゆりの瞳から、今にも涙がこぼれ落ちそうだったから。
「皐月くんがそうやって私にやさしくするたび、私は勘違いしそうになるんだよ！　私の都合よく考えちゃうんだよ！　でもっ、そんなの私の思いすごしだって、勘違いなんだってわかっているのに、どうしても期待しちゃうんだよ！」
　ぽた、ぽた、とゆりの白い頬に涙が伝う。それは、床にしみをつけていく。
「わかんない、わかんない、わかんない……っ！　皐月くんが全然わかんない！」
　がくん、と膝から崩れ落ちる。そして、ゆりは両手で顔を押さえて肩を震わせながら、何度も何度も嗚咽をもらす。
　足が、勝手に動く。
　ゆりの元に。
「これ以上っ、私にやさしくしないで！　皐月くんが私の

こと好きなんじゃないかって、勘違いしちゃうから、もう」
「……勘違い、して」
「え」
　ゆりの震える肩が、ぴたりと止まった。
　そして、顔を押さえていた両手をゆっくりと離して、顔を上げる。しゃがみ込んだ俺と、目が合う。
「勘違い、して」
　ゆりの頬に触れた。
　バカみたいに、手が震えそうになる。
「……俺、ゆりはミナセを好きなんだって思ってたんだ。渡したくない、アイツにゆりを渡したくなくて。だけど、気持ちを伝えたら、ゆりが離れていっちゃうような気がして、言えなかった」
「さ、つきく、」
「好きだよ、ゆり」
　ゆりの言葉をさえぎるように、俺はその言葉を口にした。
　怖くて、ゆりの瞳をまっすぐ見られない。もし、拒絶されたら、怖がられたら、嫌われたら。
　いろんな不安と焦りがごちゃ混ぜになって、今にも逃げだしてしまいそうだ。
　……でも、それじゃ、ダメだ。
　だって、俺は、誰にもゆりを渡したくないから。
　ぐっと息をのみ込んで、俺は顔を上げる。
「ゆりが、好きだよ」
　あ、とゆりの口から小さく声がもれた。

声にならない思いは、涙に変わってゆりの頬を伝っていく。
「誰にも渡したくない」
「…………」
「誰にもゆりを渡したくない。この気持ちは嘘じゃない」
　嗚咽が大きくなる。ゆりが顔を伏せて、肩を震わせた。そっと引き寄せた彼女の肩は、思った以上に華奢で、強く抱きしめたら、壊れてしまいそうで。
　彼女の額に、自分の額をくっつける。
「だから、ゆり。俺も、勘違いさせて」
「……っ」
「ゆりが俺のこと好きだって。勘違い、させて」
　心臓が、うるさい。
　顔が熱くて、どこもかしこも熱くて、苦しい。
　そっと、伏せたゆりの顔をのぞき込む。とめどなく流れる涙をやさしく拭ってあげると、ゆりは伏せていた瞳をゆっくりと開いて、俺を捉えた。
「わた、しは……」
「うん」
「皐月くんが……っ」
「うん」
「……好き……っ！」
　たった一言、ゆりはそう言った。
　なのに、その一言がうれしくて。うれしすぎて、今までにないくらいの幸せが俺の心を満たしていく。

もう、誰にもゆりを渡さない。誰にも。
　どれだけ遠くに離れようとも、誰が阻もうとも、絶対に離さない。
「本当に両想いになったんだって、実感、したい」
「え……？」
　ぼうっと、涙をたくさんためた瞳で俺を見る。
　真っ赤になった頬が、恥ずかしそうに結ぶ唇が、困ったように下げる眉が、可愛くて、可愛すぎて。
　ゆりの、せいだ。
　こんなに余裕がなくなって、今すぐに触れたいって思わせるのは。
　どちらからともなく、顔が近づく。
　すぐ近くに感じる吐息が、緊張しているからなのか震えていた。そして、柔らかいものが唇に押しあたる。それは、本当に触れあうほどの、かすめるほどの、キス。
　長くも、短くも感じた時間が終わって、名残惜しく離れていく。
「……ゆり」
　こつん、とゆりの額にもう一度自分の額を合わせてつぶやいた。
　そっと目を閉じると、思い浮かぶのはゆりの笑った顔、怒った顔、泣きそうな顔、困った顔。全部、愛おしくて。心が温かくて。
「ゆりに出会えて、よかった」

5章

学園祭がやってきた

【皐月side】

　その後、俺はゆりと付き合いはじめたことをミナセに伝えると、
「ったくこんなことすんの、これで最後だから」
　と睨みつけられ、高梨に伝えると、
「えっ、お前らまだ付き合ってなかったの？」
　と驚かれた。
　ゆりは、俺のアホな勘違いがツボに入ったらしく、しばらく家ですれ違うたびに無表情を装いながらも肩が震えていたりしたけれど。
　そして、期末テスト。ゆりとミナセの尽力あって、高梨は赤点追試をまぬがれ、平均点50点と人生最高得点を更新したと、教室中に言いまわっていた。
　ゆりは、あれだけ人の勉強を手伝っておきながら、2位であるミナセと30点以上の差をつけて、ぶっちぎりの学年1位。残念ながら、俺の点数はそれほど変わらず平均点だったけど。
　喜びよりも安心といった感じで、期末テストは幕を閉じた。
　そして……7月のなかば、学校は学園祭モードに切り替わっていた。

「ゆり、あれどこにやったっけ」
「あれ？」
　朝。いつものように顔を洗ってご飯を食べたあと、部屋で着替え終わって階段をおりると、ゆりがもうすでに制服姿で玄関前の廊下に立っているのが見えた。
　翔太が外で待っているのを確認して、俺はゆりに一歩近づく。
「忘れ物なら、取ってきたら？　まだ、時間あるよ」
　なにも感づいていないゆりに、ニヤニヤしながら……俺はゆりの腕をぐいっと引っ張った。
　そして。
「ん、忘れ物」
　と、ゆりの唇にそっと唇を重ねる。
　小さなリップ音のあと、ゆっくり俺が離れると、ゆりは固まったまま、じわじわと頬を赤らめていくのがわかった。
　あーもう、ほんと可愛い。なんでこんなに可愛いんだろ。
「なっ、さ、さ」
　言葉になっていないゆりの声に吹きだしそうになるのを我慢して、
「あれ、足りない？」
　と、意地悪く聞くと、ゆりはかあああっと顔を赤らめる。
「へ、ヘンタイ！」
「それはどうも」
「褒めてません」

「ゆりにそう言われるのは、むしろ好きなほうかも」
「も、もう知らないっ、さっさと離して！　学校行くから！」
「えーもうちょっといいじゃん」
　ゆりの体温が上がっていくのが、抱きしめるとよくわかる。
　それが可愛くて、ますます離してやりたくなくなる。
　しばらく、ゆりがじたばたするのを楽しんでいた、そのとき。
「……あらあら。おふたりさんとも、朝からお熱いことね」
　どこか聞き覚えのある声。
　まさかと思って、声のした玄関のほうをゆっくりと振り返ると……。
「お、お、おおおお母さん!?」
「あらあら、いいのよゆり。別に恥ずかしがらなくても。お母さん、そういうの理解あるほうだから」
　くすくすと目を細めながら微笑む……ゆりの母親、茜さんが立っていた。
　２週間くらいで戻ると言っていた茜さんは、１ヶ月ほど遅れて、我が家に帰ってきたのだった。

　学校が終わると、ゆりは学園祭の準備がかなり立て込んでいるようで、先帰ってて！とメールが来た。俺は翔太を迎えに行ったあと、ふたりで家に帰った。
「ただいまー」
「あら、お帰りなさい」

リビングのドアを開けると、茜さんが優雅にコーヒーをのんでいるところだった。

翔太がすぐさまトイレに消えてしまったあと、なんとなく気まずい雰囲気が流れる。

そんな雰囲気を破って話しかけてきたのは、茜さんのほうだった。

「ゆりと、付き合っているの?」

「……はい」

若干とまどいながら俺がそう頷くと、茜さんはそう、と言って柔らかく微笑んで、ふと壁に貼られたカレンダーに目をやった。

「……もうすぐね」

その瞳は、そうだ、ゆりが時折見せる、あの悲しみと後悔に満ちた色。

「もうすぐって?」

俺がそう聞くと、茜さんは面食らったように持っていたカップをぐらつかせて、え?と俺に聞いてくる。

「さ、皐月くんあなた。7月24日はゆりの誕生日よ」

「……え」

ばっと振り返る。

カレンダーにはたしかに、いびつな丸が24日につけられている。たぶん書いたのは翔太だろう。

……ゆりの誕生日って、7月24日だったのかよ。

ゆりがなにも言わないから、全然知らなかった。

「ま、まあ、それは仕方ないわよ。ゆりはそういうの言わ

「なくなっちゃったから」
「言わなく？」
「いえ、なんでもないわ」
　茜さんはそこで話を断ちきると、体を向き直らせて俺に聞いてきた。
「ゆりは？」
「あ、アイツは学園祭の実行委員で」
「ゆりが!?」
　茜さんがむちゃくちゃでかい驚きの声を上げる。……そんなにめずらしいのか。
　茜さんはしばらく考えるように目を伏せて、ぽつりと、先延ばしにするのはよくないわね、とつぶやいた。
「皐月くん、悪いんだけれど」
「……はい？　なんでしょうか」
「今日、ちょっと家に人が来るの。その人とゆりと私で大切な話があるから、２階で翔太の相手をしてあげてくれないかしら」
　大切な話？　それも、ゆりを交えて？
　変だな、とは思いつつ──深入りするのも申し訳ないし、俺は小さく頷いた。

　俺と翔太、帰ってきたゆりと茜さんで夕ご飯を食べ終わったあと、そうそうに風呂に入って、翔太とふたりで俺の部屋へ。
「なあなあサツキー」

「なんだよ」
　机の上でぐらぐら揺れるジェンガを睨みながら、俺を呼ぶ翔太に返事をした。
　あ、つか動くな、倒れる。
　翔太が腕を振るたびにハラハラしながら真ん中の１本を抜き取って、一番上に乗せる。
「たいせつなはなしってなんなんだぁー？」
「さあ、俺は知らないけど」
「ふぅん、サツキでもしらないのかぁー、コイビトなのに」
　うろたえてうしろに下がった拍子に、ジェンガが倒れそうになった。翔太を見ると、いたって真面目な顔でいる。こいつ、それをいつ知った！
「翔太、それ」
「おかーさんからきいたよ！　コイビトはあれなんでしょ、かぞくとおなじくらいちかいそんざいなんだって」
「…………」
「へへー。サツキは、かぞくとおなじくらいすきだから、うれしいぞよ」
「そうぞよか？」
　顔を見合わせると、俺たちはぷっと笑う。
　がしがしと翔太の頭をなでてやると、にへへ、とゆりに似た笑みで見上げる。
「だから、いっしょにまもろうぜ、サツキ」
「ん？」
「おねーちゃんと、おかーさん！」

「そうだな」
　これほど心強い相棒(あいぼう)が一緒なら、きっと守り続けられるに違いないだろう。
　俺が頷くと、翔太はうれしそうに両腕を広げて……。
「だからね、翔太はおとーさ……」
　そう言いかけた、そのとき。
「そんなの絶対に認めないっ!!」
　いきなり声がした。
　切羽詰まった、感情をぶつけるだけのような声は、ゆりの声だった。なんだ、と思ってドアを開けると、くぐもっていた声はよりいっそうはっきりと聞こえる。
「絶対、そんなのイヤっ!!　どんなにその人が好きだとお母さんが言っても、私はっ、認めないから……！」
　その声のあと、バンっ！と鋭くドアが閉まる音に続いて、どたどた走り去る音が聞こえた。
　翔太に、ここで待っていて、と声をかけたあと、１階におりると、
「……あら、皐月くん」
　リビングのドアの前で悲しそうに微笑みながら、茜さんが立っていた。
「今のは……」
「ごめんなさいね、驚かせちゃって」
　ゆりは、と聞こうとしたけれど、玄関にゆりの靴がないのを見て、俺はまた視線を茜さんに移した。
「なにがあったんですか」

ふと、少しだけ開いたリビングのドアの向こうに誰かいるのが見えた。
　人が来ると言っていたけれど……。ドアの隙間からはよく見えないけど、男？　茜さんと同じくらいの年の。
「……悪いんだけど、皐月くん。ゆりを迎えに行ってあげて」
「はい」
　なにがあったのかは、これ以上聞ける雰囲気じゃない。
　俺は小さく頷くと、
「……ごめんなさいね、ゆりを任せて」
「いえ、別に」
「きっと今私が行ったらゆりは怒るでしょうね。……私は、ゆりを裏切ったも同然なんだから……」
　裏切った？
　その言葉を、どこかで聞いたことがある。その表情を、どこかで見た気がする。
　……そうだ。ゆりが、言っていたじゃないか。
『私ね、昔、とても大切な人に、酷いことを言ってしまったの』
　あのとき、ゆりがつぶやいた言葉。
　その響きに……とても、似ていた。

"約束" と "誓約"

【ゆりside】

 お父さんが長期の出張に出ることになったのは、翔太が生まれてから１年が経った小学６年生の頃だった。
 聞くと、１年近く戻ってこれないそうだ。
 だから、お父さんと"約束"をした。
 私はお母さんと翔太を守ること。
 お父さんは必ず帰ってくること。
 出張が終わったら、お父さんとお母さんと翔太と私、家族４人でまた暮らせる日が来るって、思っていた。
 信じて、疑わなかった。
 まだ、夏の暑さが残る９月。
 本当は委員会があったけれど、先生に用事ができて、お母さんに伝えていた時間よりも早く家に帰ったことがあった。
 家のドアを開けると、そこにはいつもない靴があった。お父さんの靴だ。
 でも、いつも夜遅くまで仕事をしているはずなのに、この時間にお父さんがいるのはおかしい。不思議に思いながら、私は息をひそめて忍び足で家にあがる。そうだ、驚かせてやろう。お父さんの驚いた顔なんて見たことがないから、うんと驚かせよう。

そう思って、リビングのドアを数センチ開けて、私は止まった。
『……やっぱり、言うべきよ』
　それは、今まで聞いたことのない、お母さんの切羽詰まった声。
　ひんやりとしたものが、背筋を這う。
　イヤな予感がした。
『……ゆりには、心配かけられないよ』
『っっ、でも、もし治らなかったら？　どうにもならなかったら、ゆりはどうするの？　あの子は、あなたが誕生日までには絶対帰ってくるって信じてるのよ』
　なに、それ。
　なんで、そんな。
　治らなかったらって、どういうこと？　お父さんは病気なの？
　どうして、そんな、お父さんが帰ってこないかもしれない、みたいなこと言うの？
　約束、したんだから。だから、お父さんは絶対に帰ってくる。私の誕生日までに、絶対。だって、そう、私と"誓約"したんだもん。
『……大丈夫だ、きっと』
　なんで、そんなに苦しそうなの。
　なんで、そんなに悲しそうなの。
　なんで、なんで、なんで。手のひらにイヤな汗が噴きでてきて、私は唇を噛みしめた。

数センチの隙間の向こうで、お母さんが崩れ落ちた。一度も見たことのないお母さんの泣き顔が、そこにあった。いつもみたいなやさしいお母さんの面影はどこにもなくて、ただただ子供のように泣きじゃくっていた。
　お父さんは、そんなお母さんをぎゅっと抱きしめる。
『どうして、どうしてあなたなの。どうして、なんで、なんで、なんで……っ。ゆりだって、翔太だって幼いのに。これから４人で幸せになるのに、どうしてっ』
『……っっ』
　お母さんを抱きしめるお父さんの背中が震えていた。私はただ、涙があふれてきて、両手で口を押さえた。足に力が入らなくなって、ずるずると、私は床に崩れ落ちる。
　もたれかかった壁１枚の向こう側で、お母さんがどうして、どうしてと泣き叫んでいるのが、どこか遠くの出来事のような気がして。
　……違う。
　違うよね？
　ねえ、違うよね？
　お父さんは帰ってくるんだよね？
　私の誕生日までに、帰ってくるんだよね？
　これは、嘘なんだよね？
　ああ、きっと、これは夢なんだ。……悪い夢。私、きっと今学校で寝てて、それで夢を見てるんだ。
　……なら、お願い。お願いします。
　私を、夢から醒めさせて。

足がもつれて、転びそうになる。私はなんとかそれをこらえて踏ん張るけれど、もう限界だった。
 力なく、自分の体が倒れていく。
 息が切れて、苦しい。
 胸元をぎゅうっ、と握りしめて、私は何度も詰まる息を整える。
 ぼうっと、かすむ視界であたりを見回した。……どこだろう、ここ。
 うしろを振り返ると、永遠のように道が続いていた。ぼんやりと見覚えのある建物が遠く彼方(かなた)のほうに見えた。
 ……私、隣町まで来ちゃったんだ。あはは、バカだな、いきなり飛びだしちゃって。帰らなきゃ。
 ぐっ、と足に力を込めて立ちあがろうとする。でも、全然力が入らない。まるで自分の足じゃないみたいだった。
 帰らなきゃ。いきなり飛びだしてきたから、皐月くんも翔太も、……お母さんだって心配してる。帰らなきゃ。帰らなきゃ。お父さんのいない、あの家に。
「つっ、ぁ」
 声がもれた。
 あんなに流したはずの涙が、また私の頬に伝う。それは何度拭っても、止まることなく流れ落ちていく。
「お、とうさ……っ、お父さんっ」
 イヤだ。
 イヤだ、イヤだ、イヤだ、イヤだ。
 両手で顔を覆って、私は何度も嗚咽をもらした。お父さ

んのぎこちない笑顔と不器用な言葉が、フラッシュバックみたいに私の頭の中で再生されていく。そうして、さっきのお母さんの顔が思い浮かんだ。

　突然、お母さんから大切な話があるとメールで呼び出された。
　妙にイヤな予感が私の心にくすぶっているのを気づかないふりをして、家に帰ると、知らない男の人が、お母さんの隣にいた。
　なにも状況が把握できていない私に対して、お母さんは、私の瞳を見据えて、真剣な顔つきで言った。
『もう、いいのよ』
　諭すように、そう言った。知らない男の人が、その隣にいた。その人と顔を合わせると、お母さんは小さく頷いて、もう一度はっきりと言った。
『もう、いいのよ、ゆり。あなたは私たちのために十分がんばってくれた。だから、もういいの。お父さんとの"約束"を守らなくても、いいのよ』
　頭が真っ白になった。
　お母さんがなにを言っているのか、どうしてそんなことを言うのか、わからなかった。冗談だよね、って言いたかった。やめてよ、って言いたかった。
　でも、言えなかった。
　だって、お母さんの瞳はあまりにもまっすぐで、揺るぎなくて。

ああ、本当なんだ。
お母さんは、お父さんのことにもう心の中で区切りをつけていて。だから、だから。
なにかが、はじけた音がした。
心の中で、私じゃない誰かが叫ぶ。イヤだ、イヤだって。
気づいたときには、私は飛びだしていた。
なりふりかまわず走って、走って、走って。
「な、んで」
口から、掠れた声がもれる。
なんで。なんで、どうして。
私たちは幸せだったし、3人でやっていけた。なのに、どうして。新しいお父さんなんて、いらない。私には、お父さんはひとりしかいないのに。
それはお母さんだって一緒だったはずじゃないの？
私と同じ気持ちだと、ずっと思っていたのに。本当はお母さんにとって、お父さんはもう過去のひとなの？　そんなに簡単に忘れられるようなものだったの？
たとえお母さんがそうだったしても、私は簡単に忘れることなんてできない。
私のお父さんは、あの、不器用でぶっきらぼうで、寡黙(かもく)な、でもやさしいお父さんだけなのに。
でも、お父さんは。
「……っっ、もう」
お父さんは約束を破って、天国に行ってしまった。私を置いて、もう二度と手の届かないところへ。

頭の中では理解していた。でも、心がどうしてもそれを受け入れてくれなくて。
　私がお父さんとの"約束"を果たしたら、いつか帰ってきてくれるって思ってしまうんだ。
　だから、勉強だって、運動だって、家事だって、なんでもこなしてきた。いっぱい、いっぱいがんばってきた。
　もう"誓約"は果たせない。
　私は、ネックレスを……なくしてしまった。お父さんが出張に行くんだと嘘をついて、電車に乗ったあの日。お父さんの背中に投げつけたから。
　あのネックレスは、お父さんが元気になって帰って必ず帰ってくる、と私に誓ってくれた、たったひとつの証だったのに。
　だから、もう会えない。
　どうして、私はあんなことを言ったんだろう。
　どうして、大嫌いだなんて、嘘つきだなんて言ったんだろう。
　どうして、お父さんの手を掴んでいなかったんだろう。
　……イヤだ。
　イヤだよ。もう1回、私の名前を呼んでよ。頭をなでてよ。翔太を甘やかしてあげてよ。私に……謝らせてよ。
　お父さん、お父さん、お父さん。
　今はもうない、私の胸元で光っていたはずのネックレスを心の中でぎゅっと握りしめた、そのとき。
　ポケットが震えた。ぷつりと途切れたあと、また震える。

私は縋(すが)るような気持ちで、ポケットからスマホを取りだした。

　名前も確認しないで、耳に当てる。
『どこほっつき歩いてるんだよ、バカ！』
　皐月くんの声がした。
「さ、つきく、」
『いきなり飛びだしていって！　今どこだよ、そこに行くから一歩も動くなよ！』
　皐月くんの声が、近づいたり遠のいたりする。息苦しそうに話す声で、私を必死に探してくれていたことがわかって、また苦しくなる。
　ぎゅっ、とスマホを握りしめた。
「もう、会えないの」
『……え？』
「もうっ、お父さんに会えないの。私はネックレスをなくしたから、もう、お父さんは帰ってこない！　でもっ、それでも私は、お父さんじゃないお父さんなんて絶対にイヤでっ」
　一気に感情が押し寄せてくる。
　もう、自分がなにを言いたいのか、なにを言っているのか、わからなかった。ただ誰かに、この気持ちを聞いてほしかった。
「お父さんにっ、会いたいよ……」
　お父さんに、一度でいいから。
　たった一度だけでいいから、会いたい。たとえそれが、

どんなにかなわない願いだってわかっていても。
『……ゆり』
　皐月くんの声が、やけにはっきり聞こえた。あれ？　今、うしろから同じ声が聞こえた？
　電話の向こうで、ゆっくりと息を吸う音がして、そして彼は言った。
『俺が、会わせてやる。お前のネックレス、見つけてやるよ』
　うしろを振り返る。そこには、私と同じようにスマホを片手に持って、そっと微笑む皐月くんが立っていた。
「だから、もう泣くな」

どうか、お願いです

【皐月side】

　ゆりと家に戻ったあと、茜さんと顔を合わせたくないと、ゆりはすぐに2階へ上がってしまった。
　リビングのドアを開けると、そこにはぽつんとテーブルで額に手を当てて、悩んでいるような茜さんがいた。そして俺に気づくと、はっと立ちあがる。
「ゆりはっ？」
「今、帰ってきました。今は……」
　そう言って、言葉が止まる。
　なんて言えばいいのかわからず、俺は顔をそらした。茜さんはそれを察したのか、そう、とつぶやいたあと、腰を下ろした。
「……あの、少しお聞きしたいことがあって」
「……なにかしら」
　わかっているんだろう、今から俺が聞こうとしていることを。俺はまっすぐ茜さんの瞳を見て、言った。
「ゆりの父親のことについて、教えてください」

　ゆりには、白井健二さんという父親がいた。寡黙で、真面目で、とてもやさしい人だった。
　ゆりが小学生になったころ、彼はゆりにこう言った。

長期出張に出るから、しばらく会えない。
　帰れるとしても、ゆりの今度の誕生日の頃だろう、と。
　そして、お父さんがいない間、お母さんと翔太をしっかり守るんだよ、と銀色の小さな星がついたネックレスを渡して。
　ゆりは、その言葉を信じていた。
　誕生日にお父さんが戻ってくると、信じていた。
「……でもね、それは違うの。あの人は、病に侵されていた。それも手遅れ寸前になるまで気づかなかった」
　茜さんが目を細めて、寂しそうに笑った。
　本当は、出張なんかじゃなかった。
　ゆりのお父さんは病気を患っていた。それも、手術しても間に合うか、間に合わないかくらいの瀬戸際で発覚したのだという。
「あの人は、とうとうゆりにそのことを話さなかったわ。あの子に心配をかけたくない、大丈夫、きっと戻ってくるよ、なんて言ってね。……本当に、バカなんだから。自分が大変なときに、どうしてゆりのことばっかり心配してるんだか」
　だから、嘘をついた。
　ゆりに、出張だなんて嘘をついた。
「……その嘘を、ゆりは見破ってしまった。きっと、私と健二さんが話しているのを聞いてしまったのでしょうね。だから、あの子」
　そこで、一度言葉を切った。

なにかをためらうように、視線を泳がせて。おそらく、そのとき目の前にあった光景に顔をゆがめながら、言った。
「健二さんが入院する日、嘘つきだって、彼を怒ったわ。最初はなにを言っているのかわからなかったけれど……。あの子の泣きそうな顔でわかった。あの子は知っていたんだわ。だから、心配かけまいと嘘をつき続ける健二さんを怒って、大っ嫌いって……」
　大っ嫌い。
　小さなゆりが、そう言いながら涙を流す光景が頭に浮かぶ。
　本当は怒ってほしかった、と言っていた。
　そんなこと親に言うもんじゃないって。嘘つきだなんて言うなって。そうやって否定してくれたら、きっと、安心できると思った。
「あの子は葬式以外、あの人には会わなかった」
「…………」
「ゆりの中ではね、まだきっと彼との"約束"があって、それを守り続けたらお父さんが帰ってくるんじゃないかって、信じてるの。あるでしょう、頭の中ではわかっていても、どうしても受け入れられないことって」
　その気持ちは、俺もよく知っていた。
　母に忘れられていることを、忘れ続けられていることを認めたくなかった、あのときの俺。
　ゆりが、そのときの俺と同じ立場にいる。
　もう、"約束"を守り続けてもお父さんは帰ってこない

ことをわかっているのに、でもどうしても受け入れられなくて。
　ぎゅっ、と唇を嚙みしめた。
　茜さんはそんな俺の肩をやさしくなでると、なにかを決心したように立ちあがった。そうして、リビングのドアを開けてどこかに消えると、なにかを持って戻ってきた。
「……健二さんにね、もし自分が戻ってこられなかったら、これを読んでほしいって渡されていたの」
　愛おしそうに、その白い封筒をなでた。
「ゆりの誕生日に、ここに書いたことを自分の代わりにしてあげてほしいと、頼まれたの。……けど、だめね、私ったら。ゆりはいつまでも私の中では小さいゆりのまま。あの子が大人になって、全部受け入れられるようになってからにしようって……先延ばしにしてたら、いつの間にか私が知らないうちにゆりは、私が思うよりずっと大人になってたのね。傷ついても立ちあがれるほど、強い子に。……今のゆりならきっと、乗り越えられるはずだわ」
　茜さんは、そっと俺の前にそれを差しだした。
　意図(いと)がわからず顔を上げると、茜さんはゆっくり微笑んで言った。
「どうか、お願いです。健二さんの代わりに、ゆりにプレゼントを渡してあげて」

誕生日プレゼント

【ゆりside】

　お母さんとの会話もままならないまま、学園祭初日がやってきた。
　軽やかな吹奏楽部の演奏と大きな花火の音で、盛大にはじまる学園祭。
　初日は実行委員として見回りとステージセッティングを任されているので、クラスの仕事は水瀬くんに任せて、私は校内を回っていた。
　にぎやかに学園祭を楽しむ人たちが幸せそうで……私は、苦しいけれど目を細めて微笑む。
　あのとき。
　皐月くんは、私のなくしたネックレスを探してくれると言ったけれど……。
　うれしかった。けれどそれ以上に、とまどってもいた。
　だって、何年も前になくしたネックレスが見つかる？そんなの、ありえない。
　心の中ではそう思っていても、期待してしまう自分が情けない。そう思って目を伏せた、そのとき。
「……ゆり」
　うしろから声をかけられて、はっと振り返ると。
「……さ、皐月くん。なんかすごい疲れた顔してない？」

不機嫌顔で壁にもたれかかっている皐月くんが、そこにはいた。
「……別に？　気のせい」
　いつもはきりっとしている瞳も、今日はその下にクマができているし、心なしか眠そうな気がした。
「ゆり」
「は、はい」
「最終日、予定空けとけよ」
「はい？」
　私がどうして、と聞く前に皐月くんはふらふらとした足取りで去ってしまった。
　そして、学園祭1日目は、何事もなく終わった。

　2日目は、初日にできなかったクラスの手伝いをしに、教室へ。
　人手(ひとで)が足りなくて困ってるの！と女子たちに無理やり着替えさせられて、接客をすることになったわけだけれど。
　やたらと女の人が教室を埋め尽くして、やたらと私に注文してくるのに疲れを覚えていた、そのとき。
「おねーちゃん！」
　うしろから呼ばれて振り返ると、そこにはお母さんと翔太が立っていた。
「あ、来てくれたんだ」
「うんー！　サツキにもさっき会ったよ！　なんかねー、ウサギの着ぐるみ着てた！」

「……へ、へえ」
　皐月くん、いったいどんな状況に。
　翔太と話をして、ふと視線を外すと、お母さんと目が合う。
「…………」
　私は、すっと視線をそらしてしまった。
　たぶん今、お母さんと話せるほどの心の余裕がない。
　そんな私たちを察したのかもしれない翔太は、私の腕を引っ張ると、
「おねーちゃん、いっしょにまっわろー」
　と、教室から連れだしてくれた。
「ねえ、おねーちゃんは、おとーさんのこと、好き？」
　それは、突然だった。
　模擬店で買ったクレープを落とさないように、とベンチに腰かけたとき、翔太が唐突にそう言った。
「……翔太？」
「ぼくねー、おとーさん、よくしらないから、わかんないんだけどね」
　そうだ、翔太は知らない。
　翔太が物心つく頃には、お父さんはもういなかったから。
　だから翔太は、新しいお父さんがほしいって言うんだろう。
　だって、まだ幼稚園児なんだし、お父さんが恋しくなるときだってあるはず。

でも……そう考えると、ますます苦しくなって思わずぎゅっと制服を握りしめた、そのとき。
「でも、おねーちゃんはおとーさんのことしってるから。だから、おねーちゃんのいたいのきえたら、ぼくにもおとーさんのこと、おしえてね」
　……そう、言ってくれた。
　痛いのが、消えたら。
　この痛みを……この後悔を消すことが、なくすことができたら。
　いつか、話せるのだろうか。
　あの、不器用で、寡黙で、そしてなによりやさしいお父さんのことを。
　考えてみたけれど、今はわからなかった。
　翔太と一緒に教室に戻って、お母さんと合流したあと、ふたりを見送り、学園祭２日目は終了した。

　そして、学園祭３日目、最終日。
「さ、ささ、皐月くん……」
「ん？」
　ん？じゃないっ！とつっこみたかったけれど、私は大声を出すのが恥ずかしくて、浴びる視線に顔をそむけた。
　そう。学園祭、最終日。
　仕事がまだあった私を教室から無理やり連れだして、遊ぼう！と言ってきた皐月くん。
　皐月くんは全然気にしてないだろうけど、かなり視線が

集まっている。
「わーっ、白百合姫と御影くんが手つないでるっ」
「ふたりは付き合ってるの？」
　そんなひそひそ声がますます恥ずかしくて、そっと皐月くんを見上げると……。
「そのうち気になんなくなるよ。ほら、まずは記念写真から！」
　と、握りしめた私の手を無理やり引っ張ると、そのまま歩きはじめた。
　写真部による記念撮影は、３日目だったからそんなに混雑していなかった。
　写真部の人に促されるようにして、カーテンや布で真っ黒に覆われた即席の撮影所に立たされる。
「……さ、皐月くん。私、写真あんまり好きじゃ……」
「黙って撮られて」
「……うう」
　皐月くんは私の体をぐっと引き寄せる。
『ねえ、お父さんは写真に入らないの？』
『いいよ、俺は。ふたりだけ入りな。俺、写真撮られるの苦手なんだ』
　昔、お父さんも同じようなことを言っていたのを思い出す。
　だから、お父さんと一緒に撮った写真は、たぶん赤ちゃんのときだけ。
　……私、お父さんに似てきたのかな。

そんなことを考えていると、撮りますよー、と声をかけられた。
　合図のあと、カシャリと音がしてフラッシュがたかれる。
　撮った写真はすぐに現像されて、近くに置かれた机の上で落書きしてみてくださいね、と渡された。
　皐月くんが落書きなんてするとは思えないし、と足をドアに向けた瞬間、
「こら、どこ行く」
「わっ」
　襟首を掴まれて、慌てて振り返ると、皐月くんがあきれた顔で言った。
「ちょっと待ってて。これ書くから」
「えっ」
　皐月くんがっ？　めんどくさい、さっさと行こう、って言いそうなのに。
　驚いて口をパクパクさせていると、皐月くんはそんなことは気にもせず、ペンを手に取ってさらさらと書いて、
「ん」
　と、私に差しだした。
　なんだろう、と思って写真の裏側を見て……私の息が止まった。そう、そこに書いてあったのは。
『誕生日、おめでとう。
　ゆりが元気に成長しますように。
　お父さんより』
「…………」

私は思わず、皐月くんの顔を見上げる。皐月くんはやさしく微笑みながら言った。
「ゆりのお父さんが渡したかった、プレゼント。ひとつめは、ネックレスで。ふたつめは、ゆりとの写真」
『ねえ、一緒に写真撮ろうよ』
『俺はいいよ』
『お父さんも一緒に写ったら、とても素敵になるのに』
　そうだ、私はお父さんにそう言ったことを思い出す。
　でも、どうして皐月くんがお父さんのプレゼントのことを知っているの？
「ほら、まだあるから行くよ」
「わっ」
　そう言って、皐月くんが私の腕を引っ張る。
「ゆり、なに食べたい？」
　私の手を引きながら、振り返って皐月くんはそう聞いた。
　だんだんと、視線が気にならなくなっていく。
　まるで、お父さんが隣にいてくれるような感覚。
　温かな手の温度は……とても、お父さんに似ていて。
「……りんごあめ」
「……っふ、了解」
　皐月くんは子供っぽい、って笑いながらも、りんごあめを売っているお店まで手を引っ張っていってくれる。
　その大きな背中をじっと見つめていると、思わずお父さんの背中と重なる。子供の頃に見上げた大きな背中がすぐそこにあるような気がした。

「ほら」
　皐月くんは一番小ぶりなりんごあめを買うと、私に渡してくれた。お礼を言って受け取ろうと手を伸ばした、そのとき。
「まだ、ダメ」
　そう言って、うしろに引っ込めてしまった。なっ、ここまできて私をからかうの、皐月くんはっ。
　いじける私を見てくすりと笑うと、
「ほら、よく見てて」
　皐月くんはそう言って、ポケットから取りだしたハンカチをりんごあめの上にかけると、
「りんごあめが、ふたつになーれ」
　と照れくさそうに言ったあと、ぱっとそのハンカチを取り払った。
「……わああっ」
　私は、思わず感嘆の声を上げる。
　さっき持っていたりんごあめと、もうひとつきれいな青色のりんごあめが皐月くんの手に握られていて。
「すごいすごいっ！　皐月くん、魔法使いみたい！」
　魔法使い。その言葉に、私ははっと思い出す。
　そうだ、お父さんは落ち込んでいる私を見るたび、ポケットからあめを取りだして、マジックを見せてくれたっけ。
　私はそれを見て、魔法使いだってお父さんに言った。
「これが３つめ」
　皐月くんはにっこりと微笑んで、私にりんごあめを差し

だしてくれた。
　かり、と心地いい音とともに、甘酸っぱいりんごと甘い
あめが口いっぱいに広がって、その懐かしさに目を細めた。
それは単純なものだけれど、なによりもおいしくて。
「ゆり、食べさせて？」
「なっ」
　りんごあめを食べていると、いきなり皐月くんが意地悪
そうに笑いながら、そう言った。
「いいじゃん、あのときは俺に食べさせてくれたのに」
「あ、あれはっ！」
「ん」
　皐月くんはそう言って、小さく口を開ける。……うぅ。し、
視線が痛い。
　けれど、私はぐっと覚悟を決めて、食べていたりんごあ
めを皐月くんの口へ。
　かりっと音がしたあと、
「……甘……」
　と、顔をしかめるものだから、思わず笑ってしまった。

　皐月くんと手をつないで歩く。
　もう、視線は気にならない。
　いろんなものを、食べて。
　いろんなことを、話して。
　つないだ手の温かさに、安心する。
　お父さんは私に、こんな素敵なプレゼントを考えていて

くれたんだ。
　ふっと油断したら、涙が出そうになった。
　こうやって、お父さんと一緒にいたかった。
　こうやって、お父さんと手をつないでいたかった。
　時間が過ぎるのは、あまりにも早くて……。
　学園祭終了のお知らせです、というアナウンスに、また泣きそうになった。

　後夜祭の準備が残っていた私たちは、そこで別れた。でもずっと、皐月くんとお父さんのことが気になっていて。
　実行委員の仕事が終わったあと、皐月くんの姿を探してみたけれど見当たらなかった。
　しょんぼりして、ひとりで廊下を歩いていたそのとき。
　──ぐいっ。
「わっ……！」
　いきなり横から出てきた手に引っ張られて、そのままうしろから抱きしめられた。
　な、なななななに!?
　混乱しながら振り返ろうとすると、
「し。黙って」
　耳元で聞き慣れた皐月くんの声がして、私はますます驚きを隠せなくなってしまう。
　な、なんで私、うしろから抱きしめられてるの!?
　混乱する私など気にも留めないで、皐月くんは廊下を歩く生徒の声が遠ざかったのを確認して、するりと私から離

れてくれた。
　驚きで胸を押さえて、心臓が落ち着くのを待っている私に、
「もっと抱きしめてほしかった？」
　と皐月くんが意地悪そうに聞いてきたときは、本気でたたこうかと思ってしまった。
「さ、皐月くん、なんで？」
　なんで、いきなり。
　私がそう聞くと、皐月くんは小さな声で……言った。
「4つめのプレゼント」
「え？」
「最後のプレゼントをゆりにあげるよ」

"約束"を誓ったあの日

【ゆりside】

「ど、どこ行くの?」
　私は皐月くんの手に引かれるがまま、薄暗い廊下を歩いていた。一般棟を通りすぎ、皐月くんは人気(ひとけ)のない特別棟の3階まで私を連れていった。
「これから後夜祭だから……グラウンドに行ったほうが」
「ダメ。今日じゃなきゃ、このプレゼントは渡せないんだ」
　そう言われると、私は強く出ることができなくて、そのまま口をつぐんだ。
　遠くのほうから、わいわい騒ぐ生徒の声が聞こえる。皐月くんは教室と教室の間にある階段を上りはじめた。
「……屋上に行くの?」
「ああ」
「でも、屋上からじゃ、キャンプファイアーあんまり見えないよ?」
　とん、とん、とん。
　階段を一段ずつあがっていく。そして、踊り場まで登りきると、皐月くんが屋上へのドアにかかっていた錆(さ)びた鍵をこじ開ける。
　じゃらじゃら、と大きな音が響き渡り、私の心臓は今にも破裂しそうだった。

「さ、皐月く、」
「あ、開いた」
　私の心配なんてよそに、皐月くんはこじ開けた鍵を床に投げ捨てて、ゆっくりとドアを開ける。

　7月の終わりだから生暖かいけれど、屋上には心地よい風が吹き抜けていた。
　あたりを見回すけれど、夜も深いからか足元すら見えづらい。
「ゆり、ちゃんと手、握ってて」
「……うん」
　手を握り返すと、皐月くんが少しだけ照れくさそうに笑う。
　屋上の真ん中あたりに進むと、グラウンドのほうからわいわいにぎやかな声が聞こえてくる。
　もうすぐ点火の時間だから人も多いだろう。
「もうすぐ点火だね」
　そう言って私が小さく笑うと、なぜか皐月くんは反対の方向を見ていた。
「ゆり、こっち」
「え？　でも、そっち校舎裏だし……月の光で影になってて、なにも見えないと思うんだけど……」
「いいから」
　言われるがまま、私は皐月くんの手に引かれて、キャンプファイアーを行うグラウンドとは逆の方向へ。

案の定、校舎で影になっているせいで、目を凝らしてもなにも見えない。
「皐月くん？」
　とくになにも見えないよ、と言おうとしたそのとき。皐月くんが腕時計を確認すると、もうすぐだ、とつぶやく。
　もうすぐ？
「ゆり、下を見てて」
「え？」
「いいから」
　皐月くんの指した方向をじっと見つめる。でも、そこは真っ暗でなにも見えない。
　うしろのグラウンドから、マイク越しの声が響き渡る。
『ではみなさん、もうすぐ9時になりますので、カウントダウンお願いします。いきますよー！　ごー、よん、さん、にー、いち』

　——ドオンンンン!!
　お腹に響き渡るような轟音とともに、目の前がぱっと明るくなる。きらきらと、それは星くずのように空へ消えていく。
「……あ」
　私は、声をもらした。
　花火に驚いたんじゃない。
　そう、だって皐月くんの指した方向には。
　もう一度、ドオンンンン!!と連発して花火が打ちあがる。

その光を浴びながら、私の目の前でそれは輝きはじめる。
　真っ暗だったその場所に、小さな星たちが、花火の光で一瞬にして花開く。
「ゆりのお父さんは、ゆりにこれを見せてやりたかったんだな」
「⋯⋯っっ」
　涙があふれてきそうになる。
　ああ、そうだ。
　その光景は、私がお父さんに言った、あの願いごとと一緒で。
　窓の外を見ながら、お父さんに話しかけた私。
『お父さんは、誕生日にいったいどんなプレゼントをくれるの？』
『ゆりはなにがほしい？』
『地上に光る、お星さまが見たい！』
　これを、お父さんは見せたかったんだ。
　また、花火があがる。目の前に広がる、淡く光る星々はゆらゆらとやさしく頬をなでるそよ風に揺らめいて。
「お、とうさ⋯⋯っ」
　お父さん、お父さん。
　そっか、最後まで⋯⋯本当に最後まで、私の願いを聞いてくれた。最後の、最後まで⋯⋯私のために。
　嗚咽がもれた。
　私は、お父さんに大嫌いだって言ったのに。お父さんに、たくさん酷いこと言ったのに。

「お前のお父さんもここの卒業生だって知ってる？」

皐月くんがささやくようにそう言った。

知っている。だって、お父さんが卒業生だったからこそ、私はこの学校を選んだのだから。

「あの花を植えようって提案したのは、当時園芸部(えんげいぶ)だったお前のお父さんだったんだ。あれは、オオマツヨイグサっていってさ。夜にしか咲かないんだ。でも普段は校舎が影になっていて、近くに行かないと見えない。でも、今日、この学園祭の最終日だけは、花火があがるから、こうやって見えるんだよ」

「…………」

「お前のお父さんは、入院中もずっとゆりのこと心配してたんだ。だから、もし自分が帰ってこれなかったとき、この手紙を渡してほしいって、茜さんに託(たく)してたんだ」

「……え？」

皐月くんが、ポケットからなにかを取りだす。それは真っ白な封筒だった。

お父さんが、私に？

手が震える。皐月くんから差しだされた封筒を受け取って、手紙を取りだす。

手紙は、２枚入っていた。１枚には、私への誕生日プレゼントをどう渡してほしいかが書かれていた。

そして、もう１枚には。文頭に、こう書かれてあった。

『ゆりへ』

そっと、その文字を指でなぞる。お父さんの字だ。少し硬くて、丁寧な字。私は折りたたまれた手紙を開いて、読みはじめる。
『もし、この手紙をお前が読んでいるのなら、きっとお父さんはここにはいないんだろう。
　こんなふうにしかお前の誕生日を祝えなくて、ごめんな。
　お前には、たくさん謝ることがある。
　お前との"誓約"を守れなくて、ごめんな。
　それから、お前になにも話さずに家を出て、ごめんな。
　どうしても、お前には心配をかけたくなかった。お前を不安にさせたくなかった。
　ごめんな。ごめんな、ゆり。
　もっと、ゆりといたかった。
　もっと、ゆりと遊んでやりたかった。
　もっと、ゆりと……。ダメだな。全然、うまい言葉が思いつかない。お父さん、ゆりの顔が見られないと思うと、ゆりの声が聞けないと思うと、情けないけどとても怖いんだ。
　きっと、ゆりには嫌われたんだろう。
　あんな嘘つきなお父さんなんて嫌いだって、思われたかもしれない。
　でもな、ゆり。
　ゆりがお父さんを大嫌いだって、嘘つきだって、二度と会いたくないって突き放しても、それでもお父さんは、ゆりが好きだよ。

大好きだよ。
　　何度だって、ゆりは俺の大切な娘だって言う。
　　何度だって、ゆりは俺の大切な家族だって言う。
　　ありがとう、ゆり。
　　こんなお父さんを、お父さんって呼んでくれてありがとう。
　　こんなお父さんに、やさしくしてくれてありがとう。
　　これから、ゆりにはつらいことが待ち受けているかもしれない。心が折れそうになって、くじけそうになって、もうダメだって思う日が来るかもしれない。
　　でも、大丈夫だよ。
　　お父さんが、見守っているから。
　　どうか、誰よりも幸せになってください。
　　誰もがうらやむくらいに、幸せになってください。
　　そしてお願いします。いつかまた会う日がきたら、そのときはもう一度お父さんと呼んでください。また、俺の娘として生まれてきてください。
　　ゆりの幸せをどこまでも願っています。

　　　　　　　　　　　　　　　　　　お父さんより』

　　視界が、ぼやける。
　　上手く息をすることもできなくて、私は何度も嗚咽をもらしながら、それでも呼ぶ。
「お、とうさ、お父さん……っ」
　　私も、お父さんが大好きだよ。

それから、ごめんね。
　大嫌いだなんて、嘘つきだなんて言って、ごめんね。もう一度、謝りたいよ。お父さんに会いたいよ。
「ゆり」
　皐月くんが、そっと私を抱きしめる。
　その温かさに、私の視界がまたぼやけてしまう。
　あのとき、私はたくさん後悔した。
　きっと、お父さんに嫌われたと思った。
　きっと、見捨てられたんだと思った。でも、違った。
　そっと、抱きしめられた腕が離れていく。
　皐月くんが私の頭をやさしくやさしくなでながら言った。
「これを持っていたのは、お前のお父さんだったんだよ」
　皐月くんが手にしていたそれは、あのネックレス。
「……っ」
「ゆりが投げたネックレスを拾って、手紙の中に入れたんだ。きっと帰ってくるからって、そう言って」
　お父さんが、これを……？
　皐月くんが私の手のひらに、そっとそれを乗せてくれる。
　重みなんて、ないはずなのに。手に乗せられた、その瞬間、ぐっといろんな思いが込みあげてきて。私は、それを両手で握りしめる。
　ああ、あったんだ。
　ここ、に、あったんだ。
　ここに、私の"約束"が。大切な、私の"約束"。

「ぁ、ぅぅぅぅぅぅぅぅぅっっ……！　おと、うさん……お父さんっ」
　私の涙は、ほろほろと地面に落ちていく。
　好きだった。不器用な、お父さんが好きだった。
　寡黙だけれどやさしい、お父さんが好きだった。
　好きだった……大好きだった。
　ずっと、ずっと言いたかったのに。
　最後の最後まで、私は言えなくて。
　そんな素直になれなかった私を……お父さんは、ずっと信じていてくれたんだ。
「……あ、りがとうっありが、とうお父さんっ……!!　大好き、だい、すきっだよ……ごめん、ごめんねっ！」
　酷いことを言って、ごめんね。
　追いかけられなくて、ごめんね。
　私を育ててくれて、ありがとう。
　私を信じていてくれて、ありがとう。
　ずっと……大好きだよ。
　私はお父さんの顔を思い浮かべながらそっと顔を上げる。
　私は、前に進まなきゃいけない。
　すべてを受け入れて、私はお父さんの願いをかなえなきゃいけない。
　誰よりも、幸せになる。
　そのために、私は前に踏みださなきゃいけないんだ。
　ぽっかりと浮かんだ月に寄り添うように、星々が輝いて

いる。きっと、お父さんは見ていてくれるはずだから。
「おかえり、お父さん」
　遠くから、あの不器用な声でただいま、と言っているような気がした。

やばい、可愛すぎ。

【皐月side】

　学園祭の一件で、ゆりの中でひとつ、区切りがついたみたいだった。
　次の日の朝、いつもどおりリビングへ向かうと話し声がして、俺はドアの前で一度立ち止まった。
　聞こえる声はふたり。ゆりと、茜さんだ。
　気づかれないように、ドアの向こう側の会話に耳を澄ませる。
「お母さん、聞いてもいい？」
「どうしたの？　急に」
「……お母さん、お父さんのこと、今でも愛してる？」
　ゆりの意を決した声は、ほんの少し震えていた。
　しばらくの間のあと、茜さんは優しげな声音で、言った。
「ええ。今でも、愛してるわ。ずっと変わらない」
「……うん。なら、いいよ」
「え？」
「あの人と、幸せになってもいいよ。お母さんに幸せになってほしいから。きっと、お父さんもそれを望んでる」
　泣きだす寸前のゆりの震える声を聞いた茜さんは、おそらくゆりを抱きしめたのだろう。
　しばらくすると、ゆりと茜さんの泣き声が聞こえてきて、

俺はがんばったな、ゆりと心の中で思う。
　こうして、ゆりと茜さんの親子喧嘩(げんか)は収束したのである。

　時計の針が12時28分を指しているのが見えた。
　お母さんのいる静かな病室は、やけに秒針を刻む音が鳴りひびくせいで、あと20分もあるのに、白い壁についている時計をやたらと気にしてしまう。
　いちいち確認してしまう俺に、母は、
「どうしたの、皐月くん？」
　と、揺れる白いカーテン越しに窓の外を見ながら聞いてきた。
「……あ、待ち合わせしてるんです。ゆりと」
「あら、デート？」
「まあ、そんなところです」
「初々しいわね」
　そう言って、お母さんはくすくすと目を細めると、俺のほうを見てにっこり微笑んだ。
「いいのよ、可愛い彼女さんを待たせるわけにはいかないわ。いってらっしゃい」
「……ありがとうございます。はい、いってきます」
　ゆっくりとパイプ椅子から立ちあがると、母は俺のほうへ小さく手を振った。
　待ち合わせの時間より20分も前なんだから、ゆりはまだいないだろうな、と病院の自動ドアを通り抜けて、俺は立ち止まる。

ふわりと揺れる白いワンピースに、淡い桃色のカーディガンを着た彼女の姿が見えた。
　……やっぱり、ゆりはゆりか。
　20分も前に来て……ったく、本当に。
　話しかけたらきっとゆりは、「ちょ、ちょっと時間を見間違えて早く来ちゃっただけなんだから」とか、「べ、別にそんな張りきっているわけじゃないんだから」ってすねたように眉を寄せて、赤い顔で否定してくるに違いない。
　なら、ちゃんとゆりの期待に応えて……真っ赤にさせてやんないと。
　くすり、と笑って……俺は、愛しい彼女の肩をぽん、とたたいた。
「さ、皐月くんっ？　ま、まだお母さんと面会してるんじゃ」
「ゆりが律儀に待っていてくれるような気がしたから、出てきた。案の定そうだったけど。もしかして、楽しみにしてた？」
「ち、違いますっ！　それは、その……しょ、翔太が早く行けって言うから……っ」
「はいはい、わかってるよ」
「……むー……」
　ゆりはすねたように口を尖らせて、そっぽを向いてしまう。
　あーほんと、なんでこんなに可愛いんだろ。
「今日は、お父さんに報告するんだから、そんな調子じゃ困ります」

「ごめんごめん、すねた？」
「すねてませんっ」
　ゆりはますますすねた表情で俺を見上げると……それから、小さく笑った。
「もうすぐ新しいお父さんができますって言ったら、お父さんはすねちゃうんだろうね」
「ま、そうかもな。ゆりみたいに」
「わ、私はすねてないっ」
　ゆりはむすっとした顔で、そっと俺に手を差しだして、口元をほころばせながら、言った。
「行こう、皐月くん」
「ん」
　その笑顔はあまりに甘く、とろけるように……可愛くて。
　握りしめると、ほのかに温かい手のひらに、安心する。
「にしても、ゆりは最後の最後まで素直じゃなかったよね」
「な、なにが」
「茜さんに、その、翔太のこともあるし、とか言ってさ。最初からはっきり言えばいいのに、結婚してもいいよって」
「あーもうっ……その話はしないで」
「ゆりの照れた顔は、好きだけど」
「へ、ヘンタイ！」
「ありがとう。そんなヘンタイの俺に惚れてくれて」
「ぁう、ぅうううっ……バカ！　皐月くんのバカっ」
「否定しないってことは、俺のことそんなに好きなんだ」
「っっもう知らないっ！」

そう言ってそっぽを向くゆりを見て、思わず吹きだしそうになる。
　最後の締めは、もう決まってる。
　口元を押さえて、ゆりに見られないように。
　あー、もう。
　やばい、可愛すぎ。

　　　　　　　　　　　　　　　　　　　　　おわり

書き下ろし番外編

しい家族が加わった。翔太も小学生になって、ランドセルを背負って元気に学校に行っている。

その中でも一番大きな変化はやっぱり、皐月くんと同棲するようになったこと。

一緒に住まないかと提案してくれたのは、皐月くんのほうだった。

顔を赤くしながら、『大学は一緒だけど、学部は違うし。高校のときみたいに毎日会えるってわけでもないだろ。ならいっそ、一緒に住めばいいって思うんだけど。ゆりは?』と、言ってくれた皐月くんに私はふたつ返事でその提案に乗った。

ふたりで朝食を食べ終わると、皐月くんは慌ただしく身支度をして、私より先に出ていってしまう。いつの間にか、それを見送るのが最近の私の習慣になりつつあった。

玄関で靴を履きかえている皐月くんがあ、と思い出したように手を止めた。

「そういえば、言い忘れてた。ごめん、今日も夜遅くなると思う」

私を振り返り、ぱちん、と手を合わせて謝る皐月くん。

私は、内心少しだけ落胆(らくたん)していることを悟られないように、無理やり笑顔を作って見せた。

「今日も研究のレポート?」

「うん。……最近、ごめんな。朝くらいしか、なかなか顔合わせられんくて。晩御飯(ばんごはん)も大丈夫。俺のこと待たなくて

いいよ。先、寝てていいから」
「……うん、大丈夫。研究、頑張ってね」
　最近、皐月くんは輪をかけて授業が忙しくなっている。12時を過ぎても帰ってこなかったこともあるくらいだ。
　こうやって皐月くんと顔を合わせることができるのは、朝の短い時間だけ。
　本当は寂しい。もっと一緒にいたい。
　けれど、私のわがままで皐月くんを困らせるほど私も子どもじゃない。だから私は、物わかりのいい女を演じて大人しく帰りを待つしかないわけで。
　でも、やっぱり、寂しいものは寂しい。
「んじゃ、いってくる」
　いつもどおり、靴を履いた皐月くんが立ちあがり、ドアを開ける直前。なにかを思い出したように私のほうを振り返る。
　ちょいちょい、と手招きされて、素直に近づくといきなり皐月くんの手が私の後頭部に回った。そのまま、皐月くんのほうへ引き寄せられ、気づいたときには皐月くんの唇と私の唇が合わさっていた。
　そうして、ゆっくりと唇が離れ、後頭部に触れていた大きな手のひらが私の頭を優しくなでる。
「元気でた？」
　なんて、殺し文句をつけて。
　上手く皐月くんに翻弄されてるって、わかってるけど。
　私って、すごく単純だ。

「……ん。でたよ」
　小さく頷くと、皐月くんは目を丸くして、それからすこぶる険しい顔で言った。
「やばい、大学行きたくなくなった。ゆりと一緒にいたい」
「なっ、ば、バカなこと言ってないで、ほら早く行く！」
「ちえー。いってきます」
「いってらっしゃい」
　パタン、と玄関のドアが閉じる瞬間まで振っていた手を止めた。皐月くんがいないと、一気に周りが静まりかえる。
　……ダメだ。皐月くんを好きになりすぎて、ひとりが寂しい。
「よし」
　ぱちん、と両頬をたたき、寂しさを紛らわせるべく、家事に取り組むことにした。
　それが、いけなかった。

【皐月side】
　すでに夜の12時を回っている。
　すっかり馴染んだ自分の家であるというのに、俺は泥棒のように忍び足で家にあがった。
　ゆりもとっくに寝てしまったのだろう。リビングはしんと静まり返っている。
　薄暗い部屋の中でほんの少しカーテンの隙間から差し込む、月明かりだけを頼りにゆりの眠る寝室へ足を向けた、そのときだった。

「っ、うわっ!!」
　心臓が口から飛び出るんじゃないかと思うほど、大声をあげてしまった。
　なぜならそこには、
「……ゆ、ゆり」
　うつむいたゆりが俺のすぐうしろに立っていたからである。
「ゆり、まだ寝てなかったのか？」
　いつものゆりと少し違うような気がして、そう明るく話しかけるが、ゆりからの返事は一向に返ってこない。
　どうしたのだろうと首をかしげていると、ゆりは唐突に俺のほうへ握った右手を差し出した。なにか、受け取れってことか？
　俺はその差し出された右手の下に手のひらを向けると、なにかを乗せられる。なんだろうと手の中のそれを見て、俺はうっと言葉を詰まらせた。
　そして、すべてを理解する。
「ゆ、ゆりこれは……その」
「昨日着てた服のポケットに入ってたよ、それ。洗濯するときに出てきた」
　ゆりのこれほど冷たい声を初めて聞いた気がする。
　俺の手に乗せられたのは、あきらかにゆりの趣味とはまったく違う、女物の派手なピアスだった。
　見覚えはあった。そして、それをわざわざポケットに忍ばせた意味も。マーキングされていたことに気がつかな

かった、俺の失態だ。
　内心舌打ちしながら、ゆりへの弁解を口にする。
「ゆり、これは、」
「いい」
　俺の言葉をさえぎり、ゆりははじめて、ずっと伏せていた顔をあげた。今にもこぼれ落ちそうな涙を瞳にいっぱいためて、震える声で言う。
「なにも聞きたくないっ」
　俺の横を通り抜けて、逃げようとするゆりの腕を俺は思わず捕まえた。ゆりは俺の手を振り払おうと抵抗するが、それを俺が許すわけがない。やがて、抵抗が無駄だとわかったゆりの腕から力がなくなる。
　すると、ゆりはぽつり、と小さな声でつぶやいた。
「……皐月くんは、ずるいよ」
「え？」
「私が、どれだけ不安に思ってたとか、知らないでしょう」
　ほんの少しだけ、握ったゆりの腕が震えていることに気づく。
　抑揚を押し殺した声で、ゆりは続ける。
「皐月くんは、前よりずっとずっと大人になって、かっこよくなっていって。いつか、私よりずっと素敵な女の子のところ行っちゃうんじゃないかって……そんなことばっかり、考えちゃうんだよ」
　ゆりの頬を流れた滴が、星のようにきらきらと瞬いて、足元を濡らしていく。

「……私だけが皐月くんのこと、いっぱいいっぱい好きになってくの、悔しい」
　それ以上は、聞いていられなかった。
　俺はもうたまらなくなって、閉じ込めるようにうしろから抱きしめる。甘い香りのする首筋に顔を埋めると、ゆりは慌てたように俺のほうを振り返ろうとする。
　……こんな顔、見られてたまるか。
　それを制すべく、ゆりに食らった先制攻撃分のダメージを、お返ししてやることにした。
「悪いけど、その勝負、どう考えても俺の圧勝だから」
「さつき、くん？」
「俺がどんだけ嫉妬してるか、ゆり、知らないでしょ」
　高校を卒業してから、ゆりはますますきれいになっていった。
　大学は違う学部だから、なかなか会うこともない。そんで、いざ遠目でゆりを見かければ、俺の知らない男と話してるところを目撃して。
　……そういうのを見るたび、俺がどんなことを思ってるのか、ゆりは知らない。
　ゆりの可愛い嫉妬なんて比べものにならないほど、俺のほうがゆがんでいる。
「ゆりを不安にさせたのは謝る。ごめんな」
「そんなこと、言ったって……！」
　たじろぐゆりの左手をそっと掬いあげる。俺はもう片方の手で、上着のポケットに忍ばした『それ』を取り出した。

「……本当は、もっとちゃんとしたところで渡したかったんだけど」
 ゆりの薬指に『それ』を通すと、ぴったりとはまったことに安堵する。
「これ……」
 ゆりが、自分の目の高さまで手を持ってきて、じっと眺めるものだから、俺は途端に顔が熱くなるのを感じながら、煮え切らない口調で続ける。
「どうしてもゆりとの指輪、欲しくて。研究が忙しいってゆりに嘘ついて、ずっと夜、バイトしてた。ピアスはたぶん、そのときの客に入れられたんだと思う。……ごめん、気い抜いてて気がつかなかった」
 思い出したくもない。
 短期間で稼げるバイトだからと割り切って、バーなんかで働いたせいだ。
 酔いつぶれた女がしつこく仕事中の俺に付きまとって、あげく帰りに待ち伏せされた。軽くあしらった仕返しに、こんな胸糞悪いマーキングされるなんて、想像してもいなかった。
 おまけにそれをゆりに見つかるなんて。おかげで、計画が全部パァだ。
 ゆりはこちらを振り返り、真っ赤になった目で俺を見上げる。
「なん、で」
 なんで？ そんなの、決まってるだろ。

「ゆりとの関係に、目に見える形が欲しかった」
「……形？」
「俺の目の届かないところで、ゆりに付け入ろうとする男に、思い知らせてやりたかったんだ。ゆりが俺のものなんだって」

　逃げないようにとゆりの指に俺の指を絡めた。そして、俺の薬指にもゆりの薬指と同じ輝きがある。

　はたしてどちらが熱いのか。そんなこともわからないくらい、強く握りしめる。繋いだ手の熱に浮かされてしまいそうになる。
「ねえ、ゆりのここ。……俺が予約しても、いい？」
　渾身(こんしん)のプロポーズ。今の俺ができる、精いっぱいの。
　ゆりはその言葉を聞いて、真っ赤な瞳からまたぽろぽろ涙をこぼしながら、笑う。
「バカ。……ずっと前から皐月くんのために、あけてるよ」
　その笑顔は、今まで見た中で、一番きれいで幸せな笑みだった。

　これから先、きっとケンカすることだってあるし、すれ違うことだってあるだろう。
　それでも、キミと同じ朝を迎えたい。
　目が覚めて、キミに一番に『おはよう』が言えることが、俺にとってなによりの幸せだから。

おわり

あとがき

この度は『やばい、可愛すぎる。』を手に取って読んでいただき、誠にありがとうございます。

2015年の4月に書籍化させて頂いたこの作品を新装版として再び、皆様の手に取って頂けることが嬉しくもあり、恥ずかしくもあり、懐かしくもあります。

『やばい、可愛すぎる。』は約5年前に書いた作品で、実は内容は薄らと覚えている程度でした。

新装版を出すにあたり、読み返してみることに。面白いもので、5年前の私が書いた言葉を今の私も同じように書くだろうなと思うところが節々に散りばめられており、しかし、今の私だったらこういう風に展開していただろうなぁ、と思案するところも。

作品を通して、5年という歳月をひしひしと感じました。

余談ですが、前回のあとがきでタイトルを『やばい、可愛すぎる。』にしたことで母からの爆笑を買った、と書いたのですが、残念ながら今でも忘れた頃に「やばい、可愛すぎる。」とからかわれています。

小説を書かれている学生の方、私のような恥ずかしいタイトルにはくれぐれもお気を付けくださいね！

うっかり4年間ほどからかわれますので！

それでは、私の作品に触れてくださった方々に、最上級の幸せを願って。

2019.8.25　ちせ.

作・ちせ．

愛知県在住の大学生。本作は初の書籍化作品の新装版。第9回日本ケータイ小説大賞では、「あと、11分」（2015年6月・スターツ出版刊）で文庫賞を受賞。現在「春永チセ」名義でケータイ小説サイト「野いちご」で執筆を続けている。最近驚いたことは友達に『オラワクワクすっぞ』が口癖だと言われたこと。一度も言ったことがないです。

絵・七都サマコ（なつさまこ）

7月6日生まれのかに座。千葉在住。ハロプロが好き。
既刊に『嫌いになります、佐山くん！』（KCDX）、『そのアイドル吸血鬼につき』（GFC）がある。

ファンレターのあて先

〒104-0031
東京都中央区京橋1-3-1
八重洲口大栄ビル7F

スターツ出版（株）書籍編集部 気付
ちせ．先生

本作は2015年4月に小社より刊行された
「やばい、可愛すぎ。」に、加筆・修正をしたものです。

この物語はフィクションです。
実在の人物、団体等とは一切関係がありません。

新装版 やばい、可愛すぎ。
2019年8月25日　初版第1刷発行

著　者　ちせ.
　　　　©Chise 2019

発行人　松島滋

デザイン　カバー　栗村佳苗（ナルティス）
　　　　　フォーマット　黒門ビリー＆フラミンゴスタジオ

ＤＴＰ　朝日メディアインターナショナル株式会社

発行所　スターツ出版株式会社
　　　　〒104-0031 東京都中央区京橋1-3-1　八重洲口大栄ビル7F
　　　　出版マーケティンググループ　TEL03-6202-0386
　　　　（ご注文等に関するお問い合わせ）
　　　　https://starts-pub.jp/
印刷所　共同印刷株式会社
Printed in Japan

乱丁・落丁などの不良品はお取り替えいたします。上記出版マーケティンググループまで
お問い合わせください。
本書を無断で複写することは、著作権法により禁じられています。
定価はカバーに記載されています。

ISBN 978-4-8137-0745-5　C0193

ケータイ小説文庫　2019年8月発売

『至上最強の総長は私を愛しすぎている。③』ゆいっと・著

事件に巻き込まれ傷を負った優月は、病院のベッドで目を覚ます。試練を乗り越えながら最強暴走族『灰雅』総長・凌牙との絆を確かめ合っていくけれど、衝撃の真実が次々と優月を襲って…。書き下ろし番外編も収録の最終巻は、怒涛の展開とドキドキの連続！PV1億超の人気作がついに完結。

ISBN978-4-8137-0743-1
定価：本体580円＋税

ピンクレーベル

『新装版　やばい、可愛すぎ。』ちせ．・著

男性恐怖症のゆりは、母親と弟の三人暮らし。そこに学校イチのモテ男、皐月が居候としてやってきた！ 不器用だけど本当は優しくけなげなゆりに惹かれる皐月。一方ゆりは、苦手ながらも皐月の寂しそうな様子が気になる。ゆりと同じクラスの水瀬が、委員会を口実にゆりに近付いてきて…。

ISBN978-4-8137-0745-5
定価：本体590円＋税

ピンクレーベル

『モテすぎる先輩の溺甘♡注意報』ばにぃ・著

高1の桃は、2つ年上の幼なじみで、初恋の人でもある陽と再会する。学校一モテる陽・通称"ひーくん"は、久しぶりに会った桃に急にキスをしてくる。最初はからかってるみたいだったけど、本当は桃のことを特別に想っていて……？ イジワルなのに優しく甘い学校の王子様と甘々ラブ♡

ISBN978-4-8137-0744-8
定価：本体590円＋税

ピンクレーベル

『何度記憶をなくしても、きみに好きと伝えるよ。』湊祥(みなとしょう)・著

高1の桜は人付き合いが苦手。だけど、クラスになじめるように助けてくれる人気者の悠に惹かれていく。実は前から桜が好きだったという悠と両想いになり、幸せいっぱいな日々。でもある日突然、悠が記憶を失ってしまい…!? 辛い運命を乗り越える二人の姿に勇気がもらえる、感動の青春恋愛小説‼

ISBN978-4-8137-0746-2
定価：本体590円＋税

ブルーレーベル

ケータイ小説文庫　2019年7月発売

『至上最強の総長は私を愛しすぎている。②』ゆいっと・著

最強暴走族『灰雅』総長・凌牙の彼女になった優月は、クールな凌牙の甘い一面にドキドキする毎日。灰雅のメンバーとも打ち解けて、楽しい日々を過ごしていた。そんな中、凌牙と和希に関する哀しい秘密が明らかに。さらに、自分の姉も何か知っているようで…。PV1億超の人気作・第2弾！

ISBN978-4-8137-0724-0
定価：本体580円+税

ピンクレーベル

『お前のこと、誰にも渡さないって決めた。』結季ななせ・著

ひまりは、高校生になってから冷たくなったイケメン幼なじみの光希から突き放される毎日。それなのに光希は、ひまりが困っていると助けてくれ、他の男子が近づくと不機嫌な様子を見せたりする。彼がひまりに冷たいのには理由があって…。不器用なふたりの、じれじれピュアラブストーリー！

ISBN978-4-8137-0725-7
定価：本体600円+税

ピンクレーベル

『年上幼なじみの過保護な愛が止まらない。』＊あいら＊・著

高校1年生の藍は、3才年上の幼なじみ・宗壱がずっと前から大好き。ずっとアピールしているけど、大人なイケメン大学生の宗壱は藍を子供扱いするばかり。実は宗壱も藍に恋しているのに、明かせない事情があって……？　じれじれ両片想いにキュンキュン♡　溺愛120％の恋シリーズ第5弾！

ISBN978-4-8137-0726-4
定価：本体590円+税

ピンクレーベル

『孤独な闇の中、命懸けの恋に堕ちた。』nako.・著

母子家庭の寂しさを夜遊びで紛らわせていた高2の彩羽は、ある日、暴走族の総長・蘭と出会う。蘭を一途に想う彩羽。一方の蘭は、彩羽に惹かれているのに、なぜか彼女を冷たく突き放し…。心に闇を抱える2人が、すれ違い、傷つきながらも本物の愛に辿りつくまでを描いた感動のラブストーリー。

ISBN978-4-8137-0727-1
定価：本体580円+税

ブルーレーベル

ケータイ小説文庫　2019年6月発売

『至上最強の総長は私を愛しすぎている。①』　ゆいっと・著

高校生の優月は幼い頃に両親を亡くし、児童養護施設「双葉園」で暮らしていた。ある日、かつての親友からの命令で盗みを働くことになってしまった優月。警察につかまりそうになったところに現れたのは、なんと最強暴走族「灰雅」のメンバーで…？　人気作家の族ラブ・第1弾！

ISBN978-4-8137-0707-3
定価：本体 580 円+税

ピンクレーベル

『お前を好きになって何年だと思ってる？』　Moonstone（ムーンストーン）・著

高校生の美愛と冬夜は幼なじみ。サッカー部エース、成績優秀のイケメン・冬夜は美愛に片思い。彼女に近づく男子を陰で追い払い、10年以上見守ってきた。でも超天然の美愛には気づかれず。そんな美愛が他の男子に狙われていると知った冬夜は、ついに…!?　じれったい恋に胸キュン！

ISBN978-4-8137-0706-6
定価：本体 600 円+税

ピンクレーベル

『もう一度、俺を好きになってよ。』　綴季・著

恋に奥手だった由優は憧れの理緒と結ばれ、甘い日々過ごしている。自信がなくて不安な気持ちでいた由優を理緒は優しく包み込んでくれて…。クリスマスのイベント、バレンタイン、誕生日…ふたりの甘い思い出はどんどん増えていく。『恋する心は"あなた"限定』待望の新装版。

ISBN978-4-8137-0708-0
定価：本体 610 円+税

ピンクレーベル

『いつか、眠りにつく日』　いぬじゅん・著

修学旅行の途中で命を落としてしまった高2の蛍。彼女の前に"案内人"のクロが現れ、この世に残した未練を3つ解消しないと成仏できないと告げる。蛍は、未練のひとつが5年間片想い中の蓮への告白だと気づくけど、どうしても彼に想いが伝えられない。蛍の決心の先にあった、切ない秘密とは…!?

ISBN978-4-8137-0709-7
定価：本体 540 円+税

ブルーレーベル

ケータイ小説文庫　2019年5月発売

『新装版　好きって気づけよ。』天瀬ふゆ・著

モテ男の凪と天然美少女の心愛は、友達以上恋人未満の幼なじみ。想いを伝えようとする凪に、鈍感な心愛は気づかない。ある日、イケメン転校生の栗原が心愛に迫り、凪は不安になる。一方、凪に好きな子がいると勘違いした心愛はショックを受け…。じれ甘全開の人気作が、新装版として登場！

ISBN978-4-8137-0685-4
定価：本体590円+税

ピンクレーベル

『学年一の爽やか王子にひたすら可愛がられてます』雨乃めこ・著

クラスでも目立たない存在の高校2年生の静音の前に、突然現れたのは、イケメン爽やか王子様の柊くん。みんなの人気者なのに、静音とふたりだけになると、なぜか強引なオオカミくんに変身！「間接キスじゃないキス、しちゃうかも」…なんて。甘すぎる言葉に静音のドキドキが止まらない!?

ISBN978-4-8137-0683-0
定価：本体590円+税

ピンクレーベル

『ルームメイトの狼くん、ホントは溺愛症候群。』＊あいら＊・著

高2の日奈子は期間限定で、全寮制の男子高に通う双子の兄・日奈太の身代わりをすることに。1週間とはいえ、男装生活には危険がいっぱい。早速、同室のイケメン・嵐にバレてしまい大ピンチ！　でも、バラされるどころか、日奈子の危機をいつも助けてくれて…？　溺愛120%の恋シリーズ第4弾♡

ISBN978-4-8137-0684-7
定価：本体590円+税

ピンクレーベル

『新装版　逢いたい…キミに。』白いゆき・著

遠距離恋愛中の彼女がいるクラスメイト・大輔を好きになった高1の葉月。学校を辞めて彼女のもとへと去った大輔を忘れられない葉月に、ある日、大輔から1通のメールが届き…。すれ違いを繰り返した2人を待っていたのは!?　驚きの結末に誰もが涙した…感動のヒット作が新装版として復刊！

ISBN978-4-8137-0686-1
定価：本体570円+税

ブルーレーベル

読むたび何度でも恋をする…全力恋宣言！
毎月25日はケータイ小説文庫の日♥

心に沁みるピュアラブやキラキラの青春小説、
「野いちご」ならではの胸キュン小説など、注目作が続々登場！

ケータイ小説文庫　2019年9月発売

『ひとりじめさせて。(仮)』＊あいら＊・著

NOW PRINTING

高2の桜は男性が苦手。本当は美少女なのに、眼鏡と前髪で顔を隠しているので、「地味子」と呼ばれている。ある日、母親の再婚で、相手の連れ子の三兄弟と、同居することに！　長男と三男は冷たいけど、完全無欠イケメンである次男・万里はいつも助けてくれて…。大人気"溺愛120%"シリーズ最終巻！
ISBN978-4-8137-0763-9
予価：本体500円+税

ピンクレーベル

『銀髪ヤンキーくんの溺愛(仮)』雨乃めこ・著

NOW PRINTING

高2の姫野沙良は内気で人と話すのが苦手。ある日、学校一の不良でイケメン銀髪ヤンキーの南夏(なつ)に「姫野さんのこと、好きだから」と告白されて…。普段はクールな彼がふたりきりの時は別人のように激甘に！　「好きって…言ってよ」なんて、独占欲丸出しの甘い言葉に沙良はドキドキ♡
ISBN978-4-8137-0762-2
予価：本体500円+税

ピンクレーベル

『あぶない幼なじみ(仮)』碧井こなつ・著

NOW PRINTING

しっかり者で実は美少女のり花は、同い年でお隣さんの玲音のお世話係をしている。イケメンなのに甘えたがりな玲音に呆れながらもほっとけないり花だったが、ある日突然「俺が昔と変わってないって本気で思ってたの？」と迫られて……!?　スーパーキュートな幼なじみラブ！
ISBN978-4-8137-0761-5
予価：本体500円+税

ピンクレーベル

書店店頭にご希望の本がない場合は、
書店にてご注文いただけます。